新民说

成为更好的人

THE POETRY OF THOUGHT
From Hellenism to Celan

George Steiner

思想
之诗

从希腊主义到策兰

[美] 乔治·斯坦纳 著

远子 译

广西师范大学出版社

· 桂林 ·

SIXIANG ZHI SHI : CONG XILA ZHUYI DAO CELAN
思想之诗：从希腊主义到策兰

THE POETRY OF THOUGHT: From Hellenism to Celan by George Steiner
Copyright © 2011 George Steiner
Published by arrangement with Georges Borchardt, Inc.
through Bardon-Chinese Media Agency
Simplified Chinese traslation copyright © 2023
by Guangxi Normal University Press Group Co., Ltd.
ALL RIGHTS RESERVED

著作权合同登记号桂图登字：20-2018-016 号
封面图来源：Peter Marlow / Magnum Photos / IC photo

图书在版编目（CIP）数据

思想之诗：从希腊主义到策兰 /（美）乔治·斯坦纳著；
远子译. --桂林：广西师范大学出版社，2023.8（2024.3 重印）
书名原文: THE POETRY OF THOUGHT: From
Hellenism to Celan
ISBN 978-7-5598-5818-4

Ⅰ. ①思… Ⅱ. ①乔… ②远… Ⅲ. ①西方哲学－
哲学史－研究 Ⅳ. ①B5

中国国家版本馆 CIP 数据核字（2023）第 105498 号

广西师范大学出版社出版发行

（ 广西桂林市五里店路 9 号　邮政编码：541004 ）
　网址：http://www.bbtpress.com
出版人：黄轩庄
全国新华书店经销
深圳市精彩印联合印务有限公司印刷
（深圳市光明新区白花洞第一工业区精雅科技园　邮政编码：518108）
开本：787 mm × 1 092 mm　1/32
印张：10.125　　字数：170 千
2023 年 8 月第 1 版　　2024 年 3 月第 2 次印刷
定价：79.00 元

如发现印装质量问题，影响阅读，请与出版社发行部门联系调换。

献给诗人与笛卡尔主义者

杜尔斯·格林拜恩[1]

---

1 杜尔斯·格林拜恩（Durs Grünbein, 1962— ），德国诗人、散文家，毕希纳奖得主。——译者注，
下同

Table

目录

一切思想皆始于诗。

——阿兰《论〈年轻的命运女神〉》（"Commentaire sur 'La Jeune Parque'"，1953）

哲学里总是有隐藏的文学散文，所用的术语也是模糊的。

——萨特《情境集·卷九》（Situations IX，1965）

人在哲学中只能隐喻地思考。

——路易·阿尔都塞《自我批评文集》（Éléments d'autocritique，1972）

卢克莱修和塞涅卡[1]是"哲学–文学研究的典范，他们所使用的文学语言和复杂的对话结构，以抽象、客观的哲学论文所无法企及的方式吸引了对话者（和读者）的整个灵魂……形式是一部作品中哲学内容的决定性因素。有时，（如就《美狄亚》而言）形式的内容确实如此强有力，以至于引发了对包含其中的据称较为朴素的教诲的质疑"。

——玛莎·努斯鲍姆《欲望的治疗》（The Therapy of Desire，1994）

---

1 塞涅卡（Seneca，约前4—65），古罗马斯多葛派哲学家、悲剧作家。下文提及的《美狄亚》为其剧作。

与诗人相反，哲学家穿着得极其得体。而当你考虑到他们大部分时间不得不凑合着使用贫瘠的意象时，他们实际上是赤裸的，赤裸得可怜。

——杜尔斯·格林拜恩《第一年》（*Das erste Jahr*，2001）

前　言

────────────

聋哑人的哲学概念是什么？他的形而上想象是什么？

也许除了形式（数理）和符号逻辑之外，所有的哲学行为、每一次思考尝试，都不可避免是语言的。它们通过话语中的、词语和语法编码中的一个个动作来实现，或受其挟持。哲学命题，论证的表达和交流，不管是口头的还是书面的，都受制于人类语言的执行动力和局限性。

从这种赋权的束缚中挣脱出去，这一模糊而持久的渴望（斯宾诺莎的欲求［conatus］[1]），可能潜藏在所有哲学，且几可确定潜藏在所有神学之中。实现这一渴望的途径是将自然

────────────

1　有"努力""倾向"之意，斯宾诺莎认为万物都"努力维护自己的存有"，而这种努力被他称为"conatus"，即个体存在的现实本质。

语言调整得具有数学的重言式（tautological）精确性、清晰性和可验证性（这种冰冷而热切的梦想纠缠着斯宾诺莎、胡塞尔和维特根斯坦）；或者更神秘地，回到先于语言本身的直觉中。我们不知道这种直觉是否存在，以及思想能否存在于言说之前。我们在艺术和音乐中理解到涵义（meaning）的多重力量，以及意义（sense）的种种具象。在苏格拉底和尼采的哲学场景里，音乐始终具有无穷无尽的含义，且排斥翻译或改写。然而，当我们在引证美学表征和音乐形式的"意义"时，我们是在使用隐喻，并或多或少地采用隐蔽的类比。我们将它们封进言语的控制性范围内。因此，在普罗提诺（Plotinus）那里，在《逻辑哲学论》里，反复出现的比喻是如此迫切，以至于其要点、其哲学要旨就在于那些未被说出、在字里行间未被言说之物。那些可以被清晰讲出的东西，那种假设语言或多或少与真正的洞见和显露相一致的观点，实际上可能揭示出的是原始的、顿悟式认知的衰退。这也许暗示着一种信念，即在早先的、"前苏格拉底"的境遇中，语言更接近直接性的源泉，更接近明亮的"存在之光"（海德格尔语）。不过，并没有任何证据支持所有这类亚当式特权。我们这种"语言动物"（古希腊人对人的定义），不可避免地居住在词语和语法工具的受限的无限之中。逻各斯（Logos）在其本源处将词语与理性等同起来。思想确实可能被放逐。但果真如此的话，我们不知道，或者更准确地讲，我们无法说出它从何处被驱离。

由此可见，哲学和文学占据了同一个虽最终受限的生成性空间。它们的述行手段完全相同：词语排列、句法模式和标点符号（一种微妙的资源）。无论一首童谣还是一部康德的批判，一本廉价的小说还是《斐多》，情形都是如此。它们都是语言行为。那种认为抽象思想可以被舞蹈出来的观念（如尼采或瓦莱里所秉持的），是一种寓言的附会。言辞，可理解的发音就是全部。它们共同寻求或抵抗转换、意译、直译以及每一种传播或背叛的技巧。

内行一直都明白这一点。萨特承认，所有哲学里，都存在"隐藏的文学散文"。阿尔都塞认为，哲学思想"只能隐喻地"实现。维特根斯坦也一再声称（不过有多认真呢？），他的《哲学研究》应该用诗体来写。让-吕克·南希（Jean-Luc Nancy）则指出了由哲学与诗歌彼此引发的关键困难，"它们合在一起就是困难本身：言之成理（making sense）的困难"。该习语指出了症结所在，即意义的创造和理性的诗学。

一直都较少被阐述的，是言语形式、风格对哲学和形而上学计划的持续不断的形塑压力。一个哲学主张在哪些方面是（哪怕是在弗雷格逻辑的直白中）一种修辞？有没有哪种认知或认识论体系，能够脱离它的文体惯例，脱离其时代和环境中流行或受到挑战的表达类型而存在？笛卡尔、斯宾诺莎或莱布尼茨的形而上学，在多大程度上受制于晚期拉丁语复杂的社会和工具层面的理想，受制于现代欧洲的拉丁语性（这有一部分是人为的）的要素及其潜在的权威性？在其他方面，哲学家则着手分析一种新语言，一种专属于其意图的个人语型。不过这种体现于尼采或海德格尔处的努力本身就被雄辩的、会话的或审美的语境占据了（《查拉图斯特拉如是说》中的"表现主义"即是明证）。如果没有超现实主义和达达主义发起的文字游戏，没有自动写作技巧的影响，便不会有德里达。还有什么能比《芬尼根守灵夜》或格特鲁德·斯泰因[1]优雅精巧的发现"那里不再有'那里'"（there is no there there）更接近解构呢？

我想要考量（以一种免不了片面和暂且如此的方式）特定哲学文本中的这种"风格化"面向，以及这些文本经由文学工具和风尚的生成。我想要指出诗人、小说家、剧作家，他们与公认的思想家的互动和竞争。"既要做斯宾诺莎，也要做司汤达"（萨特语）。这种亲密与互不信任在柏拉图那里成为典型，又在海德格尔与荷尔德林的对话中复活。

这部随笔最初源自一个猜想，但我发现它很难用语言表达出来。音乐与诗歌之间的密切联系是老生常谈了。它们共

1　格特鲁德·斯泰因（Gertrude Stein，1874—1946），美国作家，她设在巴黎的沙龙对现代主义文学艺术影响较大。"那里不再有'那里'"出自其自传《每个人的自传》（*Everybody's Autobiography*，1937），意指她童年的家乡不复存在。这句话已经成为英语习语，用来表示在某个地方或特定情形下，不存在任何有意义的事物，犹言"无稽之谈""空无一物""毫无特色"。

享一套重要范畴：韵、分句法、节奏、响度、声调和小节——正所谓"诗的音乐"。给音乐写词，或为词配乐，都是在共有的原材料之上的实践。

那么在某种类似的意义上，是否存在"一种思想之诗，思想之音乐"，比附着于语言的外在使用，附着于风格的东西更为深刻？

我们倾向于以未经思索的宽泛和慷慨来使用"思想"这个术语和概念。我们将"思考"的进程附着在一种热闹的多样性上：从潜意识、（甚至睡眠中）内心漂浮物的混乱激流到最严谨的分析过程；既包括不间断的日常絮语，又包括亚里士多德对心灵或黑格尔对自我的集中沉思。在通常的说法中，"思考"被民主化了，它普遍存在、无需许可。然而，这从根本上混淆了截然不同，甚至互相对立的现象。得到严谨定义的——我们缺少一个标志性术语——深思熟虑是罕见的。它所需要的自律，对便易和无序的弃绝，是绝大多数人很难或根本无法企及的。我们中的大多数人都无法认知到"去思考"，去将我们心理暗涌中细小零碎的、过时的渣滓转变成"思想"意味着什么。恰当看待的话——我们什么时候停下来思索？——人类第一等思想的创立，就像莎士比亚十四行诗或巴赫赋格曲的创作技艺一样稀有。也许，在我们短暂的进化史中，我们还没有学会如何思考。除了对极少数人适用之外，智人（homo sapiens）的标签也许是一种没有根据的自我炫耀。

斯宾诺莎告诫说，极好之事"少见且艰难"。为什么杰出的哲学文本应该比高等数学或者贝多芬的晚期四重奏更容易理解？这样的文本内含着一种创造过程，一种既揭示又抗拒的"诗"。重要的哲学–形而上学思想既产出"最高虚构"，又试图将其隐藏于自身之中。而我们恣意的思维反刍中的喋喋不休，实际上是世界的平铺直叙（world's prose）[1]。哲学无疑和"诗歌"一样，有它自己的音乐，它的悲剧脉搏，它的狂喜，甚至——尽管并不常见——它的笑声（如在蒙田或休谟处）。阿兰在评论瓦莱里时教导说，"一切思想皆始于诗"。这个共同的开端，这种世界的起源很难被描述。不过它留下了踪迹和背景噪声——可与低诉着我们星系起源的宇宙噪声相比。我猜想，这些踪迹可以在隐喻那令人战栗的神秘（mysterium tremendum）中辨认出来。甚至旋律，这"人的科学中最难解之谜"（列维–施特劳斯语），在某种意义上也可能是隐喻的。如果说我们是"语言动物"，那么更具体地说，我们是这样一种灵长类动物：具有使用隐喻将弧形闪电、赫拉克利特的明喻，与存在和被动感知中的不同碎片联系起来的能力。

---

1 可对照法国哲学家梅洛－庞蒂的同名著作。他在书中有意将平淡无奇的作品（prosaic writing）与"伟大的散文"、诗歌区分开来，认为前者借助公认的符号，只提供在特定文化中已经被接受的意义。另外这也是福柯《词与物》第二章的名字。

在哲学与文学啮合之处，当它们就形式或内容互相争斗之时，我们便能听到起源的这些回声。抽象思想的诗性天分被点燃了，听得到了。而论证，即使是分析性的，也自有其鼓音。它成了颂歌。还有什么比伊迪丝·琵雅芙[1]的"不，不"（non de non）——黑格尔会欣赏的一种双重否定——更好地道出了黑格尔《精神现象学》的终章？

这部随笔是一次更仔细地倾听的尝试。

---

1 伊迪丝·琵雅芙（Edith Piaf, 1915—1963），法国歌手。"不，不"应为其名曲《不，我绝不后悔》（"Non, Je Ne Regrette Rien"）的歌词。

1

我们确实要谈论音乐。对乐谱的语言分析，可以在一定程度上阐明它的形式结构、技术成分和配器方法。但如果不是以一种严格意义上的音乐学，不借助依附于音乐的"元语言"——"调""音高""切分音"——来谈论音乐（或口头或书面），都是可疑的妥协。对音乐演出的叙述和批评较少涉及真实的声音世界，更多关乎演奏者，以及听众的接受。它们类似于新闻报道，鲜有涉及音乐作品的实质。少数勇敢的心灵（波爱修斯、卢梭、尼采、普鲁斯特和阿多诺位列其中）试图把音乐的内容和含义翻译为文字。他们不时会发现一些隐喻的"对位法"（counterpoints）、联想模式、共鸣效果显著的幻象（普鲁斯特对《凡德伊奏鸣曲》[*Vinteuil's Sonata*][1]的描写）。但即使再迷人，这些符号学的精湛技艺也是"不得要领"（beside the point）的——以这个习语的本义来讲。它们都是衍生物。

谈论音乐就是在培养幻觉，逻辑学家会称之为"范畴错误"。这是将音乐等同于或约等于自然语言，将语义的现实从语言转换为音乐代码。音乐元素被体认或归类为句法；奏鸣曲的展开结构，其首要和次要的"主题"被描述得与语法有关。音乐表述（这本身就是借用的说法）有其修辞，有其雄辩或简洁。我们倾向于忽略这里的每条成规都借用了它在

---

1 普鲁斯特《追寻逝去的时光》中虚构的音乐作品，作者借此描写了音乐所具有的一种触发非自愿记忆的特性。

语言学上的合法性。这种类比不可避免地具有随机性。音乐"乐句"并非言语片段。

　　歌词与配乐之间的多重关系加剧了这种污染。组织有序的语言系统被插入其中，被谱入"非语言"并与之对抗。这种混合共存具有无限的多样性和可能的复杂性（一首胡戈·沃尔夫[1]的艺术歌曲［Lied］[2]常常使其语言文本形同虚设）。我们对这一混合物的接受是十分草率的。除了那些最专注的人——手持乐谱和唱词的，谁还能够同时领会音符、伴奏音节，以及它们之间那多态的、真正辩证的相互作用呢？人类的大脑皮层很难区分和重组完全不同的、独立存在的外界刺激物。当然，也有音乐作品旨在模仿、应和言语和具象的主题。"标题音乐"（program music）会表现风暴和平静、庆祝和哀悼。穆索尔斯基[3]谱出《展览会上的图画》。还有电影配乐，对于那些具有视觉戏剧张力的剧本而言往往必不可少。但这些都被认为是次要的杂交音乐种类。就其本质，就叔本华音乐比人类更不朽的说法而言，音乐既不高出也不低于其本身。本体论的回声在我们耳边响起："我是我所是。"（I am what I am.）[4]

1　胡戈·沃尔夫（Hugo Wolf, 1860—1903），奥地利作曲家。

2　艺术歌曲指德国民谣，特指浪漫主义诗歌的配乐。在英语里，该词常与"art song"交替使用。

3　穆索尔斯基（Modest Mussorgsky, 1839—1881），俄国作曲家，其钢琴组曲《展览会上的图画》以亡友画展作品为灵感。

4　语出《旧约·出埃及记》3:14，神对摩西说："我是自有永有的。"

对音乐唯一有意义的"翻译"或改写是身体运动。音乐转化为舞蹈。但这着了迷的镜映只能模仿个大概。音乐停下之后，没有任何可信的方式能说出舞蹈跟随的是何种音乐（柏拉图的《法律》提到了一个恼人的例子）。和自然语言不同，音乐是普遍的。众多族群只拥有口头文学的雏形，却没有哪个人类社群可以离开音乐——而且通常是精心编排的复杂音乐。音乐的感觉和情感信息远比言语更直接（它们甚至可以追溯至子宫）。除了某些大脑上的极端情况（主要与西方的现代主义和技术有关），音乐无需破译。我们在精神、神经和内心层面上对音乐的接受，几乎是瞬时发生的。而对于它们的突触式（synaptic）互联和累积性结果，我们几乎一无所知。

然而，被接受、内化和回应的是什么呢？是什么让我们全体人类都［随音乐］动起来？在这里，我们遇到了"意义"和"涵义"的二元分立，认识论、哲学解释学和心理学研究对此几乎无助于阐明。这引发了一种假设，即涵义无穷之物也可能是无意义的。音乐的涵义在于演奏和聆听（有人可以在默读乐谱时"听"到曲子，不过这样的人很少见）。舒曼断定，要解释一首曲子的涵义，就是将它再演奏一遍。对女人和男人来说，自有人性以来，音乐就是如此富有涵义，以至于根本无法想象一种没有音乐的生活。魏尔伦说："音乐至上。"（Musique avant toute chose.）音乐占据我们的身体和意识。它使我们平静，使我们疯狂，使我们感到慰藉或凄凉。对于芸芸众生而言，无论多么模糊，音乐都比任何其他可感的存在，更能推断和预见超越性的现实可能性，以及与超出经验范围的神秘和超自然物邂逅的可能。对许多虔诚的人来说，情感是音乐的隐喻。但是，音乐有什么样的意义，它有什么可被证实的涵义呢？音乐会说谎，还是说它完全不受哲学家所说的"真值函项"（truth function）的影响？相同的音乐会激发，且似会表达出互不相容的主张。它"转化"为各种矛盾。同一曲贝多芬激发了纳粹的团结，共产主义的许诺和联合国颂歌里空洞的灵丹妙药。瓦格纳《黎恩济》（Rienz）里的同一段合唱，既启发了赫茨尔的犹太复国主义，也唤起了希特勒对第三帝国的憧憬。这是一笔不可思议的财富，它包含多样甚至对立的涵义，而意义全然缺席。不管是符号学、心理学还是形而上学都无法掌握此悖论（悖论也引起了从柏拉图、加尔文到列宁等绝对主义思想家的警觉）。没有一种认识论可以令人信服地回答这个简单的问题："音乐何为？"制作音乐可以有什么意义？这种决定性的无能不仅暗示着语言的根本性局限——对哲学事业十分关键的局限。可想而知的是，言谈就此成为了一种次要现象，书面话语就更别提了。它们也许体现了某种身心意识之原始整体性的衰退，而这种整体性仍然活跃在音乐之中。很多时候，说话就意味着"说错话"。苏格拉底临终前在歌唱。

　　莱布尼茨认为，当上帝为自己唱歌时，他唱的是代数。自毕达哥拉斯以来，人们就感知到了使音乐和数学关联起来的亲缘性和力量。音乐作品的主要特征，如音高、音量和节奏，都可以用代数标记。该记法也适用于历史上的发明，如赋格曲、卡农和对位法。数学是另一种通用语言，有能力阅读的人一眼就能将其辨认出来。就像音乐一样，在数学里，"翻译"的概念仅在相当次要的意义上适用。某些数学运算可以用语言叙述或描述，对数学工具进行意译或直译也是可能的。但这些都是辅助性的，几乎是装饰性的边注。就其本身而言，数学只能被译成其他数学（如代数几何）。在数学论文里，通常只有一个生成词，即最开始的"令"（let），它授权并启动符号和图形之链，几乎可以与《创世记》里那个引发创造公理的命令式"要有"（let）相提并论。

　　不过，数学用语和语言极为丰富。运用它们是人类思维记录中少有的积极而整洁的过程。虽然门外汉无法理解，但数学的确在一个确切的、可证明的意义上体现了美的标准。只有在这里，真理与美的等价才得以实现。与自然语言所阐述的不同，数学命题是可以被证实或证伪的。在不可判定性出现之处，这个概念也有其精确而严谨的涵义。而口头和书面语言则在每一步上撒谎、欺骗或混淆，它们的动机经常是虚构而短暂的。数学也会产生错误，但随后会被改正。它无法说谎。数学结构和论证也可以幽默，就像海顿和萨蒂[1]一样。这里面也许会有个人风格的影响，有数学家告诉我，他们可以根据风格辨认出某个定理及其证明是谁提出的。重要的是，一旦被证实，数学运算就成为集体真理并对所有人可用，而且是永久性的。当埃斯库罗斯被遗忘，并且他的大部分作品已经丢失时，欧几里得定理将被保留下来（G. M.哈代语[2]）。

自伽利略以来，数学如帝国扩张般发展壮大。自然科学通过可数学化程度衡量其合法性。数学也在经济学，社会研究的重要分支，甚至历史学的统计领域（"计量史学"）中扮演越来越重要的角色。微积分和形式逻辑是计算、信息论、电磁存储与传输这些如今组织和改变着我们的日常生活的事物的源头和骨架。年轻人熟练地进行分形（fractal）的晶状展开，就像前人摆弄韵律一样。应用数学（常属于高级课程），已然渗入我们的个体和社会实存（existence）[3]之中。

从一开始，哲学和形而上学就如同一只沮丧的鹰绕着数学打转。柏拉图对数学需求之迫切很明显："不懂几何者莫入我门。"在柏格森和维特根斯坦那里，数学力比多是整个认识

---

1 萨蒂（Eric Satie, 1866—1925），法国作曲家，20世纪法国前卫音乐的先驱。

2 原书有误，应为英国数学家G. H.哈代（G. H. Hardy, 1877—1947），且保留下来的是阿基米德。此处观点出自哈代自传《一个数学家的辩白》（*A Mathematician's Apology*, 1940），原文为："阿基米德将被人记住，而埃斯库罗斯却被人们遗忘。"

3 当特指人的存在，或为与"being"相区分时，"existence"译为被"实存"，其余情形仍照惯例译作"存在"。

论的典范。在漫长的数学哲学史中，尤其是胡塞尔的早期研究里，有一些颇具启发性的事件发生，但进步一直是时断时续的。如果说应用数学出现在水力学、农学、天文学和航海学等领域是因为满足了经济和社会需求，那么理论数学及其飞速发展就提出了一个似乎很棘手的问题：这些定理，高等数学（尤其是数论）间的相互影响是源自并指涉"外在"现实的吗，即使有些现实尚未被发现？是否不管形式化水平如何，它们也都处理实际存在的现象？还是说，它们其实是自洽的游戏，就像国际象棋那样，有着任意且自闭的运行设定与顺序？从毕达哥拉斯的三角形到椭圆函数，数学永无止境的——也许有人称之为"不可思议的"——向前发展，是否产生、激活于数学内部，独立于现实或应用（尽管应用不时会突然出现）之外？数学回应的是怎样的心理或审美冲动？数学家自己和哲学家为此争论了几千年，却依然没有答案。使问题变得更加复杂的是，儿童和少年的数学才能和创造力这一发光之谜。这个神秘的现象可以，也只能类比于音乐神童和国际象棋神童所拥有的精湛技艺。其中有关联吗？是否某种对无用之物的超验的嗜好被植入了少数人体内（诸如莫扎特，高斯和卡帕布兰卡[1]）？

　　因为受困于语言，哲学和哲学心理学对此几乎无力回应。

1　卡帕布兰卡（Capablanca，1888—1942），古巴国际象棋大师。13岁即为古巴国际象棋冠军，后成为世界冠军。

许多思想家的耳边回荡着一声古老的哀鸣:"如果我可以成为数学家,我还会做哲学家吗?"

就哲学的要求而言,自然语言存在严重缺陷,它完全无法与音乐或数学的普遍性相提并论。使用范围最广的语言——如今是英美语(Anglo-American)——也只是局部的和短暂的。没有哪种语言能像音乐这样拥有多义的同时性,在无法翻译的形式的压力下拥有多重涵义。无论具体的还是一般的,私人的还是公共的,音乐在征集情感方面的能力,都远远超过了语言。在某种意义上,失明是可以弥补的(书籍可以通过盲文阅读),而被排斥在音乐之外的失聪,则意味着无可挽回的流放。自然语言也不能与数学的精确、毫不含糊的终局性、可说明性和清晰度等量齐观。它无法满足数学固有的证明或反证(它们其实是一回事)之标准。我们必须且能够意指(mean)我们所说的,或说出我们所意指的吗?源自数学母体(matrix)内部的新问题、新认识和创新性发现,其生成与口头或书面语言毫无相同之处:数学发展的道路看上去是自足和无限的,而语言充满了陈旧的幽灵和人为的循环。

然而,古希腊人将男人和女人定义为"语言动物",这种将语言和语言的交流视为人类决定性属性的命名并不是一个随意的比喻。口头和书面的句子(哑巴也可以学会阅读和写作）是使我们的存在得以可能的器官，也使与自我和他人的对话得以可能，这种对话组成并稳定了我们的身份。言词，尽管不准确且受限于时间，却能构建记忆并表达未来（希望就是一种将来时）。即使是天真的比喻并且未经审视，我们加诸生与死、自我和他人这类概念之上的实体，也都是言词的产物。哈姆雷特对波洛涅斯如是说。[1]沉默的力量属于否定语言的回声。默默地爱也许是可能的，但大概只能维持在一定限度之内。死亡才会带来真正的沉默，死去就是停止聒噪。我一直试图证明巴别塔事件是一种赐福：每种语言都绘制了一个可能的世界，一种可能的历法和风景。学习一门语言意味着不可估量地扩大自我的乡土范围，为存在打开一扇新的窗户。言词确实笨拙而富有欺骗性。有些认识论否认语言可以接近实在，即使最优秀的诗歌也受限于当时当地的语言。然而，正是自然语言为人性提供了重心（注意这个术语道德的和心理的内涵）。严肃的笑也属于语言，也许只有微笑拒绝被改写。

自然语言是哲学不可避免的媒介。哲学家可能会采用技术术语和新词，也许像黑格尔一样，寻求将新奇的含义附着于熟悉的惯用表达之上。但是本质上，就像我们已经看到的那样，除了形式逻辑的符号体系之外，哲学必须使用语言。

---

1 在《哈姆雷特》第二幕第二场里，波洛涅斯问哈姆雷特在读什么，后者回答道："Words, words, words." 在戏剧的语境里可意译为 都是空话，空话，空话 。

正如R. G.科林伍德（R. G. Collingwood）在《论哲学方法》（1933）中所说："如果语言无法解释自己，那就没有别的东西可以解释它。"因此哲学语言"就像伟大哲学家的细心读者已经发现的那样，是一种文学语言而非技术语言"。文学的规则占了上风。在这个令人信服的意义上，哲学与诗歌相似。它是"智识之诗"，代表着"散文最接近于成为诗的那个点"。这种亲近是相互的，因为诗人往往也会转向哲学家：波德莱尔言及德·迈斯特[1]，马拉美引用黑格尔，策兰论及海德格尔，T. S.艾略特转述F. H.布拉德利（F. H. Bradley）。

在我的语言能力"残疾"，并且蹩脚地需借助翻译的情况下，我尝试检视一批哲学文本，它们在文学理想和修辞诗学的压力下展开。我想查看，哲学论证和文学表达之间的突触式联系。这种相互渗透与融合从来都不是完全的，但它们将我们带入语言的核心和理性的创造性之中。"我们不能思考我们所不能思考的东西；因此，我们也不能思考我们所不能说出的东西。[2]"（《逻辑哲学论》5.61）

1　约瑟夫·德·迈斯特（Joseph de Maistre，1753—1821），法国保守主义思想家，大革命之后呼吁恢复波旁王朝的统治。

2　本书中所有《逻辑哲学论》的引文主要采用韩林合译本，并参照贺绍甲、王平复和黄敏译本，偶有改动。

2

公元前6世纪到前5世纪期间，希腊本土、小亚细亚和西西里岛炽热的智识与诗歌创作力，在人类历史上仍然是独一无二的。从某些方面来讲，此后的精神生活只是它丰富的注脚。其中很多一直都显而易见。不过这束光芒乍现的原因，使其降临于彼时彼地的推动力却仍不明朗。如今盛行的忏悔式"政治正确"，这种后殖民主义的自责甚至使人们羞于提出一些可能相关的问题，羞于提问纯粹的思想这种炽烈的惊奇为什么几乎没有在任何其他地方盛行（非洲出过什么定理？）。

多重、复杂的因素一定是相互作用的，"内爆的"（implosive）——借用原子物理学中紧密碰撞的核心概念。因素包括较为温和的气候和便利的海上交通。论争传播得很快，从古老和形象化的意义上讲，传播很"迅疾"（mercurial）[1]。撒哈拉以南的众多地区极其缺乏蛋白质的供应，这一点可能也至关重要。营养学家称蛋白质为"脑力食物"。饥饿、营养不良削弱了精神的操练。关于奴隶制下的日常生活环境，以及奴隶制对个体和社会感知力的影响，我们仍所知甚少，尽管黑格尔已经意识到了奴隶制的重要作用。不过显而易见的是，对于特权阶层（他们人数不少）而言，拥有奴隶便可举止从容，并从体力和家务劳动中解脱出来。这为智力的自由发挥提供了时间和空间，是一种巨大的特许。巴门尼德也好，柏

---

1 字面意为"墨丘利的"，墨丘利（Mercurius）是罗马神话中为众神传递信息的使者，相当于希腊神话中的赫耳墨斯（Hermes）。

拉图也罢，他们都不需要谋生。在气温适宜的天空下，吃饱喝足的人可以在广场（agora）上，在阿卡德米学园的树林中论辩或倾听。第三个因素最难评估。除了显见的例外，女性在城邦（polis）的事务，尤其是哲学–修辞学事务中扮演着足不出户的、往往是附属的角色。有些女性也许有机会接受高等教育，不过在普罗提诺之前几乎没有与此相关的证据[1]。这种（强制的、传统的？）隔绝是否助长了思辨的繁荣乃至傲慢？是否正因为女性对数学和形而上学做出的贡献少得惊人，这种隔绝也进入了我们变质的今天？蛋白质、奴隶制和男性特权：它们在希腊奇迹中累积的因果关系是什么？

让我们明确地指出这一点：这是一个奇迹。

这个奇迹表现为抽象思想的发现（尽管这个概念仍难以描摹）与培养。纯粹的沉思与质疑没有受到土地经济、航海、防洪、占星术预言（这在地中海沿岸、近东和印度文明里十分普遍，且常常很是繁盛）等功利需求的侵染。作为其产物，我们倾向于认为这一革命是理所当然的。而事实上，它是奇怪的，令人震惊。巴门尼德那思想即存在的等式，苏格拉底所谓"未经审视的生活不值得过"的裁决，都从一种真正奇妙的维度提出了挑衅：他们赋予了无用之物以首要的地位，就像我们在音乐中熟知的那样。一如康德那骄傲的术语所表

1　此处应指普罗提诺的追随者希帕提娅（Hypatia，370—415），她是希腊化时期古埃及的新柏拉图主义学者，是当时广受欢迎的哲学家和教师。

明的，他们渴求"非功利"的理想。有什么能比愿意为抽象的、不实用的痴迷而牺牲生命——就像阿基米德在思考圆锥曲线时或苏格拉底所做的那样——更陌生，在伦理上显得更可疑呢？纯粹思想的现象学几乎如邪灵般奇怪。帕斯卡尔、克尔凯郭尔就是这方面的明证。但是，这种发光的"自闭症"的深层涌流将希腊数学和思辨的理论论辩联系起来，也将追求真理提升至个人生存之上——它开启了西方的伟大旅程。这些涌流激励人们"独自航行于陌生的思想之海"（华兹华斯献给牛顿的诗）。我们对理论的发明，我们的科学，我们的理性分歧和真值函项——常常是深奥的——在那遥远的伊奥尼亚（Ionia）之光下前行。正如雪莱所宣称的那样，我们"都是希腊人"。我重申一遍：奇迹确实存在，但也有些奇怪，也许还有点不人道。

哲学和文学散文，即散文本身，出现得很晚。其自我意识很难早于修昔底德。散文完全可以渗入"现实世界"的混乱与堕落，它在本体论意义上是世俗的（mundum）。散文的叙述顺序常常虚假地承诺了逻辑关联和融贯。除了行政和商业记录（比如那些用线性文字 B 列出的牲畜清单），口头语言先于散文上千年。用散文写下哲学命题和论辩、小说和历史，是专业化的结果。可以想见，这是衰退的征兆。众所周知，柏拉图对此很反感，他强调写作颠覆、削弱了记忆（缪斯的母亲[1]）的原始力量和技艺。通过阻止即时的质疑和自我修正，写作标榜了一种人为的权威，它的断言带有虚假的不朽。只有口头交流，即辩证法中对中断的许可，才能促使智识探究走向负责的（即能回应异议的）洞见。

因此，在柏拉图本人的作品中，在亚里士多德的佚书里，在伽利略、休谟或瓦莱里处，我们一再看到他们诉诸对话体。由于以脚本化的形式保留了讲话声音的动态，也由于其本质是声音的、与音乐一脉相通，诗歌不仅先于散文出现，而且吊诡的是，它是更自然的述行模式。不像散文，诗歌能巩固、哺育记忆。它的确和音乐一样具有普遍性，许多民族的遗产除了诗歌，就没有别的类型。希伯来圣经中的散文也充满韵律，大声朗读就会发现它们更像歌曲。一首好诗表达着对一次新开始的假设，一次前所未有的新生（vita nuova）[2]；而许多散文只是习惯的产物。

我们在形而上学、诸种科学、音乐和文学之间几乎随意假设出来的各种界限，与古希腊没有什么关系。对于后来成为宇宙论思想的神谕的、叙事的、教诲的诗的起源，我们几乎一无所知；我们把西方心灵的同一性归功于擅用隐喻的萨满，他们也为叶芝所谓"不朽的智性丰碑"[3]奠定了基础，但

---

1 在希腊神话中，九位缪斯女神的母亲是记忆女神谟涅摩叙涅（Mnemosyne）。

2 《新生》也是但丁早期的代表作，作品以诗与散文相结合的方式写成。

3 语出叶芝的诗歌《驶向拜占庭》（"Sailing to Byzantium"）。

我们同样对他们一无所知。将源头指向俄耳甫斯教[1]集会、神秘崇拜，指向同波斯、埃及，也许还有印度的智慧实践的重要接触，充其量也只是假设。我们有理由相信，正如尼采凭直觉所知，前苏格拉底时期的教学是口头吟诵出来，也许是唱出来的。很长一段时间以来，创世叙事、神话–寓言故事，与哲学性、命题性断言之间的界限非常模糊（柏拉图便是说神话的好手）。而到了某个无法挽回的阶段，抽象化就被"我思"（cogito）赋予了绝对的自主性和理想的陌生感。理论（对于很多文化而言，它本身就是不熟悉的、极具挑战的概念）——关于自然世界的构成和规律，人的本性和道德状况，以及最广泛意义上的政治——也能以诗歌的形式最为透彻地表达出来。它们反而有助于回忆和识记。那些史诗吟诵的先例对文本性的颠覆，给柏拉图带来困扰，《伊安》中那些不安的讽刺便是证明。在维特根斯坦关于未写出之物的悖论里，我们再次发现了这一点。荷马和赫西俄德才是真正的智慧导师，这一信念依然存在。哲学诗，美学表达与系统性认识内容之无缝贴合，这样的典范一直延续到现代作品中。卢克莱修的"志向"从未失去魅力："在最晦暗的主题上倾吐最清晰的歌声。"

1　崇拜狄俄倪索斯和冥后珀耳塞福涅的古希腊教派，重视死亡祭仪和来世生活。它吸收、融合了东方的死亡观、灵魂观，表达出不同于奥林匹斯信仰（即荷马史诗与赫西俄德神谱的正统）的异教观念。不过俄耳甫斯信仰是否为统一的宗教，学界尚有争议。

关于残片的美学很晚才引起人们的注意。不仅仅是文学，在艺术中，速写、模型、粗略的草图也都被认为价值高于成品。浪漫主义青睐不完整之物的光晕，青睐因早夭而增色的未完成之物。许多现代的标志性作品都是不完整的：普鲁斯特和穆齐尔的小说，勋伯格[1]和贝尔格的歌剧，高迪的建筑。里尔克赞美残像[2]，T. S.艾略特用碎片支撑起"我们的废墟"[3]。

这些问题很重要。现代政治中离心的无政府运动，科学和技术的加速发展，以及我们对意识和意义的理解的古典稳定性被破坏（如精神分析和解构主义所为），使系统性和谐与综合性变得难以令人信服。"中心难再维系。"[4]启蒙运动的百科全书式野心，孔德那种实证主义的利维坦式建构，不再具有说服力。我们发现讲述或倾听"伟大的故事"变得困难。我们被吸引到了没有结论的，开放的形式（la forma aperta）中。列维纳斯区分了"总体"和极权主义的强迫性断言、独占，与"无限"的本质上弥赛亚式的解放性许诺。阿多诺则直接将整全视为谬误。

这些二律背反和哲学本身一样古老，也许同人类感知力

---

1 勋伯格（Arnold Schoenberg，1874—1951），奥地利作曲家、音乐理论家。勋伯格与其弟子贝尔格（Alban Berg，1885—1935）和韦伯恩在音乐史上被称作"第二维也纳乐派"，以有别于海顿、莫扎特、贝多芬的"第一维也纳乐派"。

2 里尔克在《古阿波罗残像》一诗中赞美了一尊仅剩躯干的古希腊阿波罗雕像。

3 语出 T. S.艾略特的长诗《荒原》，原文为"我的废墟"（against my ruins）。

4 语出叶芝的诗歌《第二次降临》（"The Second Coming"）。

的根本的两极性相一致，我们既有杰出的建造者，也有从事速记和感知瞬时运动的实践者。而亚里士多德的谱系追求总体的聚集与收获。它激发了奥古斯丁的丰富思想和阿奎那的《神学大全》，也为斯宾诺莎的《伦理学》和康德的牛顿式普遍性提供了公理的融贯性。黑格尔是首屈一指的系统建造者，他十分依赖"百科全书"这一术语来为他的千年雄心加冕。当塞壬向路过的水手许以所有过去、现在和未来的启示时，她们便是在为黑格尔谱曲。

与此相反的逆流可上溯至前苏格拉底时代和《传道书》中措辞生硬、情绪失调的格言。即使形式丰富而流动，蒙田的随笔——我们不应忽视这个词的字面含义——是用跳跃和题外话来展开的，靠细枝末节和注释性内容推进。帕斯卡尔的《思想录》看起来矛盾，既破碎又恢宏，既断裂又无穷尽。这一模式也在诺瓦利斯和柯勒律治的"即时摄影"（flash-photography）中得以实现，正是在此处，两位思想家着迷于混杂集合（omnium gatherum[1]，柯勒律治的混合语言特色）的幻想。尼采和维特根斯坦的所有作品都是碎片化的，有时出于自愿，有时为特殊情况所迫。相比之下，海德格尔的作品有九十卷之多，他还一直在修正《存在与时间》未完成的部分。维特根斯坦说，只有那些太虚弱或虚荣的人才不会以这种方

1　意指人或物的混杂集合。作者用语言混合（macaronic）来描述柯勒律治的诗歌特色，意指两种语言，尤其是本国语言同拉丁文相混杂。

式写作和出版书籍。如果运气好的话，碎片化的真理可能接近于沉默的真理。

毫无疑问，前苏格拉底的思想流传至今的方式在很大程度上是偶然的，我们所拥有的只是残余物。许多只言片语被（很可能不准确地）嵌入后来的语境中，常常引来争议和反对（如教父[1]或攻击亚里士多德的人）。保存长篇书面作品所需的物质材料发展缓慢，它们几乎不早于荷马史诗的编订，苏格拉底也仅有一次查阅书卷的记录。不过这些黎明前的宣言隽永而无可置疑的声调，亦有其实质的推动力。

当米利都的占星家宣称水是万物的本原，当旗鼓相当的以弗所的圣人断言世界的本质是火，当西西里岛的预言家宣告万物唯一而游荡的智术师坚持其多样性时[2]，严格来讲，该说的已经说尽了。像数学阐释那样的逐步论证，只会逐渐走向宇宙学和形而上学。而在最初，思想和格言似乎陶醉于绝对，陶醉于以单个句子的力量来讲述世界。此外，它们极度简洁，也吸收了口头阐述的效果，并利用了记忆。柏拉图对话录的体量之大也是其重要的革命性特质之一，但它也经常诉诸口头虚构和再现性记忆。前苏格拉底时期优雅简洁的教诲可以

1　指早期基督教神学家和作家，他们是《新约》最早的读者和研究者。一般认为教父时期从《新约》书写完毕到8世纪为止。

2　四人依次为泰勒斯、赫拉克利特、恩培多克勒和阿那克萨戈拉。

口口相传，并被没有文字的社群熟记。"就长度而言是侏儒"（乔纳森·巴恩斯［Jonathan Barnes］语），但这些古老的残篇表明，它们必定勇敢地，或在某种意义上狂喜地闯入了未知的海洋。奥德修斯归家之旅作为哲学思想的明喻将一直持续到谢林。

这些残篇大多晦涩，这可能并非偶然，尽管我们对相关背景和语言细节缺乏了解也是原因。既然"俄耳甫斯教"、"赫拉克利特派"或"毕达哥拉斯派"带有神秘的内涵，这种联系意味着或多或少存在神智学、哲学甚至政治的秘密集会。维特根斯坦的追随者提供了一个现代的对应版本，他们也引导我们将哲学理性的起源与较为古老的、有时是仪式表演的诗歌联系起来。俄耳甫斯的问题是难以解开的神话，但它让我们对音乐和语言的源头都有所领会。这个寓言的真正力量，几千年来都不曾减弱。对为之着迷的古代人而言，俄耳甫斯的预见性智慧已经让他们理解了宇宙的起源和奥林匹斯等级体系的建立。而对中世纪和文艺复兴时期的神话作家、艺术家和诗人来说，正如罗得岛的阿波罗尼俄斯在《阿耳戈英雄纪》中所载，这份被唱出的大纲使俄耳甫斯成为宇宙论式理解的开创者。一个悲剧般的开创者，在他的觉醒中，哲学将永远无法躲开死亡那富有渗透力的阴影。

诗歌、音乐和形而上学的合唱，像共生的鬼魂，持续困扰着哲学：苏格拉底在临终前转向了伊索寓言和诗歌[1]；霍布斯以韵文翻译了荷马史诗；冷峻的黑格尔给荷尔德林写了一首深情的诗；尼采视自己为作曲家；我引述过维特根斯坦对诗歌（Dichtung）的论述；柏拉图作品、《逻辑哲学论》里的一些段落已经被谱了曲。正如我们已经看到的，即使达到了最高境界，这些追求也都有巨大的无用性。相传泰勒斯就拒绝了所有的物质利益。而从实用的角度来看，这些行为都是荒谬的：为捍卫一个推测的知识假说而牺牲自己的生命；为了画出那些没人想看，更别提购买的画作而放弃经济保障和社会尊重；在对演出或试演不抱现实期望的前提下创作音乐（电子设备的出现倒是使这一悖论成为可能）；将拓扑空间投射到超出演示或可判定的范围之外。

将诗歌与爱情的疯狂联系起来是一种漂亮的套话。不过内在孤独和戒绝正常生活（这激发了哥德尔的逻辑学）同样是奇怪的。爱欲尚能得到回报，那又是什么使得深奥的哲学论证成为某些男人和女人的必需呢？是怎样非功利的激情或傲慢促使巴门尼德和笛卡尔将沉思等同于存在？我们真的不知道。

我已经表明，隐喻的"发现"点燃了抽象的、非功利的思想。有会隐喻的动物吗？这不仅是指语言（其中充满了隐

1　见柏拉图《斐多》。

喻），而是说我们想要并且能够设计和研究可能世界，超越经验的限制来解释逻辑和叙事的可能性。隐喻挑战并战胜了死亡——就像离开色雷斯（Thrace）的俄耳甫斯故事所展示的那样——正如它超越了时间和空间。令人沮丧的是，我们无法说出，甚至无法想象在哪一个时刻一个人类个体在古希腊或伊奥尼亚看到暗酒色[1]的海洋，看到战场上的士兵变成凶猛的狮子。我们也无法领会《约伯记》的作者是如何看到星星纷纷落下长矛的。此外，以何种可信的方式，音乐和数学也可被视为隐喻？它们关联于并激进地自我疏离于日常经验，在这之中有什么是隐喻的？莫扎特奏鸣曲或哥德巴赫猜想是什么的隐喻？

前苏格拉底哲学似乎是从隐喻的岩浆中喷发出来的（火山确实离得不远）。阿尔戈斯城（Argos）里的一位旅行者曾将石山的牧羊人比作"风的牧民"，比雷埃夫斯（Piraeus）的一个水手感觉他脚下的龙骨"正在犁耕海面"——通往柏拉图和伊曼努尔·康德之路就此打开。哲学始于诗歌，并且从未远离。

"赫拉克利特思想和风格的力量如此强大，以至于很容易

1　荷马史诗中常用来形容海面颜色的词语，是一种格式化表达。对此学界有各种解释：有说古希腊的水里含碱，酒就是蓝色的；有说古人没有进化出完全的色觉；也有说当时的古希腊语里没有描述蓝色的词汇。后文将士兵形容为狮子，也出自荷马史诗。

将读者的想象力带走……超出能够清晰解释的范围。"极为冷静的学者赫尔曼·法兰克（Hermann Fränkel）评价道。对从柏拉图之前到海德格尔的西方知识分子而言，尝试阐释赫拉克利特残篇——它们往往在后来相对立的语境中被截断或不准确地引用——本身就是高风险的行为。在布朗肖看来，赫拉克利特是第一位超现实主义戏剧大师。许多艺术家和诗人都将他视为沉思的孤独和贵族式独处的完美象征。"这个骄傲、坚定而不安的天才，"（Ce génie fier, stable et anxieux）勒内·夏尔（Rene Char）写道，他和 T. S. 艾略特一样，被这个消解掉晦涩翻译外壳的声音迷住了。塞克斯都·恩披里柯（Sextus Empiricus）和马可·奥勒留眼中的赫拉克利特则热心参与公共事务，谨守社会规范。尼采说他的"遗产永不褪色"。海德格尔断定，赫拉克利特和品达（Pindar）一起掌管着一种风格，这一风格展现了无与伦比的"开端的高贵"，即黎明的高贵。

对于这曙光般的力量，研究古希腊的语文学家、哲学家和历史学家竭力作出定义和限定。赫拉克利特的箴言是一道道高压电弧，点亮了言词与事物之间的空间。他隐喻的简洁暗示出存在之冲突的直接性和经验的首要地位，对于亚里士多德之后的理性和时序逻辑（sequential logic）而言，这些很大程度上已经不可复现了。逻各斯既是述行阐述，也是所指之物的内在原则。因此，阐述或者说对思想的解码，具有以某种方式外在于说话者的实质性实在（即海德格尔的"语言说话"[1]）。在某些方面，赫拉克利特见证了可理解的意识的起源（布鲁诺·斯内尔［Bruno Snell］语）。因此赫拉克利特既歌颂又与语言的可怕力量搏斗（所有歌颂都是好斗的）：它能欺骗、贬低、嘲笑、将应得的名声投入遗忘的黑暗。辩证地讲，语言美化和珍藏记忆的功能，必然也蕴涵了遗忘和排斥回忆的能力。

颇有见地的评论家克莱芒丝·朗努（Clémence Ramnoux）说，赫拉克利特"以原初的方式处理人类言语的原材料，'原初'在这里既有最初也有独特之义"。赫拉克利特在语言弱化成意象和被侵蚀的抽象之前提炼了语言。他的抽象完全是可感和具体的，但没有采用寓言那种投机取巧的模式。它们一如既往地在炽热的地方令思想运转——火的比喻是不可避免的。随之出现的是一个令人震惊的发现，震惊于与自身既无限又受约束的活力的赤裸对峙。赫拉克利特并不叙述。对他而言，事物是闪电般（他自己的明喻）清晰又如谜的整体显现。火的过去时是什么？并非所有人都被这一观点所引诱。矛盾——赫拉克利特选用的工具——"意味着错误，就这么回事"（乔纳森·巴恩斯语）。赫拉克利特是"悖论书写家"，他的"概念缺陷"显而易见：这是柏拉图在《智术师》里暗示

1　die Sprache spricht，见海德格尔《在通向语言的途中》一书中《语言》一文。

的裁定，尽管他对赫拉克利特很着迷。

即使对古代人而言，赫拉克利特的费解也是出了名的。他是黑暗之谜的支持者，他蔑视他的那些平民随从，一如蔑视那些无能领会哲学悖论或论争的庸众。不过，清晰的思想、重要的话语是"晦涩的"，这意味着什么呢？我曾在其他地方尝试勾勒出一种关于晦涩的理论。晦涩通常由偶然和环境导致。我们对赫拉克利特的习语和典故的语言、社会背景，几乎一无所知。我们也没办法去"查证"。赫拉克利特粗暴地驳斥了荷马和阿尔基罗库斯（Archilochus），因为他们没有理解掌管人类存在的对立之和谐，因为他们把言词浪费在幼稚的幻想上。但史诗的六音步诗行（hexameters）令人意外地出现在赫拉克利特的文本，以及当他提到动物时的前伊索的寓言元素中。他经常用来替代普通名词的隐喻式名称，近似于神谕的格言式表达。可我们对神谕、占卜和俄耳甫斯教的习俗所知甚少，评估不了它们对赫拉克利特的影响。在著名的残篇 33[1] 里，赫拉克利特指出阿波罗的"德尔斐神谕既不明示也不隐瞒，而是给出预兆"（一种维特根斯坦式举动）。与亚当的命名[2]相反，赫拉克利特没有标记或定义实体，而是暗示其矛盾的本质。语义含混是第二阶的晦涩，它既将内部和外部

---

1 斯坦纳使用的残篇编号出处不详，在较为常用的迪尔斯－克兰茨（H.Diels–W.Kranz）编订的 DK 版中，这一段出自残篇 93。下文注释中提到的赫拉克利特残篇编号均来自 DK 版。

2 《旧约·创世记》中，亚当"给一切牲畜和空中飞鸟、野地走兽都起了名"。

联系起来，又标志着二者的分离。或许可以再次从古老的先例中得出的结论是，谜语至关重要（它们是症结所在）。双关语、文字游戏和富有欺骗的同义性，传达出多义的深度，传达出现象及其假定的语言对应物中的持续流动性。诗学上的亲缘关系，例如与赫西俄德笔下卡俄斯[1]的起源的关系看似可信，却无法证明。学者们提出，赫拉克利特的宇宙论与中东的创世神话相似。如果真是如此，赫拉克利特对埃及具备怎样的了解？几乎不可避免的联想是，琐罗亚斯德教关于火的象征同赫拉克利特产生了共鸣。以弗所与伊朗相邻。然而，总的说来，赫拉克利特式语法和词汇，以及他的意合结构和省略，其力道都属于他自己。只有悲剧里的某些合唱歌、品达的某些比喻可以与之对照。赫拉克利特对线性逻辑的搁置，以及他的对立运动中的同时性（逆行卡农），类似于音乐而非语言。尼采感受到了这种亲缘关系，在《查拉图斯特拉如是说》和他的午夜旋律之中，晦涩可以变得光亮。

这种"黑暗"无疑是赫拉克利特施于文学的咒语的一部分。这一极为迷人的"思想者诗人"（penseur poète）形象是"暗物质"传统和审美的典范。品达、贡戈拉、荷尔德林、马拉美和保罗·策兰都在这个谱系之内。人们不禁会说，在诗最是其自身之处，在其最接近音乐的内容与形式融合之时，

1　卡俄斯（Chaos），即混沌，是希腊神话中的概念，没有形体，是一切空间及概念的起源，最早出现于赫西俄德的《神谱》。

诗的神秘倾向最为强烈。一直以来都有人认为，诗是对自然语言的反叛，它反对所有的辩证法，反对理性论证和有条理的劝说之中的时序标准。由此产生的晦涩，我称之为"本体论的晦涩"。思想和言说寻求超越现有的手段，以逼出越界的潜能。作为对赫拉克利特的回应，T. S.艾略特在《四首四重奏》（显然借用了音乐）里提到了这一"边界境遇"。赫拉克利特将表达推向了语言最边缘处的窘迫（aporia）、二律背反和不可判定性，就好像语言跟数学一样，可以从自身内部产生创新的、向前推进的理解。夏尔则精确地引用了赫拉克利特的"对立——这些短暂而喧闹的幻影——诗与真，我们知道，是同义词"。

那些最有"格调"的哲学家，那些对既定思想的表达限制和资源、对其隐含的节奏最为敏感的人，都会关注赫拉克利特，比如克尔凯郭尔和尼采。诺瓦利斯也是俄耳甫斯式残篇写作的实践者，海德格尔则是新词创造者、重言式的名匠。创作史诗和神谕的知识分子都从赫拉克利特处认识到一种根本的生成性冲突，冲突的一端是难以捉摸的不透明的言词，另一端是同样难以捉摸但十分清晰、显明的事物。这一决定性张力会被口语中即时和匆忙的理解所错过，如赫拉克利特那著名的弓与里拉琴的二元分立[1]所表明的那样。仔细倾

---

1 见赫拉克利特残篇51："他们不理解相反者如何相成，其中有一种反弹式关联，如弓或里拉琴"。

听——尼采将语文学定义为"慢读"——就是经常不完美地
去体验这一可能性：词语的顺序，尤其是在诗韵中、在好散
文充满诗韵的神经组织中，反映了或许维持着宇宙隐秘而又
显白的融贯性。对于形而上学而言，这是一种极为重要的猜
想。将毕达哥拉斯与开普勒关于协调性的模型进行类比是切
题的：将音乐中的和谐关系、音程类比于行星运动。这再次
表明，音乐是形而上学–宇宙论的沉思（即"反映"）与语义
表达之间的桥梁。

灵感的神秘强力对赫拉克利特的吸引，不亚于其对兰波
或里尔克的诱惑。赫拉克利特引用了"满嘴狂言的西比尔[1]"
（普鲁塔克补充道，她的声音"延续了一千年"[2]），在此，他
小心谨慎地指涉那些在狂喜的着魔状态中，"为狄俄倪索斯
狂呼"的信徒。但赫拉克利特作为写作者的出众之处，在于
他那指数级的简洁。极少的、精练的词语便展露出无限（这
一效果在翁加雷蒂[3]的两行诗里也得以实现：M'illumino /
d'immenso，意为无限起到了照亮和启蒙的作用）。我已经提
过赫拉克利特对"弓"的使用，它与"生命"只是重音不同：

1　西比尔（Sibyl），希腊神话人物。阿波罗因为爱上了西比尔，便赠予她预言的能力，并且永生不
死，但她忘了问阿波罗要永恒的青春，所以日渐憔悴，身体萎缩，却依然求死不得。在维吉尔
的史诗《埃涅阿斯纪》中，西比尔引导埃涅阿斯穿越冥府。

2　此处引言出自普鲁塔克对赫拉克利特的转述，见赫拉克利特残篇92。

3　翁加雷蒂（Giuseppe Ungaretti，1888—1970），意大利诗人、批评家，其法西斯主义经历常常引
起争议。

"弓与生命同名，它的职能却是死亡。"[1]阿耳忒弥斯和阿波罗像初生的阴影一样在这简洁中现身。[2]语法结构可以让明显的谜语或悖论成为扩展直觉的源泉："我们在清醒时看到的一切都是死亡，而睡眠时看到的一切都是睡眠。"[3]环状构造盘旋至隐秘的深处，我们可能会误以为这是一种精神分析："生者在睡眠中触摸死者；醒来时，他触摸入睡者。"[4]（赫拉克利特是论述睡眠的大师。）赫拉克利特的无畏在古人中也许是独一无二的，他用一句紧凑而对称的格言向众神挑战：不死者和有死者紧密相连，"此生者生于彼之死，彼死者死于此之生"。尼采注意到了残篇92[5]中的这一段，而欧里庇得斯对此响应道："谁知道生命是否即死亡，而死亡反过来在地下也可以被视为生命？"海德格尔则认为这两句箴言对他的学说至关重要："王权属于孩子""雷电统领万物"[6]——这是一种几乎不可被改写的认知超现实主义。

二十五个字足以上演一出宇宙戏剧："太阳不会越界，如果他这样做，正义使者复仇女神们会发现他。"[7]这种宇宙的韵律、尺度（métra）与可怕的正义女神之间的冲突，将激发歌

1　见赫拉克利特残篇48，这里是指"弓"与"生命"的希腊文发音接近。

2　阿耳忒弥斯与阿波罗是宙斯与勒托所生的孪生姐弟，二者都是司弓箭之神，也用弓箭致人死命。

3　见赫拉克利特残篇21。

4　见赫拉克利特残篇52。

5　在DK版中为残篇62。

6　见赫拉克利特残篇52、64。

7　见赫拉克利特残篇94。

德写出《浮士德》的序幕。"灵魂在冥府嗅着，他们运用他们的嗅觉。"[1]——这句话实际上可能来自普鲁塔克的改写，不过赫拉克利特无疑包含其中。和诗人一样，赫拉克利特跟随语言的指引，去往他接受的语言内在和自主的权威，并且带着梦游般而又极为清醒的信任。因此他一再尝试描述，让我们进入睡眠与清醒之间的朦胧地带。在对锐利的地中海阳光的颠覆中，白昼融入黑夜，黑夜孕育白昼。哲学或科学的发现与诗歌形式在此没有区别，二者的思想源泉是同一的（都是创作［poiesis］）：当诗歌过于懒散或自满而无法深入思考（瓦莱里的"强迫"［astreindre］[2]）时，它就背叛了它的神灵（daimon）[3]；反过来，当思维活动忘记自己是诗歌时，它就会扭曲自身内部正在成形的音乐。

古代研究表明，赫拉克利特曾将包含其著作的卷轴存放于以弗所的阿耳忒弥斯神庙。维特根斯坦也曾指出他希望将《哲学研究》一书献给上帝。两位思想家在方法和感知力上的相似之处引人注目：他们都持续意识到理性言说之外的东西，意识到密契主义的断言，以及既取消也证实了词语之合法性的沉默。不亚于赫拉克利特，《逻辑哲学论》的作者似乎也不

1　见赫拉克利特残篇98。

2　语出瓦莱里《年轻的命运女神》，诗歌开篇有写给纪德的献词："我放弃诗歌艺术／已有多年／由于想**强迫**自己试着写几句／我就写成了这篇敬献给你的／习作。"（葛雷、梁栋译）

3　也可译作邪神、精灵。据柏拉图《申辩》，苏格拉底说每当他想做一件不该做的事，神灵就会告诉他个要做。而苏格拉底的主要罪名就是"不信城邦的神，而信新的神灵"。

信任系统的完整性。残篇在短暂的运动中讲述思想，为紧凑的广度赋能。他们风格的音色和音调通常都是相似的。这一风格的优点或者说缺点也相似，即造就了神秘的光晕，源自这两个人物（personae）富有创见的陌生性的光晕。回退，一股神秘的脉搏支撑着他们的命题："上帝不在世界之内显露自身"（《逻辑哲学论》6.432）；"所有推导都是先天地进行的"（5.133）；"我即我的世界（微观宇宙）"（5.63）；"哲学不是理论，而是活动"（4.112）。

　　这种神谕式的简洁也被用到了维特根斯坦那更为技术性和启发性的格言之中。两位哲人都拥有罕见的天赋，能够使逻辑难题或教谕式挑衅变得像纯粹诗歌的闪光。"玫瑰在黑暗中是红色的吗?""动词'做梦'有现在时吗?"[1]赫拉克利特和维特根斯坦都玩"语言游戏"，其中口语的结构和惯例被数学和音乐的结构和惯例校正。在《字条集》（Zettel）459条中，维特根斯坦引用赫拉克利特论不能两次踏入同一条河流写道："从某种意义上讲在处理哲学错误时，再怎么小心也不为过，因为错误之中包含了太多真理。"这句话就像是德尔斐神庙里的谜语；"思考也有耕耘的时节和收获的时节"[2]，他在1937年写下的这句话则使我们想起赫拉克利特的言说（legein）及其

1　见维特根斯坦《哲学研究》命题515、383。本书中所有《哲学研究》的引文主要采用陈嘉映译文。

2　见维特根斯坦《文化与价值》。

与《传道书》之间的联系；他在1944年的黑暗中写道："如果在生命中我们是被死亡所包围，那么在理智的健康之中，我们则是被疯狂所包围"[1]（赫拉克利特所说的那些"狂言"[2]）；"人们总是忘了直接走向地基。人们没有把问号向下写得足够深。"[3]——还有什么比维特根斯坦1947年的这句告诫，更接近赫拉克利特的精神呢？

有一点是直截了当的：在哲学和文学中，风格即实质。修辞的丰富和简洁的收缩，提供了对比鲜明的关于世界的图像和解读。标点符号也是认识论。诗的诱惑长期存在于哲学之中，它要么被欢迎，要么被拒绝。二者的张力和互动之间的细微差别种类繁多。看似完全不同的学说，由于声音层面的亲缘关系而变得邻近。"当你进行哲学研究的时候，你必须下降到原始的混乱之中，并且在那里感觉自在。"[4]——维特根斯坦于1948年写在笔记上的这句话，是否改编自赫拉克利特的某个尚不为我们所知的残篇？萨缪尔·贝克特是另一位处理广大的极简主义者，他的作品里经常出现斯宾诺莎和叔本华的回声。交叉点同样不必是具体的学说，重要的是节奏、声调和语法倾向。语言最基本的骨架是能够产生共振的。词

1　见维特根斯坦《文化与价值》。

2　出自赫拉克利特残篇92，指的是胡言乱语的西比尔。

3　见维特根斯坦《文化与价值》。

4　同上。

语（通常是单音节的）对未说出口的话构成压力。在形式上缺少连词和转折连词，呈现为规范的、纪念性的终结。"你曾哭求黑夜；它来了。它降临了；现在在黑暗中哭吧……徒劳的时刻，现在和以前一样，时间从未终结，时间现在终结了，账结清了，故事结束。"[1]——一个关于黑格尔历史终结论的不错总结。想想《克拉普的最后一盘录音带》（*Krapp's Last Tape*）中那种赫拉克利特式永恒运动之潮，宇宙涌流之潮："我们躺在那里一动不动。然而在我们身下，一切都在移动，轻轻地上下左右移动。"在哲学家和剧作家那里，时间的作用都是深不可测的："被微风吹打的黑麦，不时地，投下和收回它的影子。"[2]《等待戈多》里幸运儿疯狂的哀歌中的前苏格拉底式宇宙演化论又是多么生动："在平原在群山在海边在河边奔流的水燃烧的火都是一样的然后大地就是空气然后大地在严寒中在漆黑中在空气中以及大地深处的石头以及海面上陆地上和空气中的严寒。"——标点符号的省略宣告了四大元素和谐的古老观念，它先于逻辑和科学的分裂及其带来的贫瘠与扭曲。地、气、火和水直接作用于贝克特，就像它们直接作用于柏拉图之前的空想家。与赫拉克利特一样，贝克特用简练守卫了他们具有内爆力量的秘密。他们遣责"这种对解释的狂热！每一个 i 都烦得要死！"（《收场》[*Catastrophe*]）

1　语出贝克特的独幕剧《终局》（*Fin de partie*，1957）。

2　语出贝克特的广播剧《言词与音乐》（*Words and Music*，1961）。

以及，当写到备受折磨的葛罗斯特被人嘲骂说嗅着盲道走去多佛时，[1]莎士比亚怎么可能没有注意到赫拉克利特笔下不得超生的灵魂在地狱嗅着他们的路？正如形而上学和诗歌之间，空气中充满了回声。

也充满了失败。充满了沮丧，因为无法在语言之中、无法借由语言体现和传达意义那初期的、尝试性的诞生。关于这一诞生，我们至多能在阿那克西曼德和赫拉克利特处，以及《哲学研究》的绝望的真诚中得到些许暗示。当他们极度惊诧地认识到：语言可以说出一切，但永远不会耗尽其表达对象的存在的完整性；他们的心中会有怎样的骚动，怎样的欢呼与意识上的受挫？当贝克特要求我们失败，再次失败但"失败得更好"[2]时，他找到了思想、通行观念（doxa）和文学相啮合的突触。"这是那个艰难的开端。"

海德格尔在1942年至1943年间的巴门尼德讲座中强调了这一开端，强调了这种黎明时分的思想的大旨。尝试用编辑、评注的方式区分巴门尼德的诗歌和宇宙论，是时代错置的。这类分离都是无效的。海德格尔提出道说[3]，即"阐述的整

1　见莎士比亚《李尔王》。

2　语出贝克特短篇小说《向着更糟去呀》（*Worstward Ho*，1983）。

3　海德格尔区分了两种言说：说（sprechen）和道说（sagen）。前者指具体地陈述、描述、反映一件事情；后者则是指引、指示、显示，是本真的说，因此是语言的本性。

体性"而非说教诗（Lehrgedicht）或教谕诗，是我们理解巴门尼德的视野和意图的唯一恰当范畴。很难对这一方法做出公正评价，因为我们难以"走向起点"，无法回溯至意义可能的发源地。

海德格尔独断的注解自有其精辟的魅力，它建立在一个令人愤慨但并不很容易反驳的信条之上：只有古希腊语和康德之后的德语，才能进行权威的形而上学思考。他将巴门尼德的寓言，希腊真理（aletheia）[1]中自我揭蔽与回退的交替冲动，与里尔克《杜伊诺哀歌》第八首中对"敞开"（openness）的颂扬进行对比，几乎提炼出了思想之诗的主题和历史的每一个方面。海德格尔的评注几乎是不可译的，正如与其交织在一起的诗歌也不可译一样："女神的住所是思想漫游的第一个落脚点。"（Das Haus der Goöttin ist der Ort der ersten Ankunft der denkenden Wanderung.）通向女神（她使巴门尼德的文本得以运转）住所的旅程"是开端之思"（ist das Hindenken zum Anfang）。学院派语文学和文本校勘则认为这种用语并不可靠。

巴门尼德对节奏、对称性并列的使用，表明了一种古老的修辞装饰。卡尔·莱因哈特（Karl Reinhardt）在他1916年的开创性专著中指出，我们需要梳理的是古代作品的创作规

1　原为古希腊哲学中的概念，有"上升""革命"之义，后被海德格尔重新发掘为"去蔽""无蔽"义。

则。巴门尼德是否以某种前苏格拉底时期的特色，在每个看似不相关联的部分概述了其论点的总和？他诗篇中的神话色彩，并不是巴洛克意义上的礼服或假面。在亚里士多德之前，语言尚未演变出逻辑谓词的关键模式，神话体现并许可着援引和表达抽象物的唯一直接通路。不过智术师高尔吉亚已经明白，巴门尼德的诗篇与它们力求言语化和统一的思想运动有着同样的必要构造。巴门尼德认为，这个世界不过是我的思想之镜——这一说法的巨大影响千百年来一直萦绕在我们身边。因此，诗歌的形式便成为这一最激进的、压倒性的，但也奇怪的、或许反直觉的断言的自然构型：思想和存在是同一的。这种实存的同一性是西方意识的生成和朝圣路途中的决定因素。从某种意义上说，笛卡尔和黑格尔只是［它的］脚注。就我们所能理解的部分来说，巴门尼德的词汇和句法使思想成为存在的声音。而散文的告诫气质稍后才会出现。

我们手上的残篇不乏诗之闪光。巴门尼德模仿荷马，说月亮是"围绕大地徘徊，外来的光"[1]。那段关于"星辰的灼热力量是如何开始成形"[2]的描述则奇怪地预见了现代天体物理学。学者们认为，巴门尼德和诗人一样，对词语如何激起心理暗流和听觉联想很是敏感。他在女神讲话中对一词多义和诗意讽刺的运用都堪称真正的作家。

1　见巴门尼德残篇14（DK）。

2　见巴门尼德残篇11。

像赫拉克利特一样，巴门尼德也使用矛盾修饰法（oxymoron）——它是怎么被发现的？——来戏剧化、"演绎"出他关于斗争通向和谐解决的中心论点。太阳使我们目盲，逐走星辰，从而使事物不可见。巴门尼德似乎记录了一个诗人的意识，记述了他听到的语言在未僵化成通俗、功利的用法之前新生的汹涌与丰饶。柏拉图《巴门尼德》开篇的致敬语则漂亮地回应了巴门尼德《论自然》里对女神的欢迎辞。这些举动带有黎明的印记。相比之下，海德格尔说，我们的则是西方世界（Abendland），日落的薄暮之地。

从形式上看，恩培多克勒是比巴门尼德更精微，更令人难忘的诗人。他的表达风格既古老又富有创造性。他对宇宙循环的表达显示出"细腻的审美魅力，恩培多克勒的诗歌风格——宏大、程式化、重复、祭司式——加添了这一迷人的力量"（乔纳森·巴恩斯语）。据亚里士多德记载，恩培多克勒也写过史诗。他那生动的伊奥尼亚语镶嵌着新词和地方性变化。其中华丽的修饰词常常取自荷马，对赫西俄德的借鉴也很明显，某些影响则可能来自毕达哥拉斯和神秘崇拜的程式化表述。恩培多克勒不时现身于埃斯库罗斯的作品，尤其是《俄瑞斯忒亚》（*Oresteia*）之中。文学是他学说的母体。他的哲学诗篇，尤其是《净化》（*Purifications*），曾被史诗吟诵者克勒俄墨涅斯在奥林匹亚吟唱。[1]思想被唱了出来，纯粹的诗歌出现："宙斯，白色的光辉""一群无声的多产的鱼"[2]（叶芝知道这行诗吗？）。超现实的恐怖是恩培多克勒对遭受折磨却仍在游走的死尸和卡俄斯的狂暴（但丁式暴风雨[3]）的描写的特征。巴恩斯注意到，恩培多克勒的某些措辞使人联想到"笛卡尔主义艺术家"。他讲述了图像和知识涌入人类心灵时的凶猛，它们的压力是多态的："我有时是少男和少女，是灌木/和飞鸟，是海里不会说话的鱼。"[4]光芒四射的阿芙洛狄忒将消除使我们的世界变得黑暗的激烈纷争，残酷的仇恨和杀戮。借由恩培多克勒的诗歌，埃利亚学派（Eleatic School）的逻辑规矩屈服于形而上学的幻想和抒情的直觉。变体复现的技巧自有其教谕的音乐性。

因此，恩培多克勒反复出现在西方文学中。他自杀的传说[5]——他的（金色？）凉鞋在火山口被发现——使得他总以偶像的身份出现：恩培多克勒一直是在诗歌中被颂扬的哲学家–诗人。在关于思想的神话故事中，在对智性创造力所具有的献祭般的陌生感和疏离感的重构中，荷尔德林《恩培多克

1　此处记载出自古希腊地理学家狄凯阿耳库斯（Dicaearchus，约前350—前285）所著的《奥林匹亚史》一书。克勒俄墨涅斯（Cleomenes）生平不详。

2　分别见恩培多克勒残篇6、74。

3　指《神曲·地狱》中关于地狱中暴风雨的描写。

4　见恩培多克勒残篇117。

5　相传恩培多克勒为证明自己的神性，投进埃特纳火山自杀身亡，但是火山将他的凉鞋喷射出来，以证明他对世人的欺骗。一说他跳进火山，是因为他相信被火焚烧之后，他将作为神重回人间。

勒之死》（*Der Tod des Empedokles*）的三个连续版本[1]是无法被超越的。对这一非凡文本的评论本身就构成了一种元诗和元哲学文体。我在这部随笔中尝试阐明的每一个论点，荷尔德林都有论及：宇宙循环论，给人类的工作与时日带来和谐的哲学王的悲惨命运，教育催生的爱欲，这些都得到了深入而伟大的表达。关于恩培多克勒由仪式和巫术向伦理学和政治学过渡，没有注解可比肩于荷尔德林的理解，比肩于他的变形演绎。他的演绎表现出，当纯粹思辨思想进入并吞噬理性的脆弱轮廓时，它的要求是自我毁灭的，几乎非人的。荷尔德林是黑格尔的理论对手，但他陷入了更深的质疑的旋涡，经历了更大的他在《恩培多克勒之死》中预言的灾难。不管交际能力如何，这位杰出的思想家都注定要受孤独之刑："失去神的孤独，便是死亡。"（Allein zu sein / Und ohne Goötter, ist der Tod.）即使是我们最爱的人，也无法陪我们一起思考。

马修·阿诺德在《埃特纳火山口的恩培多克勒》（*Empedocles on Etna*）一诗中所表现出的教师般的诚挚，并不能完全缓解其自我描绘的痛苦：

在智术师的沉思以言词

---

1 1798年荷尔德林开始尝试写作悲剧《恩培多克勒之死》，几年后他选择放弃，但留下了名为《法兰克福计划》（1797）、《恩培多克勒之死》（1798—1799）和《埃特纳火山上的恩培多克勒》（1800）的三篇创作草稿。

覆盖人类意识的最后一丝火花之前——

在全体人类,在整个世界

脱去他们的神性之前——

在灵魂丢失她所有庄严的快乐之前,

在敬畏死去,希望不再,

灵魂深处的永恒夜晚降临之前——

接纳我,隐藏我,熄灭我,带我回家!

尼采几次尝试完成一部关于恩培多克勒的作品,这本身就是一个有趣的举动,而且我们发现它直接指向了查拉图斯特拉的形象。麦克卢汉[1]留意到 T. S.艾略特的《四首四重奏》与恩培多克勒双重真理说的内在关联。恩培多克勒炽热的死亡由叶芝、埃兹拉·庞德和乔伊斯描绘出来,也出现在普里莫·莱维(Primo Levi)1984年的诗集《不定的时刻》中。

这种与文学的相遇和组合可以延伸至整个前苏格拉底时期。从希腊化时代、拜占庭时期到经院哲学和现在,毕达哥拉斯一直复现于数学知识、音乐理论、建筑学和神秘学领域。芝诺和他的"飞矢不动"悖论以令人眼花缭乱的方式进入瓦莱里的《海滨墓园》(Cimetière marin)。德谟克利特的原子唯物论是马克思主义万神殿的一部分,也是马克思急需的支

1　麦克卢汉(Marshall McLuhan, 1911—1980),加拿大著名思想家,现代传播学理论奠基者,也从事英国文学、文学批评方面的教学和研究。

撑其学说的先例。[1]

西方思想中后来的潮流，在埃利亚派、伊奥尼亚派、毕达哥拉斯和赫拉克利特的学说中是显而易见的，尽管还处于萌芽状态。它们都充满诗意，或者更确切地说，它们先于韵文和散文、神话叙事和分析性叙事的区分而存在。从这种混合来源中，我们所有哲学中形象与公理之间的持久张力得以产生。诗的塞壬之歌，它所表现出的颠覆性隐喻之潜力，栖居于系统性思想中。不管是像尼采那样试图支持这种颠覆，还是像斯宾诺莎或康德那样严格地远离它，这都是有声的沉思这一奇迹所带来的悬而未解的遗产：它起源于（但这是如何做到的呢？）泰勒斯、阿那克萨戈拉及受他们启发的继承者。

毫无疑问，卢克莱修寻求过恩培多克勒的指导。据《物性论》卷六所述，大师的自杀加速了埃特纳火山的爆发，"火焰的旋涡如何从埃特纳火山中呼啸而出"。桑塔亚那[2]认为卢克莱修的这部长诗可与《神曲》和歌德的《浮士德》相提并论。该诗是此一主题常被引用的经典（locus classicus）。不过卢克莱修与另外两座高峰的区别是根本性的，他致力于将

---

1 指马克思的博士论文《德谟克利特的自然哲学和伊壁鸠鲁的自然哲学的差别》，见《马克思恩格斯全集》（以下简称《全集》）第二版，第一卷。本书的马克思作品译文除特别标明外，均采用或参考由原文译出的第二版。

2 桑塔亚那（George Santayana，1863—1952），西班牙裔美国哲学家、诗人、散文家。此处提及的观点出自他的著作《诗与哲学：三位哲学诗人卢克莱修、但丁及歌德》。

伊壁鸠鲁的宇宙论和道德学说"高度世俗化",致力于阐述大师关于生与死的教诲,尽管他对此进行了自己的曲解。在这部很可能不完整的作品中,有很多东西都会被我们错过。不过显而易见的是,卢克莱修的反思及其也许折中的、受斯多葛派影响的世界观都有其自身的推动力。其愿景源于两方面:在伊壁鸠鲁的模式下,卢克莱修的目标是让男人和女人摆脱对迷信的屈从和对死亡的恐惧。众神是遥远的,且可能会死(尼采深谙这个主题)。正如我们的世界一样,天堂也"必然有始有终";与此同时,卢克莱修歌颂并试图解释多重的自然现象和有机生命,他毫不畏缩地观察生命那热闹而变化的奇迹和恐怖。

《物性论》开篇致生育女神维纳斯的颂诗,被世代传唱。德莱顿欢快的译文如下:

> 万物借助你多产的力量,
>
> 得以降生,眺望这片阳光。[1]

广阔的海洋都在为这一创生的奇迹欢笑:"平静的海面微笑着"(tibi rident aequora ponti)。被爱激励,被一种宇宙的

---

[1] 本书所引《物性论》英译本内容均为拙译;所引拉丁文原文部分则参考了方书春先生的译本(商务印书馆,2011),有改动。

生命冲力（élan vital）[1]所激励，"牲畜变野了，就在田野奔跳"（ferae pecudes persultant）。与这种狂欢的自然主义相反，卢克莱修认为："现实原则"（reality principle）[2]以及人类无可避免地暴露在灾难之中的处境，是无可避免的。除了修昔底德，还有谁对瘟疫的演绎比得上他？[3]在那场源自埃及、席卷雅典的"死亡潮"中，高烧的人变得疯狂。卢克莱修强调理性、合理诊断的力量，但也强调它们的局限性。他的记录令人震惊：医药在无声的恐怖中喃喃着。C. H. 西森（C. H. Sisson）的译文是：

> "医生们喃喃自语，不知道该说些什么：
> 他们惊恐于这许多双因为无法入睡
> 而朝着他们睁大的，灼热的眼睛。"

在《物性论》中，睡眠大有裨益，它将精神从混乱和痛苦中解放出来。如果在短暂生命的压力之后睡眠永恒，那为什么还要苦恼呢？在一条维特根斯坦般优雅简洁的公理中，卢克莱修总结道："死亡是无法生存的"，它在实存之外，它

---

1 柏格森在《创造进化论》一书中提出的概念。

2 弗洛伊德的心理学概念，指认知外部现实，并表现得与其一致的心理能力，属于"超我"的范畴，与属"本我"范畴的"快乐原则"（pleasure principle）相对应。

3 卢克莱修在《物性论》卷六中描写了公元前430年雅典著名的瘟疫，修昔底德在《伯罗奔尼撒战争史》中也记述了这场瘟疫。

不会受到伤害。

卢克莱修是罗马诗人中最具拉丁特征的，他的听力、语言感知力同语音上的天分极为密切地同时起作用，而和维吉尔一样，他们的舌头很少受到希腊典范的影响。那宛如军团行进的气势和节奏，没有其他罗马诗人可与之相比：

> "因此，心灵，无论是坠入病中，
>
> 抑或是被药物医好，都同样表明：
>
> 它如我所已指出的是不免于一死。
>
> 一个真确的事实是如此显然地
>
> 反对着一切错误的理论，
>
> 关闭了敌人的一切退路，
>
> 用两面刀锋的反驳证明其错误。"[1]

真理与错误的理论作战，切断它逃跑时的退路，用两面刀锋的反驳战胜错误——这一明喻从头到尾都是军事性的。战斗的嘈杂声与摩擦声是一致的，r和f的发音将段落向前推进。沃尔特·萨维奇·兰道（Walter Savage Landor）认为《物性论》的音区"阳刚、坦率、全神贯注且充满活力"。《物

1　ergo animus sive agrescit, mortalia signa / mittit, uti docui, seu flectitur a medicina. / usque adeo falsae rationi vera videtur / res occurrere et effugium praecludere eunti / ancipitque refutatu convincere falsum.

性论》定义了拉丁风格。

卢克莱修让我们感觉到，重力（gravitas），即物质的重量（西蒙娜·薇依的"重负"［la pesanteur］）存在于某些思想运动和抽象论证之中。他的音节（辅音为密集到有时令人生厌的句法注入了活力）似乎受到哲学思辨的挤压，继而向前弹起。当节奏中有速度，那便是披甲的迅疾，是好战的渐速音（accelerando）。就像男孩"身披盔甲舞蹈，青铜有节奏地相撞"，没有翻译可以体现出原文中灵活的重量（如果有这样一种重量的话）：

cum pueri circum pueri pernice chorea

armatei in numerum pulsarent aeribus aera.[1]

卢克莱修以富灵感的诗歌创作同道德、认知、科学、医药和政治学说互相激发（interanimation，I. A.瑞恰慈的术语），他在其中展现的天才堪称典范。许多具有哲学或科学倾向的诗人都曾竭力追赶《物性论》的成就。无论何时何地，只要西方的思辨感知力（或公开或隐蔽地）倾向于无神论、唯物主义和斯多葛式人道主义，卢克莱修都是一道护身符。莱奥帕尔迪的诗歌和哲学对话录离不开卢克莱修那平静的勇气和

---

1 这段即"男孩身披盔甲舞蹈，青铜有节奏地相撞"的原文。

对人生苦短的坚定接纳——这些都为后者的论点提供了依据。正如在他之前的伏尔泰，年轻的莱奥帕尔迪也发现《物性论》以无可比拟的方式将知识推入了理性的白昼之中。丁尼生的《卢克莱修》是一部沉思之作，也许还带有一丝不同寻常的情色意味，但他对卢克莱修的一些段落的诠释是无与伦比的："我看见闪耀的原子流／和她那浩瀚宇宙的激流。"如果真的存在众神，他们也只是"游荡／于世界与世界之间的明亮空隙。"那个时刻也许并不遥远，当稍纵即逝的人类——

> 对他自己来说不再是什么了，
>
> 而他，他的希望和仇恨，他的家园与神殿，
>
> 甚至连他长埋于墓中的尸骨，
>
> 坟墓的边沿也会流逝，
>
> 消失，原子和虚空，原子和虚空，
>
> 直至永不可见……

1868年，丁尼生对卢克莱修传说中的自杀的描述，揭示了他自己想要用人的信任来调和当时激烈的科学、技术争论的急切尝试。

年轻的马克思在伊壁鸠鲁派和怀疑论哲学史的草稿绪论[1]

1　即《关于伊壁鸠鲁哲学的笔记》。本段的引文选自《全集》第一版，第四十卷，第123页。

中对卢克莱修的描述尤为精彩："一切人反对一切人（omnia contra omnes）的战争，僵硬的自为存在形式，失去神性的自然和与世隔绝的神。"引用《物性论》卷一第922—934行时，马克思注意到了它"雷鸣般的歌声"，指出它是宣告了"精神之永恒愉悦"的文本。

在列奥·施特劳斯很少被引用但内容广泛的《卢克莱修简注》（收录于1968年出版的《古今自由主义》）一文中，这一智性的愉悦十分突出。在卢克莱修的诗，"甚至一般意义上的伊壁鸠鲁主义中，前现代思想似乎最为接近现代思想。也许没有任何前现代作家比卢克莱修更为这些观念所触动，即没有任何可爱的东西是永恒、永久或不死的，或者说永恒的东西则不可爱"。意思是，施特劳斯认为其主题是黑暗的，"诗篇却是明亮的"。卢克莱修向我们展示了，"诗联结或调停了宗教和哲学"。与其自身的诠释立场相呼应，施特劳斯发现，"哲学诗人是对世界的依恋和对脱离世界的依恋这二者之间完美的调停者"。卢克莱修激发的欣喜或愉悦因而是节制的，"它使我们想起修昔底德的作品带来的愉悦"。在其他地方，施特劳斯一再提起这个类比。

如果说卢克莱修标志着"思想之诗"（即对可以溯至前苏格拉底时期的系统性哲学意图的诗性复兴和阐述）的顶点，那么《物性论》也意味着一个漫长的尾声。接下来还有什么成功的哲学史诗呢？

但丁的情况极其复杂，几乎无法统计的二手文献尤其加深了这种复杂。但丁对哲学神学、亚里士多德之后的本体论、政治理论、美学和宇宙论猜想当然做出了重大贡献。我们很明白，没有谁的智识比他的更精微、简约，没有谁的高超诗力比他的更富于分析穿透力，也没有谁的感知力像他的那样，同严格的逻辑和心理上的警觉相结合，来使语言更具创造性。但丁在哲学上是杂食性的，援引范围涵盖亚里士多德的遗产、塞涅卡、斯多葛学派、西塞罗、早期教父们、阿威罗伊[1]、阿奎那，也许还有伊斯兰教的资源。《神曲》还可能与在维罗纳[2]可以接触到的希伯来语和卡巴拉（Kabbalah）[3]的材料有微弱的联系。但丁的托马斯主义（Thomism）具有无可匹敌的同化和重述的力量。亚里士多德在当时的地位几乎等同于上帝，不过但丁还是运用托勒密的天文学挑战了前者的正统学说。尽管证据存在争议，《神曲》中可能有布拉班特的西格尔（Siger of Brabant）的异端形而上学的影子。简言之，从早期爱情诗（爱欲和理智在其中有着错综复杂的相互作用）的新柏拉图主义开始，但丁的韵文和非韵文作品都充满了习语（常常是技

1　阿威罗伊（Averroës，1126—1198），中世纪著名的阿拉伯哲学家和博学家，阿拉伯 - 伊斯兰哲学的集大成者，他生前翻译并注释了亚里士多德的全部著作，对西方哲学有重要影响。在《神曲》中，阿威罗伊出现在地狱的第一层灵薄狱（limbo）里。

2　维罗纳（Verona）是位于意大利北部的一座历史悠久的城市，但丁生前居住于此。

3　与犹太哲学观点有关的思想，用来解释永恒的造物主与有限的宇宙之间的关系，也称"希伯来神秘哲学"。

术性的）和哲学的概念性决定因素。哲学夫人从未离开他。

艾蒂安·吉尔松（Étienne Gilson）等人指出，但丁设想了一种包含神学，从而可以解开存在和宇宙之奥秘的总体形而上学。例如，它能解答为什么天空自东向西旋转，也能揭示宇宙的起源。这种最高哲学和形而上宇宙论将回报理性的努力，就像神学回报信仰的努力一样。然而，但丁明白这种可理解的知识总和（summa summarum）超出了凡人的思维能力："上帝知道，我认为判断是自以为是的。"（Dio lo sa, che a me pare presuntuoso a giudicate.）有一点是清楚的，在但丁的全部作品中，神学领奏和整合了智识的、经常是抽象的对话，以及道德辩证法和科学。精神的艰苦朝圣在神学上被激励和加冕。但丁渊博的历史哲学知识，他的政治学说，多语种文献背景，甚至所使用的数学和音乐的类比、象征，都是由一条神学子午线延伸出来的。其作品所涉范围甚广，并且常常是奇异的。不过无论背后的最终理解是什么，它都离不开经院哲学的框架和方案。

但丁之后，英雄史诗、寓言史诗、浪漫史诗有着丰富的历史。庞德的《诗章》（*Cantos*）便有回应《神曲》的雄心。但是完整的哲学诗，用韵文来表达和阐述形而上学通行观念变得罕见。柯勒律治怀着强烈的决心计划去做的，正是这样一项事业。听到华兹华斯在1807年1月7日的夜里朗诵了一段《序曲》（*The Prelude*）后，他赞颂道——

实为一曲俄耳甫斯之歌，

一曲崇高和激情之思

以其自身的音乐高唱的神圣之歌！ [1]

　　这里闪耀着"深邃到无以言表的思想"之光。柯勒律治似乎确信，华兹华斯的《隐士》(*Recluse*)与《漫游》(*Excursion*)一旦完成，便能实现诗歌与哲学、狂想与认知的融合，而神话把这一融合归功于俄耳甫斯的启示。不过内含于柯勒律治颂词的哲学观念是分散和隐喻的，它关注内省的意识，而非系统的思想。

　　维克多·雨果晚期的末世论史诗一直无人问津。如果说存在一个经常被忽视的例外，那便是蒲柏写于1732年至1733年间的《人论》(*Essay on Man*)了。有趣的是，尽管蒲柏直觉到了阿贝拉尔[2]名望中的一些东西，但他并不是一个哲学脾性的人。就像卢克莱修借鉴了伊壁鸠鲁，《人论》吸收了牛顿、博林布鲁克，也许还有莱布尼茨的思想。它的形式显然受惠于贺拉斯的书信，不过蒲柏英雄双行体中沉着的敏锐为他的神意伦理学和宇宙论增添了威信：

1　出自柯勒律治的诗歌《献给威廉·华兹华斯》。

2　阿贝拉尔 (Pierre Abélard, 1079—1142)，法国著名神学家和经院哲学家，开创概念论 (Conceptualism) 之先河。他与爱洛依丝有一段凄婉的爱情故事，蒲柏据此创作了诗歌《爱洛依丝致阿贝拉尔》(*Eloisa to Abelard*)。

天国向所有造物隐藏了命运之书，

除了规定的那页，他们的现状：

兽不知人的知，人不知灵的知；

否则谁能在尘世忍受存在？

你那注定在今日流血的欢闹羊羔，

如若有知，岂会嬉戏蹦跳？

啃噬美食，心满意足直到最后，

还在舔舐举起的杀戮之手。

承蒙恩赐啊，前途难辨，

神定之圈，亦可充填：

一如万物之神，平等相看，

无论英雄之死，麻雀魂散，

原子抑或体系，全都毁坏，

如此泡影破灭，如此世界出现。

　　请注意从"命运之书"到"规定的那页"的过渡，暗指了《哈姆雷特》和福音书中麻雀坠地的典故[1]，以及确定的"原子"和"体系"的二分法。连不轻下判断的康德也叹服《人论》中的哲学寓意和诗性简洁。

1　见莎士比亚《哈姆雷特》第五幕第二场，及《新约·马太福音》10：29。

3

同样，就像关于但丁的二手文献堆积如山一样，对柏拉图的评注，对这些评注的评注（通常是论战性质的）所形成的研究成果无穷无尽。光文献目录就卷帙浩繁。但是在这常年的研究潮流中，似乎存在一个真空的中心，那便是柏拉图的文学天赋，他作为戏剧家的卓越，以及它们如何必然地催生出其形而上学、认识论、政治学和美学的学说内容。关于柏拉图从寓言中得到的启示以及对寓言的运用，已有大量研究；也不时有人尝试梳理对话中的"角色扮演"；还有极少数人留意到了对话中零星出场的历史人物（如《蒂迈欧》中的克里底亚）；我们在肯内特·伯克（Kenneth Burke）那开拓性的"动机修辞论"中，发现了一些对柏拉图修辞的敏锐但零散的观察。而柏拉图作品中的词汇、句法、引导和演说的转折，也都被精细地剖析过了。

我们所缺少的，是充分分析柏拉图足以媲美莎士比亚、莫里哀或易卜生的高超戏剧手法，以及创造和安排角色的能力，尽管莉迪亚·帕隆博（Lidia Palumbo）在其论模仿（Mimesis），以及对话中的"剧场与世界"的著作（2008）中对此有所涉及。柏拉图主要对话的开场白，已有富独创性的探究，但是关于城市和乡村、私人和公共的背景设定，即场面调度（mises en scène）如何开启和预示接下来的辩证法，并无系统的批判性研究。至少我并不知道，有谁透彻考察过这些对话的开场和退场所起到的作用，尽管它们的节奏和形态，堪比其他任何伟大的戏剧。

柏拉图对苏格拉底之审判和死亡的记录，同耶稣受难一道，长期被视为整个西方悲剧艺术和情感的原型。我们知道柏拉图是写悲剧出身的，对话中的《会饮》和《斐德罗》都在舞台上演出过。埃里克·萨蒂为《苏格拉底之死》（*La Mort de Socrate*）[1]创作的音乐如同水晶一般。但柏拉图思想和柏拉图主义是作家的产物，是他在悲剧、（更少见地）在喜剧和讽刺风格上首屈一指的戏剧感受力和戏剧技巧的成果，而关于柏拉图思想和柏拉图主义多样的实现方式，我们没有任何文学和哲学意义上的权威研究。缺少的是对复杂文学手法的透彻分析，如柏拉图的间接叙述，以及对刻意反现实主义设定的冗长对话的分析，这些对话由见证者、参与者，或在三重间隔下——布莱希特也许会称之为三重"间离"（alienation）策略——由听过参与者转述的人回忆出来。我们还需要考虑"缺席"的戏剧技巧：柏拉图在苏格拉底去世时的缺席，苏格拉底在柏拉图最后也最简洁的对话《法律》中的缺席——如果他不是那个雅典陌生人[2]的话。

我在这部随笔中尝试阐明的是，在多大程度上，一切哲学皆风格。形式逻辑之外的任何哲学命题都无法脱离语义手段和语境。正如西塞罗在探究其希腊源头时所发现的，这些

1　萨蒂交响戏剧《苏格拉底》的第三幕，其中的唱白取自柏拉图的《斐多》。

2　《法律》中三个主要对话者之一。

命题并不完全可译。在哲学渴求抽象普遍性之处，如在斯宾诺莎更为几何学的方式或弗雷格的认识论里，张力和挫败便在所难免。因此，不仅所有西方哲学都是柏拉图的脚注（怀特海语），柏拉图的对话和书信也是非常丰富和复杂的文学述行行为。极其复杂的抽象或思辨思想在这些文本中得以体现，或者用莎士比亚的话说，得以"显形"（bodied forth）。智力的运动与反向运动被戏剧化地表达出来。《神曲》、《浮士德》第二部、《尤利西斯》——针对《哈姆雷特》富有启发性的辩论——的某些段落，也能达到这样的效果。在陀思妥耶夫斯基的"宗教大法官"、卡夫卡的讽喻故事里也有神学–形而上学的寓言。然而即便这些最重要的例子（但丁也许除外）也无法媲美柏拉图思想剧场的广度、多样和直观。

文学，以及口头和书面词句，它们所具备的创造能力，与我们交流的能力，演绎出令人难忘的角色的能力，很大程度上仍然是个谜。书中的角色比绝大多数真实的人更复杂，更可爱或更可恨，更令人慰藉或更具威胁。我们也许会通过这些人物来确认自身较短的生命，他们比所有作者和读者都长寿——福楼拜认为这一显眼的悖论简直不可思议。对神圣或有机的造物进行怎样的模仿（imitatio），基于何种创生术，才使得奥德修斯、包法利夫人、福尔摩斯或莫莉·布卢姆被创造出来，并具有持久的生命力？萨特说这些人物不过是书页上的划痕，这个说法既无可辩驳，又带着可笑的缺陷。

和寻求"历史中的耶稣"一样,"真实的"苏格拉底也难以确定,甚至可能是虚构的。我们不知道,也没有把握得知苏格拉底生前长什么样,教过些什么。学者倾向于认为他很可能就像色诺芬描绘的那样,是一位有些迂腐、驯顺的道德家和"节俭者"。阿里斯托芬《云》中对苏格拉底的讽刺性描绘隐含了多少可信度?以我"无法指责的"直觉(蒯因宽容的措辞)而论,柏拉图笔下的苏格拉底是独一无二的文学–戏剧构造。不管哈姆雷特还是浮士德,堂吉诃德还是亚哈船长,都没有超越在对话中重获不死生命的苏格拉底的心理丰富性、身心特征和"真实存在",也无法完全媲美苏格拉底的审判和死亡中的讽刺性悲怆——我们压根不知道这些是否都是由柏拉图升华、创造和发明出来的。更重要的是,在我们的遗产中,没有人可以与柏拉图以蒙太奇手法(如果可以这么说的话)表现出的认知深度和伦理紧迫性相提并论。哈姆雷特、浮士德和普鲁斯特笔下的叙事者,都是有着重要地位的智性形象。但丁的维吉尔也一样。阿廖沙·卡拉马佐夫还发起了道德挑衅。但即使是这些戏剧人物(dramatis personae),其哲学–道德维度也无法与柏拉图笔下的苏格拉底并驾齐驱,而这些维度一旦被唤醒,便迫使如此众多的西方意识和质问紧随其后。在我看来,没有比柏拉图更伟大的"文字匠"。

这使得柏拉图同诗人和诗歌的著名纷争十分有趣,而这也是我们论述主题的中心。正如我们所见,这场纷争由赫拉克利特所预见，在克塞诺芬尼和赫西俄德对荷马的批评中也很醒目。柏拉图年轻时写过悲剧，在《理想国》卷十中还承认，使自己的灵魂脱离诗歌的魅力对他来说非常痛苦。然而其裁定很是坚决：不管在合理还是理想的城邦之内，除了教诲诗或城邦的点缀性诗歌之外，一切诗歌皆不被允许。那些在早期希腊的著述和教育（paideia）中扮演了重要角色的吟游诗人和史诗吟诵者，都将遭到驱逐。再次强调，各种评注的体量大得惊人，它们使得原本就很复杂，甚至有歧义的议题变得更加费解。

每当哲学与文学交战，柏拉图式论战的要素便浮现出来。几个世纪以来，教会对戏剧演出和淫秽作品的谴责就反映了这一点。柏拉图式理想是卢梭控诉戏剧的范本，是托尔斯泰的原教旨主义批判的基础，也内含于弗洛伊德对诗歌的解读——他认为诗歌是婴儿期的白日梦，并不适用于成年人，也无助于在认知上获取积极知识和"现实原则"。造成更严重后果的是柏拉图的苛刻观念，即未经审查的艺术和文学、不受控制的音乐才能本质上是无政府主义的，它们削弱了城邦的教育职责、意识形态的融贯性和管理方式。这一在《法律》中以令人不寒而栗的残酷方式提出的信念，已经导致了无数的"思想控制"和审查制度，无论是宗教审判式的、清教徒式的、雅各宾党的还是法西斯主义的。不受约束的诗人或小说家，释放并示范了反叛的、不负责任的想象力。他们总是与官方意见相左。对公民财产与义务的精打细算通常处于压力之下，在这种计算中，审美总是导致浪费和颠覆。从这个角度来看，柏拉图所为比否定"开放的社会"（波普尔著名的控诉）更糟，他否定开放的思想。他试图约束我们不受控制的感官邪灵，这一潜在力量与苏格拉底身上的正义神灵形成鲜明对比。

问题是，柏拉图的这一立场，即使去掉其讽刺性，也仍混杂了其极难拆解和复原的形而上学、政治学、道德、审美以及可能的心理方面的动机。

已有的共识是，柏拉图此论的核心是认识论，他对诗歌和艺术的谴责直接源于他的三重存在结构说。理念（Ideas）或原型的形式（Forms）是抽象的、永恒的，不受感官意见影响，只有它们才能确保本体论真理。这些"精华"只能部分地被哲学语言、辩证法中的追问技术认识到；次一级的则是那些日常经验世界范围内的短暂、易变和不完美之物。再现和"模仿"的模式跟真实之间有着双重距离。木匠借助桌子那超验形式的内在、"回忆起的"光芒造出桌子。画家没有造出任何物的能力，只提供物的图像。所有的再现都是寄生于实在的影子戏。图像仅仅是图像：幻像（eidola），画像（eikones），拟像（mimemata）。更糟糕的是，那些幻影假装为真：所有虚构作品都是杜撰（feign）的，却又自称真实。虚构作品激发和培养的是并非由真实的知觉和体验所引发的情感、共鸣和恐惧。这种欺骗性力量，这种不真实的行为实际上腐化了人的心灵，并剧烈地对抗着让我们的意识和城邦变得成熟的教育。（亚里士多德在《诗学》中持完全相反的观点。）史诗吟诵者和剧作家对神话的利用，对诸神丑态百出的行为的无节制捏造（荷马史诗中随处可见），加深了这一诱人的堕落。悲剧充满了恐怖、乱伦和不可思议的传奇（参见托尔斯泰对《李尔王》中葛罗斯特自多佛跳崖自尽的情节的无情批判）。柏拉图认为，诗人赞美暴君及其统治下的繁荣，绝非出自偶然。暴君屈服于兽欲和残忍，体现着肆无忌惮的欲望和爱欲。而从极端的意义上讲，就像《理想国》中的色拉叙马霍斯（Thrasymachus）那样，正是诗人推崇的爱欲催生出了不公平（列奥·施特劳斯对此持相同意见）。虚构和"幻影"的腐蚀性魅力对年轻人，对处于萌芽阶段的感知力，影响最为强烈，其危险性因而尤为突出。荷马在古希腊教育中的中心地位完全应该受到谴责。盲荷马虚构了阿喀琉斯的武艺，却对战斗一无所知；讲述了奥德修斯的旅行，却对航海一窍不通。T. E.劳伦斯——至少造过木筏，并且"杀过人"——在他的《奥德赛》译本序里深入思考了这种虚假。因此，删节和审查至关重要，荷马史诗需改写成适合教育的作品，艺术和音乐应附和并颂扬军事技术，以及法律的和谐。因此，诗人、拟剧作者和长笛演奏者被还算客气地勒令离开理想国，去别处兜售虚假的麻醉剂。

这一认识论上的谴责中肯而微妙。"真值函项"与法律、秩序之间的深层关联，也得到了令人信服的阐述。诗人与智术师的联合（《理想国》和《普罗泰戈拉》中提到的品达就是重要的一例）仍然令人不安。我们困惑于当下媒体中色情和虐待题材的审查是否合法这一问题，就表明了柏拉图式歧视的生命力。不过在起作用的也许是一种更个人的冲突。

当柏拉图提议驱逐歌手和悲剧作家（尽管他和圣保罗一样，引用了欧里庇得斯）时，当他挑起与骗人的荷马的争吵时，他也许是在最深层次上与自己搏斗。他试图在自己的能力范围内阻止戏剧大师、神话创造者和天才叙述者靠近。然而，即使在极其抽象的《泰阿泰德》和《法律》的沉闷论述里，文学艺术的引力也清晰可见。请留意《泰阿泰德》中引发知识讨论的场面调度。始终存在的诱惑和威胁是，风格、模仿艺术，以及文学技巧对形而上学、政治学或宇宙论问题的干扰。严谨的思想家，传授通行观念的教师，逻辑学家和数学的颂扬者，都在与富有创造力和充沛灵感的作家搏斗。

这一斗争尤显激烈，因为从某种程度上讲，参战双方都熟知彼此的和谐或密切关系。哲学与自然语言密不可分，它会吸收或设法消除文学那富于魅力的吸引力。柏格森便屈服于这种吸引力，他与普鲁斯特的不稳定关系因此而生，威廉·詹姆斯与亨利·詹姆斯之间也存在着类似的麻烦。斯宾诺莎、维特根斯坦极度抗拒这种吸引力。海德格尔则近乎专制地坚信，哲学将锤炼出自己的习语，从而克服这一普遍的二元分立和内部断裂。然而，即使在海德格尔处，荷尔德林的存在既是模范，也是抑制。

诗与辩证法的张力，意识的分裂在柏拉图的作品中随处可见。空击练习（shadow-boxing）[1]是关键。在《斐德罗》和《第七封信》中，书面文字的实践及其与文学的功能性关系遭到了质疑。因为写作弱化了记忆的开创性地位和资源。它把人为的权威奉若神明，阻碍了质疑、异议和纠正的有益即时性。只有允许插话的口头（viva voce）交流才能收获富有成效的论战，或达成共识。写下的字母和文字是福祸参半之物。苏格拉底便不写作。很难知道这些敏锐的批评有几分郑重可言，毕竟讽刺是柏拉图常用的手法，即便在其论点最具权威口吻的部分，也能找到幽默的蛛丝马迹。这种对写作的指责竟源自一位卓越的作家。莎士比亚《雅典的泰门》结尾处插入的"语言已终结"的宣言，也多少带有自我否定的味道。苏格拉底弃绝著述，这对柏拉图，对他塑造和戏剧化其师的文学天赋，构成了压力。

《伊安》中的讽刺和揶揄妙趣横生。那个史诗吟诵者、恍惚出神的吟游诗人——很像莫里哀笔下的人物——没有意识到他所经受的解构。他不会驾驭小帆船，却试图描述在暴风

---

1 拳击的一种训练方式，可引申为与假想敌的斗争。

雨中颠簸的大商船。在天真的虚荣中，伊安为谋略家和英雄辩护。他以神启的灵感来证明这一不称职的技艺的正当性，而这实际上是幼稚的疯狂，其言行有如《仲夏夜之梦》里的疯子和恋人。在这部如此直接针对荷马的早期讽刺作品里，被抨击者带来的欢乐多于危害。而在《理想国》和《法律》中，情况就黑暗得多。

在我看来，《法律》817b段既明确又晦涩。这一段经常被忽略，即便是将这最后一篇对话视为正典的列奥·施特劳斯及其弟子。当被问及在柏拉图设计的城邦里为什么没有悲剧作家（尽管他们声望很高）时，那个雅典人回答道：

> 我们自身就是一部悲剧的作者，而且它是我们所能写出的最美和最好的悲剧。我们的整个政体就是对高尚和完美生活的戏剧化构建，它事实上就是我们认为的最真实的悲剧。你们诚然是诗人，但在最优秀的剧作上，我们也是同一风格的诗人，是互为对手的艺术家和演员。而这样一部戏剧，只有在真正的法律的规定下，才能制作出来。

柏拉图在这部"令人震惊的对话录"（托马斯·潘戈［Thomas L. Pangle］语），尤其是在这一段里，想要告诉我们什么呢？对此我没有找到令人满意的解释。

现代语境中的某些说法也许可以带来一抹微光。克罗齐认为政治行动是"宏大的、可怖的",并最终是悲剧性的——当然这也许只是一个微不足道的回响。戈培尔在1933年5月鼓吹"德国剧院的任务",他宣称"政治是最高的艺术,因为雕塑家只塑造石头,死的石头,诗人只塑造字词,字词本身就是死的。而政治家塑造群众,给他们法规和结构,让他们在形式和生活中呼吸,一个民族就是这样从中诞生的"。在最后的笔记中,汉娜·阿伦特说柏拉图的城邦比任何文学都更能保护和传递记忆,更能确保后代的声望。但同样,这段陈述也是对柏拉图的改写。伯里克利离我们的源头更近,他断言雅典不再需要荷马或德谟克利特,人类将通过"最高艺术"(即政治的艺术)来获得成就感。马基雅维利的共和主义也呼应了这一观点。

这不是忽视了文本中的关键吗?即其中的角力、对抗的亲缘关系。"我们也是同一风格的诗人,是互为对手的艺术家和演员……"不管怎么鼓舞人心,诗歌都不仅是颠覆性的:它甚至是多余的,因为政治理解和对"真正的法律"的编订已经包含了戏剧中最好的东西。它们以社会秩序、成熟制度的理想和实践,提供合理的感知力,比那些虚构的模仿性法律更丰富、成熟(弗洛伊德的标准)。人们再一次意识到,柏拉图致力于控制或者说收编——本·琼生(Ben Jonson)会称之为"吸收"——自己身体里那个伟大的文体家和剧作家。

他试图消除思想家和诗人之间的距离，但此举对前者更有利。

但正如柏拉图作品中经常出现的那样，一种更广阔的意涵在地平线上徘徊，如同日落后的光亮。即使在最好和最真的政治中，正义之城的建立最后也将是一场"最真实的悲剧"。政治不可避免地属于偶然和务实的范畴，它因此是短暂的，最终注定要失败。柏拉图说这些话的时候已经上了年纪，成为君王的立法者和顾问的梦想也已在西西里被两度击碎。有什么舞台悲剧，有何种诗意的悲怆可以比得上在斯巴达胜利者洗劫米利都、羞辱雅典之后留下的道德和心理上的荒芜？

尽管如此，无论内心如何矛盾，柏拉图还是无法逃避他的文学天赋。他已经无法和他那些以戏剧手法和充满神话的语言写就的对话相分离。同他的哲学相比，没有哪种哲学是如此彻头彻尾的文学。"互为对手的艺术家"，他自己就是竞争双方。

可以拿来印证的地方太多了，我在此仅举几例。

就像在戏剧舞台上或长篇小说里一样，柏拉图的背景设置通常与主题相关。《斐德罗》的田园序幕——夏日的伊利索斯河畔，即靠近风神玻瑞阿斯抢走仙女俄瑞堤亚的地方——为接下来关于爱情的讨论奠定了抒情、迷人的基调，尽管不时伴以尖刻的语调。当高温消退之后，苏格拉底向潘神和森林女神作了一篇告别祷文。现在"让我们走吧"。《法律》中关于场所的暗示最为微妙。三个老人在克里特岛的一条路上相遇，而从克诺索斯到宙斯的洞穴和神庙的距离相当长，为他们的对话留足了时间。那天天气闷热，正好呼应了柏拉图政治蓝图中全部的压迫感。不过"荫凉的休憩之地"因而也值得期待，其中有一片"异常美丽的高柏树林"，一入树林立刻就变得阴森和凉爽起来。

《普罗泰戈拉》的舞台布景是微型喜剧式的。那位著名的访客寄宿于卡里阿斯的家中，他大部分时间待在室内——这是一个微妙的讽刺，因为苏格拉底喜欢在室外和公共空间活动。天色未亮。在卡里阿斯的门前，那个门房，一个阉人，感觉厌烦。该死的智术师和他们飞蛾般的追随者！接下来便是西方散文史上最引人注目的段落之一：普罗泰戈拉走在门廊里，两边都跟着一长串热切的听众。就像俄耳甫斯一样，他的声音迷住了各个城市的人。而这些人的"舞步"很醒目。苏格拉底"有些好笑地发现，他们都小心翼翼，绝不抢在普罗泰戈拉之前。当他折回，身边的人跟着折回，这群听众便整整齐齐地分列两旁，随之绕个圈转身，总是保持后面的位置。走得实在漂亮"。这段"芭蕾"的描写准确地戏仿和取笑了智术师的循环修辞术。为了说明这群着迷的听众，苏格拉底引用了《奥德赛》第11卷第601行对军事纪律的歌颂。如果了解柏拉图对荷马的质疑，我们就能判断出其中的讽刺，当然也有一部分赞赏。这篇对话在恭维的气氛中结束，普罗泰戈拉预言这位年轻的挑战者[1]"也许会成为一流的哲学家"。《欧绪德谟》则以一段生动的插曲来开头。苏格拉底那时在吕克昂讲学，与人谈话。克力同想听，可是围观的人太多，"不管我怎么踮起脚尖，想一探究竟"，都无法靠近。

《巴门尼德》中的转述从某种程度上讲是"反现实主义原则的"。四名对话者在雅典的市场相遇。来自克拉佐美纳伊的访客被告知——再次插入——安提丰[2]"一直和那个叫皮索多鲁的人在一起，而后者向他讲过苏格拉底与芝诺、巴门尼德之间的对话"。据称这段对话安提丰听过多次，以至于"可以在心里复述一遍"。这种夸张的自负，也许是自嘲，表明了柏拉图对记忆训练的崇拜。安提丰的房子在附近的梅利特，他在家指导一个铁匠为自己的一匹马锻造马衔，马是他的主要兴趣所在。他有点勉强地同意重述整个对话。有没有可能，这些看起来不必要的复杂性和"间隔效果"是为了更好地呈现一个以不确定和不完整为特征的哲学文本？

《卡尔米德》开篇讲到，苏格拉底刚从波提狄亚的惨烈战役[3]中归来。在巴西莱圣所附近看到苏格拉底，"言行举止总是

1　即苏格拉底，《普罗泰戈拉》中提到普罗泰戈拉的年龄足够做苏格拉底的父亲。

2　柏拉图同母异父的弟弟。

3　波提狄亚战役（Battle of Potidaea），伯罗奔尼撒战争的前奏。波提狄亚原属雅典盟邦，在斯巴达等城邦的唆使下背叛和脱离了雅典。雅典派兵前往平叛，围攻两年后迫使波提狄亚投降。据柏拉图记载，苏格拉底是参与此次战役的老兵，还救了雅典将军阿尔喀比亚德一命。

像个疯子"的凯勒丰冲向他,一把抓住他的手,大喊道:"苏格拉底,你是怎么从战斗中脱险的?"事实上,柏拉图总是标识出精确的地点,只是其中许多影射和象征意味是我们注定难以得知的。又如苏格拉底正沿着环绕城墙根的路,从阿加德米[1]去往吕克昂。当他到达"帕诺普泉边的小门"时,他碰巧遇上了一群渴望加入他的年轻人。这次不期之遇来自《吕西斯》——苏格拉底教学中的决定性论述之一。

《斐多》和《会饮》中精湛的表现技艺无需多言,它们使这两部作品跻身于文学的最高峰。柏拉图对苏格拉底之死的记述已经渗入了西方人的意识。它已经成为道德和智识抱负的试金石,只有福音书的叙事可以与之相比。从抽象的、命题的角度讲,苏格拉底对灵魂不朽的"论证"也许是无力的,但作为行动的诗歌,它是出类拔萃的。《会饮》中每处创作上的卓越都受到了无穷的赞美。柏拉图的戏剧手法不胜枚举:戏剧比赛获胜后阿伽松家中的盛宴、夜间的室外街道、门廊的场景、黎明的来临,以及终场和开场处那些令人惊叹的精心设计的辩论戏。苏格拉底的迟到,他那孤独而清醒的离场,

---

1　阿加米德(Academy)在当时是一片位于雅典城墙外用于祭祀雅典娜女神的树林,后来柏拉图在此地建立学园。

都是暗示和表演出含义的神来之笔。阿尔喀比亚德[1]的到场，既是来捣乱，也是做贡献，任何戏剧或小说都难以超越这一幕的描写。阿里斯托芬的发言则巧妙地展现了他的喜剧天分。曼提尼亚（Mantinea）的女先知狄奥蒂玛（Diotima）缺席而又强烈地现身于苏格拉底对其爱的教导的记述，也是对新柏拉图主义和荷尔德林生活与写作的根源的记述。[2]主人公及其雄辩被醉意、疲惫和睡眠环绕。每个举动都由最高的指挥者设计而出。包括那个扶着醉醺醺的阿尔喀比亚德跟跄而入的吹笛子的女孩，她"头戴一个由常春藤和紫罗兰编成的大花冠，缠着许多飘带"[3]（卡拉瓦乔无疑撞见过类似画面）。阿里斯托芬和阿伽松相继进入醉梦之中。清醒的苏格拉底"帮他们披好被子，让他们更舒服"，动身前往吕克昂，去洗个澡。我在别处试论述过，这个显然带着曙光的退场有着怎样致命的阴影，以及《会饮》和最后的晚餐中的"走入黑夜"有着

1　阿尔喀比亚德（Alcibiades，约前450—前404），雅典将军、政治家，后背叛雅典，投靠斯巴达。他是苏格拉底的学生，与苏格拉底交往密切。他在《会饮》中是中途冲进宴席的，没有延续众人关于爱的讨论，反而发表了一通对苏格拉底的赞美。所以后文说他"既是来捣乱，也是做贡献"。

2　《会饮》中狄奥蒂玛教导苏格拉底时提出了"爱的阶梯论"（the ladder of love），认为爱是一个不断往上攀升的过程。新柏拉图主义的创始人普罗提诺据此提出了"太一"（the One）学说，其追随者则将这一攀升过程解读为灵魂升至天堂之路；而荷尔德林将他生命最为渴慕的情人称为狄奥蒂玛，并在她的启发下写下了诗体小说《许佩里翁，或希腊的隐士》（小说中的女主角也叫狄奥蒂玛）。

3　飘带缠在头上，在雅典表示比赛得胜。在《会饮》后文里，阿尔喀比亚德将这飘带戴到阿伽松头上，又从阿伽松头上取下几条飘带系到苏格拉底头上。

怎样深刻的相似性。

　　和柏拉图的苏格拉底相比，哈姆雷特、福斯塔夫有更多的"真实存在"吗？堂吉诃德身上具有更丰富的人性吗？我已经表达了我的信念：柏拉图所呈现出的苏格拉底，在智识、心理深度和风格上都达到了异乎寻常的高度，这一角色在一连串对话中所展现的成熟的复杂性证明了柏拉图的艺术，只有对语言充耳不闻的人才会对此表示怀疑。就和普鲁斯特一样，这种艺术利用了时间的生成和腐蚀的力量。

　　请看这一组可以证实柏拉图技巧的快照拼接：苏格拉底在令人沮丧的战斗撤退中，平静并陷入了沉思；在去阿伽松家的路上，他立在原地默想；临死前，他转向了伊索寓言和歌。哲学、心理学观点是通过物理形象来表达的。在辩证法的空击练习（柏拉图自己的比喻）中，苏格拉底并不总是公正的，也不是每次都获胜。他没有战胜普罗泰戈拉；在《理想国》中，被激怒的色拉叙马霍斯（他本身就是个引人注目的人物）也没有被苏格拉底的反驳说服；《巴门尼德》中有关理念的本体论地位的关键讨论无果而终，甚至显得混乱。对话中存在着受控的转调和声调的变换。《克拉底鲁》快要结束时，幽默的讽刺和揶揄屈服于一股歌颂冲动，即对"难以言表"的善与美的抒情而富有哲理的赞扬。在《蒂迈欧》（长久以来柏拉图著作中最有影响力的一篇）中，一种明显的解决特定宇宙论难题的无能却引发了一种确切的"永恒之诗学"。

《泰阿泰德》中艰辛的认识论努力也许就像一则可信的评论所言，"把我们留在了比以往更多的黑暗之中"。不过一个核心观点随之而来，即对"无知"（unknowing）的欣然接纳——济慈会称之为"消极能力"，而海德格尔称赞其为泰然任之（Gelassenheit）[1]。思想是有抑扬顿挫和性格的。

戏剧活力并不只体现在苏格拉底身上。我们在伊安身上看到了一幅虚荣的侧影；智术师的长廊一幕则传达出言词技巧和道德或逻辑洞见之间的同谋关系——也许柏拉图从自身领会到了这一点。"以他的回答来作战"的"怒发冲冠"的普罗泰戈拉被允许发表了一长串与其年龄和名望相符的演讲；高尔吉亚令人眩晕的口才落败于苏格拉底针刺般的质问，并一一瓦解，这位智术师最后陷入了完全的沉默——令人难忘的一击。波洛斯和卡利克勒斯则"跳进"了陷阱；细想一下《理想国》中格劳孔、阿狄曼图和色拉叙马霍斯之间的区别，他们在智识分量上的细微差别；或是克里底亚和蒂迈欧在可能没写完的、以他们名字命名的两篇对话中表现出的区别。为了击败蒂迈欧继而击败苏格拉底，克里底亚变得近乎孩子气的傲慢，像个爱吹牛的士兵（miles gloriosus），论证浅薄却气势汹汹；阿尔喀比亚德的种种表现，他那不成熟的自命

---

1 海德格尔思想中的概念，中译通常译作"泰然任之""沉着"或"任让"。1955 年，海德格尔曾以此为题作了一场关于技术反思的演讲。

不凡，他对苏格拉底多情而受挫的追求，他那被安排得看似合理的不堪情欲，都展现了最高水准的戏剧技巧；再想想巴门尼德的声音，其中那脆弱的起源，以及怀疑、诚实的困惑的展开。他那伟大独白一开头所用的明喻既讲究修辞，又尖锐有力：他是伊比库斯[1]笔下的老赛马，在起跑线上颤抖，他是一个被迫"进入爱情赛场"的老诗人（就像叶芝）。他自己的记忆使他"害怕在这把年纪游过那宽广而汹涌的海洋"。不过"过了这么多年后"坐在他脚边的是芝诺、亚里斯多德[2]、皮索多鲁和苏格拉底本人。可曾有过比这更耀眼的讨论会？对话中到处都有诗人在场：苏格拉底质疑普罗泰戈拉对西摩尼德斯的评价，也对安提西尼视奥德修斯为圣人之典范提出了异议。在《普罗泰戈拉》的关键性段落（347—348），柏拉图拒绝用诗的解释达成哲学目的。不过诗与思之间仍然存在"欢欣的对抗"（莫里斯·布朗肖语），诗歌中谜一样的意象使哲学的直觉得见天日。布朗肖认为，这种"奇怪的智慧"对苏格拉底来说也许太过古老了。

当一位作家赋予一个次要、临时的角色，一个马前卒以令人难忘的生命时，托尔斯泰提醒我们留意这种分配的公平。谁能忘记《美诺》中的奴隶男孩，或是《政治家》中短暂出

1　伊比库斯，活动于公元前6世纪前后，古希腊抒情诗人之一，现存有残篇。

2　亚里斯多德（Aristoteles），与哲学家　亚里士多德"同但，后为"三十僭主"之一。

现的因计算失误而将讨论引向弯路的西奥多罗斯？柏拉图笔下的语气、活动和形象，都可与莎士比亚相媲美，不过这一切都是为哲学服务的。

4

在柏拉图之前，便有对话体了。亚里士多德写的对话已经佚失。柏拉图在评论写作时强调，所有形式中，对话体最接近他所提倡的质疑与反驳，纠正与重奏（reprise）的理想。对话展现出口头性，甚至在书面形式中表明了反专制的自发性和公平竞争的可能性。也正因此，这一体裁在西方哲学中发挥着显著的作用。

形而上学的和神学的对话通常难以区分，它们在整个古典晚期、希腊化时期和早期基督教世界中被持续创作出来。位于克吕尼、可供阿贝拉尔使用的图书馆，内有西塞罗、犹斯定（Justin Martyr）、亚他那修（Athanasius）、波爱修斯的经典之作。首先和最重要的是，阿贝拉尔肯定知道圣奥古斯丁那广博的，富有启发性和思辨性的对话。《哲学家、犹太人与基督徒之间的对话》似乎是他最后的作品，并且没有完成。学者认为此书写于公元1140年。书中的三个人物从三个方向往叙述者–仲裁者靠拢，这一富远见的梦想是传统的寓言式的。但是其忧思的低音，其对超越教条和正统信仰的正义的微妙暗示，又完全是阿贝拉尔式的。它们使得这份文本成为令人着迷的人文文献。

一种基本的一神论是书中争论者的共识，否则任何实质性的交流都不可能展开。犹太人单独又自豪地引用《旧约》，引用对上帝作为令人沉醉、畏惧和颤栗的神秘（mysterium fascinans, augustum et tremendum）的摩西式理解，不过他确实试图满足哲学家对理性和伦理学论证的需求。他指出了中世纪的犹太人处于"水深火热之中……受人轻视和憎恨"的悲惨状态，但又引用《诗篇》第17篇中与耶和华在末日重聚的美好愿景："我必在义中见你的面；我醒了的时候，得见你的形像就心满意足了。"阿贝拉尔也许从未听过人吟诵这一诗篇，但他自身经历的苦痛和卑微使他给予犹太人罕见的公正与怜悯——这背后有着神学基石而不仅仅是针对犹太人[1]。阿贝拉尔承认犹太民族有独特的宗教和历史地位。一些哲学家坚持认为犹太人是尖刻和排外的，他记下但并不认同这一观点。阿贝拉尔先前评注过《罗马书》，作为回应，他将犹太人的被选定义为"初选"。而亚伯拉罕的割礼将变为"心的割礼"。虽然从某种程度上讲，犹太人并不会让步，但未来拥有许诺与回归。

这位哲学家对西奈山的那个复仇与部落之神的普遍性提出了质疑，认为那是不完美的博爱。他争论说，随后的历史展现了摩西律法的不足。从哲学上讲，这是指上帝对约伯的回答具有逻辑与道德的双重缺陷。学者普遍认为，这一辩证受到了当时活跃在西班牙、为阿贝拉尔所熟悉的伊斯兰解经学者的影响。《基督的真实伦理》（*vera ethica Christi*）将哲学家对理性证据的需求，与犹太人对道德律令的呼吁，对

1　原文为夏洛克（Shylock），即莎士比亚《威尼斯商人》中的犹太奸商。后人用这个词来比喻贪得无厌的放债者，或冷酷无情的人。也可以用作对犹太人的蔑称。

全能者的服从予以结合和发展。基督徒确信法（Nomos）[1] 内含于启示的词语（逻各斯）中。阿贝拉尔的逻辑学和形而上学结合在这种关于至善（summum bonum）的基督论描述中。在基督徒自信的雄辩中，圣保罗和圣奥古斯丁的回声比比皆是。单凭道成肉身就能证实犹太教做出的永恒生命之承诺（promissio illae vitae aeternae），就能实现《诗篇》第139篇给出的巨大保证：即使在地狱中也有神圣存在。与此同时，基督徒与哲学家展开辩论，且并不轻视后者合理的异议。这种辩证引出一个核心的洞见：有一些真理，不管经由语言还是演绎推理，都不可接近、无法言传。也许在阿贝拉尔的内心深处，沉默是唯一合乎逻辑的祈祷方式。贯穿其中的对话形式，提供了一种公正、一种心理上的正义——欧洲文学要一直等到莱辛的《智者纳坦》，才会重现这种正义。

伽利略广博的批评兴趣并不限于自然科学和数学，还包括文学、音乐和美术（参见欧文·潘诺夫斯基1954的经典论文《作为艺术批评家的伽利略》）。我们有他关于阿里奥斯托和彼特拉克的笔记，还有1588年在佛罗伦萨发表的、关于但丁《地狱》之宇宙结构学的两次公开演讲稿。还有论战作品《论塔索》——有学者认为它写于1589年到1592年之间，另一些学者则认为是17世纪20年代。书中多少有些傲慢的严

1　意指人类的法律或法律的精神。

厉，以致后来的读者，比如浪漫主义诗人福斯科洛对此不满，并认定其为少作。比较阿里奥斯托和塔索时，嵌入荷马和维吉尔的对比，是常规做法。伽利略则为这一论点带来了独特的激烈色彩。在他钟爱的《疯狂的奥兰多》中，幻想是公开和正当的。而塔索诗中不雅的、嬉戏的色情则使其不配成为英雄史诗。伽利略对塔索的《解放了的耶路撒冷》，对其想象的"狂野"和夸张的无政府主义感到不快。在之后的《试金者》一书中，有迹象表明伽利略的这一评价有所缓和。

正如亚历山大·柯瓦雷指出的：在《两大世界体系的对话》（出版于1632年2月，8月在教会的压力下被回收）[1]一书中，对话形式的"重要性如同对话体之于柏拉图，原因是相似的，都是与科学知识核心概念相关的极为深刻的原因"。这一权威的文本旨在说服门外汉、老实人（l'honnête homme），也包括奉哥白尼体系为圭臬者，尽管伽利略是以谨慎的几乎试探性的阐述来表达这一点的。读者被引导进行个人反思，他得自己掌握和评估复杂的、有些还是专业性的命题。这是一种教学模式，是在依据伽利略式柏拉图主义来批判亚里士多德和托马斯主义所认可的原则。《蒂迈欧》近在咫尺。亚里士多德的运动理论预设了事实上需要证明的公理；但它们受

---

1 即《关于托勒密和哥白尼两大世界体系的对话》。该书由三个对话者用四天时间，系统地讨论和论证了哥白尼体系的正确和托勒密体系的谬误。《对话》出版后第二年，伽利略被宗教裁判所判处终身监禁。

到了谨慎谦恭的对待。辛普利邱[1]的经验主义常识经由天真直白的声音道出，被允许公平充分地表达，《对话》因而显得重复和冗长。书里只字未提布鲁诺，开普勒也只是顺便提及。不过就像乔治·德桑提拉纳（Giorgio de Santillana）所说：这四天的对话"携带着一整个古老、丰富且有些不明确的意义的世界……《对话》是且将一直是一部巴洛克风格的大师之作"。从轻松愉快的幽默到"先知式抨击的严肃"，《对话》经常通过戏剧性转折来展开。

佛罗伦萨英年早逝的贵族萨尔维阿蒂[2]，在他那位于大运河旁的宫殿里，欢迎两位客人的到来。他"凭窗伫立已久，时刻盼望看见他派去接朋友的贡多拉小船"。沙格列陀也是一位历史人物，是好享受者（bon vivant）和业余爱好者（amatore）——就这两个词最吸引人的意义而言。伽利略的构想具有深刻的哲学意义，尽管它几乎建立在对力学的现代理解之上，但其核心议题是认识论和本体论的。与知觉相关的实在是什么？在哪些合乎逻辑的方面，分析性思维是反直觉、违背理智的？伽利略的宇宙是富有生机易于变化的，这预示

1　辛普利邱（Simplicio）是《两大世界体系的对话》中的对话者。伽利略在前言中指出，此名取自6世纪的亚里士多德注释者、新柏拉图主义哲学家辛普利邱（Simplicius of Cilicia）。也有人认为此名暗合意大利语中"semplice"（简单、愚蠢）一词。

2　萨尔维阿蒂（Salviati），《两大世界体系的对话》中的对话者之一，得名于伽利略的朋友，意大利的科学家。此处系作者记忆有误，书中的对话场所发生在另一个对话者沙格列陀（Sagredo，也是伽利略的科学家朋友）的家中，下文中提到的"凭窗伫立"、邀请大家去小船上休息的人也是沙格列陀。

了柏格森的思想。它驳斥了亚里士多德的稳定性（宗教裁判所因而发出了警告）。随着冗长的辩论结束，对话者们计划在"萨尔维阿蒂的贡多拉小船里享受夜晚的清凉"。恰似柏拉图的离别之笔触。正如柏拉图笔下的苏格拉底传奇一样，读者也能从中得到一个悲剧性暗示：《对话》将引发对伽利略的迫害，以及他的凄惨结局。

休谟则更讲究策略。《自然宗教对话录》的部分篇目的写作时间可以追溯到1751年。1755年的里斯本大地震使得神义论和神眷成为整个欧洲神学和形而上学亟待解决的问题。莱布尼茨和伏尔泰也都思考过这类问题。休谟在临死前还在修改《对话》，可见很重视这部作品。它以手稿的形式在他爱丁堡的朋友和宽容的神职人员中间流传。休谟生前似乎多次打算将它出版。阻止的因素之一是审查制度，另一个则是伦敦缺少合适的出版商。休谟好像不止一次在公开场合发表过声明，为自己放弃出版感到痛惜。事实上他留下了一份说明："在我死后两年内"出版。这本书直到1779年和1804年才得以问世。

路吉阿诺斯[1]的"对话"影响深远。据学者统计，仅在17世纪60年代至休谟期间，就有100多部模仿路吉阿诺斯的作

1　路吉阿诺斯（Lucian，约125—180），也译作卢西安或琉善，罗马帝国时代以希腊语创作的讽刺作家，著有《诸神对话》等一系列对话录。

品问世。作者有德莱顿，沙夫茨伯里[1]以及最为出名的贝克莱。休谟的论辩尽管涉及了柏拉图和柏拉图主义，但主要遵循的模式还是西塞罗的《论神性》，及其与怀疑派、斯多葛学派和伊壁鸠鲁学派的交流。休谟的三人组——克里安提斯（差不多是以巴特勒主教[2]为原型）、第美亚、斐罗（他的发言最接近于休谟本人）[3]——令人想起西塞罗的演出阵容。这场争论是以真正的西塞罗的从容和文雅的方式，在"好友交谈的自然氛围"中进行的。《对话》的场景设置在克里安提斯的图书室里，于是很自然地用到了"自然之书""生命之书"这类比喻。叙述者的序言和休谟的辩证法一样矛盾。潘菲洛[4]评论说，对话体不如系统的阐述，不过在思考那些既突出又重要，同时也模糊和不确定的主题时，宽容的世俗性和平民对话的临时流动性便有其优势。休谟在文体上的娴熟使其作品的音调有着微妙而意味深长的层次感：克里安提斯的风格倾向于演讲和主教派头。尽管在启蒙自然神论的范围内，但他倾向于"原教旨主义"的直接性；斐罗的表达则和休谟的《道德原则

---

1 即沙夫茨伯里三世伯爵（3rd Earl of Shaftesbury，1671—1713），英格兰政治家和哲学家。

2 巴特勒（Joseph Butler，1692—1752），英国圣公会主教、神学家、哲学家，以其反对自然神论观点的护教著作而知名。

3 克里安提斯（Cleanthes）、第美亚（Demea）和斐罗（Philo）这三个人是《自然宗教对话录》中的对话者，其中克里安提斯的名字取自斯多葛派同名哲学家。在西塞罗的书中，他是斯多葛主义的代表；而斐罗是古希腊怀疑论哲学家，曾任柏拉图学园园长，西塞罗听过他的课。

4 潘菲洛（Panfilo）即下文中的潘斐留斯（Pamphilus），他是《自然宗教对话录》中的第一人称叙述者，在书中他是克里安提斯的学生。

研究》一样清晰、合乎逻辑，他的观点频繁呼应休谟对奇迹和巧合的设计的反驳。在第二篇的关键时刻，斐罗求助于伽利略"这一有史以来最崇高、最伟大的天才"，以及《两大世界体系的对话》中关于哥白尼假说的谨慎推论。休谟和伽利略一样，其对话的艺术准许并欢迎智性质疑的涌动之流。

在第十一篇和第十二篇中，斐罗几乎诉诸独白。而这容易被视为因"预防性自我审查"（参见G.卡拉贝利［G.Carabelli］对休谟的修辞学研究）而导致的立场逆转：斐罗开始默许克里安提斯设计论的论证。事实上，情况要复杂得多。只有细读才能认清，这种细致入微的手法几乎就是休谟意图的两面性。正如他在1776年8月写给亚当·斯密的信中所言，"没有比这更谨慎，更巧妙的写作了"。斐罗"真诚的意见"布满了讽刺性疑虑，带着休谟特有的干笑。"设计"结果不过是"秩序"，而宇宙秩序的起因"很可能与人类智能有着隐约的相似之处"——康德将会充分利用并深化这一暗示。斐罗的保守立场势必导致不可知论，即不存在可证实的进入超自然领域的通路。因而，尽管是在回应西塞罗，休谟的雄辩中多了一些平静：

> 对象的伟大会自然地引发某种惊奇，它的晦暗会引发某种忧伤，也会引发某种对于人类理性的蔑视，因为人类理性对于一个如此非凡和庄严的问题竟不能给予令

人更加满意的解答。[1]

潘斐留斯在临别辞中评论说，克里安提斯信奉的原则"更接近于真理"。这看起来不过是对年长的老师和仁慈的主人所说的客气话。对休谟真正的回击，众多对话中唯一犀利的一部要数德·迈斯特[2]的《圣彼得堡之夜》这一严肃的杰作。对这两个文本的比较阅读，可以为理解文学手法——人类声音的诗学——是如何改变和激发抽象概念的，提供坚实的证据。

保罗·瓦莱里将达·芬奇视为保护神，因为他也努力实现从美学到数学，从建筑、美术到自然科学的跨越。他看重的不是博学，而是统一者，即统一隐喻的手艺人。这位诗人的天分在于，他在哲学中找到了镜像。尽管他声称在阅读柏拉图（他只能通过译文）时感到无聊——无聊是他的战术性消遣之一，瓦莱里仍然明显以柏拉图为先例塑造了自己的哲学对话。与巴洛克风格的诗人完全不同，瓦莱里是一位真正的形而上诗人。

1　引文出自《自然宗教对话录》倒数第二段，译文主要参考了陈修斋和曹棉之译本（商务印书馆，2002）。

2　德·迈斯特伯爵（Joseph de Maistre，1753—1821），法国哲学家、外交官。曾任俄罗斯大使。法国大革命之后，挺身为阶级社会与君主制辩护。

庞加莱从事的数学哲学研究吸引了他；芝诺悖论使他着迷；笛卡尔在风格和精神上的影响始终存在；他在柏格森那里找到了反对和确认的理由；在尼采那里，他发现了抒情和论辩的共生方式——这也是他自己的目标。《泰斯特先生》（*Monsieur Teste*）便是一个认识论寓言，一个本体论道德故事，纪德说它在世界文学中是独一无二的。这是一首描写绝对者的讽喻诗，而绝对者苦行僧式的表达力求冲洗语言中对偶然性的混乱需求以及经验的废料和粗俗（胡塞尔也许会称之为"生活世界"[Lebenswelt]）。泰斯特先生试图"思考思想"。就像费希特表述的一样，虽然没有直接接触的证据，但只有思想可以验证自我意识。如果说在泰斯特沉思的精打细算之中有接近虚无主义之处，那便是由世纪之交的数学和物理学环境催生出来的虚无主义。公理处于危机之中。从不证自明和实用主义中解放出来的心智可以自由地造出无限的理论和认知假设，非欧几何与相对论物理学便是其中出色的反直觉代表。瓦莱里在笛卡尔那里发现了这一点。

瓦莱里早期将纯粹智识转化为审美形式的能力，是由他所称的达·芬奇"方法"来佐证的（晚期则将这一变形的潜能归功于歌德）。正是对共生关系（其中数学的纯粹和起作用的形态最终全都融合在一起）的追求，才使得达·芬奇的许多重要作品和计划处于未完成和自毁的状态。瓦莱里的达·芬奇，例证了庞加莱关于发明就是发现的断言。麦克斯韦方程组提出的力线概念，刺激了艺术家的空间知觉。在达·芬奇《最后的晚餐》中，可以见证皮耶罗·德拉·弗朗切斯卡[1]鲜活的几何学。而在立体主义中，瓦莱里也是一个谨慎的见证者。建筑也反过来利用与音乐的深层相似性，就像它们都利用与数学的深层相似性一样。便是在这种意义的地平线上的叠合和"灭点"之处，诞生了一种柏拉图式的美。

瓦莱里珍视限制。"最美之物必然是专制的。"当一本制作成本很高的建筑杂志向瓦莱里约稿时，他们坚持要求文章（排版会很豪华）的字数必须正好是115800！因此，《欧帕里诺斯或建筑师》（1921）体现了瓦莱里从马拉美那里继承来的对立的二元性：一面是冒险，这是偶然的约稿，另一面是严苛，是必须执行合约，偶然与荒诞的对字数的强制要求互相对立。

位于冥界的苏格拉底和他的对话者们已从肉体奴役中解放出来，但还是痛苦地回忆起他们具有感官的往昔。他们争论的问题是理解与创造、想象的概念与实际实现之间的关系。建筑突出地结合了整体的概念与细节的建造、稳固的模型与内化的运动。它凭一己之力"使我们的灵魂感受到人类才能的全部经验"。在大型建筑中，建筑师心中的蓝图实现了"清晰与分明"（笛卡尔判断真理的两个标准）。几乎自相矛盾的

1　皮耶罗·德拉·弗朗切斯卡（Piero della Francesca，1415—1492），意大利文艺复兴早期画家。他写了大量关于数学和透视法的文章，精准的线性透视法是其作品的主要特色。

是，灵感是有意志的。这一反浪漫主义的原则建立在严格的"训练"——这是瓦莱里的另一个经典关键词——之上。此外，建筑比其他美学实现途径更能传达神圣存在的直接性。瓦莱里此处的发现先于晚期海德格尔，后者把古希腊神庙解读为超越在存在论层面的精彩表达。苏格拉底认为，比诗意的言说更高级的是智性本身的语言，它无法被穿透却渗透万物。一如柏拉图在创建其学园时宣布的，这种语言的理想本质便是几何学的语言。哲学的沉思和猜想在最后的分析中被困住了，因为即使在最严肃、最清净的交谈模式中，它们也是可被推翻的，它们可以被否定和证伪。在欧帕里诺斯的建筑物中，智性的想象得以具体化，并因此才拥有了有效性。"认识这个世界就是建造这个世界"，正如《蒂迈欧》中的造物主、那个建筑大师所言。瓦莱里的苏格拉底为其辩证事业的无意义所扰。

通过对马拉美和德彪西的含蓄指涉，《灵魂与舞蹈》（*L'Ame et la danse*）可以称得上是一件珍品。舞蹈的狂喜攫住了这篇对话中的发言者，就像攫住查拉图斯特拉一样。它产生了一种对时间的动态感知能力。"瞬间产生形式，形式使瞬间可见。"苏格拉底断言，舞蹈清晰地勾勒出了普遍流动的样子：它是连续的、变形的。而它是以严格有序、近乎代数的方式（即编舞）来完成的。马拉美谈到"所有幻想的总方程式"，其背景是天体的舞蹈的古老主题。它以圣洁的芭蕾舞步出现在但丁的《天堂》和马蒂斯的壁饰画中。最后，瓦莱里也承认，人类的身体终将回到其有死的局限性和虚弱的重力。但是，象征运动的脉搏在我们的体内继续跳动。

篇幅不长的《树的对话》（*Dialogue de l'arbre*）写于残酷的1943年，它涉及我们主题的核心。作品寄望于拉丁语传统——瓦莱里当时正在翻译维吉尔的《牧歌》。其论题是有机的渐强力量，是自然力量和人类思想自内部的展开。《树的对话》以非韵文写成，反映出瓦莱里与纪德的终生交往，它是"一支观念之舞"，再次探索了精心设计的形式自发性这一悖论，以及整体中的有机部分的悖论——瓦莱里在爱伦·坡的歌谣及著作《我发现了》（*Eureka*）中偶然发现了它。对话像爱欲一样具有创造力，而爱欲本身就是一种对话。我们的二元或辩证的探索过程时而向"绝对"奋力推进，时而自我讽刺地认识到，这种热情是无用的且只能以放弃收场。但是言语仍在言说者的灵魂中、在理解力与想象力相遇的回音室中神奇地颤动。瓦莱里在论波舒哀[1]的文章中提炼出了这样的信念："意义或观念只是影子，而表达的结构具备某种实在性。"在不管是言语的还是物质的形式中，都有"行为的活力和优雅……在思想中则只有事件的不稳定性"。圣殿荒废之后，"拱顶尚存"。哲学凭借风格化的表现而经久不衰。

1　波舒哀（Jacques-Bénigne Bossuet, 1627—1704），法国主教、神学家，以讲道及演说闻名。

瓦莱里很幸运地拥有一位卓越的读者。那就是阿兰，他是道德家，艺术和文学学者，柏拉图、黑格尔和孔德的评注者，是一代又一代人的精神领袖（maître à penser）。阿兰像一个明亮的影子常伴瓦莱里诗歌左右。他的解读直接将我们带入一间工作室：在这里，哲学解释学和直觉会体验到诗歌的直接性；在这里，二者或许都是"身体和灵魂的关系"的隐喻。

阿兰逐行细读。瓦莱里回应道，在这之后，那些诗歌虽然保持不变，却可以呈现出新的意义。阿兰认为，"保罗·瓦莱里是我们时代的卢克莱修。"他的艺术本能地反抗着认知的那可疑的静止状态。在诸如《睡美人》的抒情诗中，形式"吞没了思想"；在《棕榈树》中，歌就是歌，"观念必须符合运动"——诗的运动，这是"以秘密的劳作为前提的神奇的共存状态"；瓦莱里最伟大的诗歌之一《蛇之草图》提出了一种可能性：思想"是宇宙间的一个错误"。这首源自马拉美的哲理诗"保留了神学的印记"。因为思想"通向死亡"，而蛇并不思考，如笛卡尔所确信的那样。伟大诗人的标志是，其思想包含着存在与本质的冲突，而本质本身是一种无生命的抽象。《圆柱颂》里的基本观念，"年轻得就像是出自伊奥尼亚一般"。它是关于知觉离开诗歌之前的清晨。瓦莱里在《圆柱颂》及其相关的诗歌里教导我们，起初"我们的思想是箭"，是前苏格拉底时期的"有翼的箭"。

有比《年轻的命运女神》（保罗·策兰不可思议的翻译使其品质倍增）技艺更高超的诗歌吗？阿兰1953年的评述也很深入。如瓦莱里所言："这首诗找到了它的哲学家。"如果剥夺掉神秘，那人会是什么呢？即使一个愚蠢的人，死亡之谜也会给他增辉。如果说《年轻的命运女神》晦涩难懂，那只是因为读者站在原地不动，而不是将自己向前推进，因为"思想的钥匙总是在浪头中找到的"。阿兰在瓦莱里的诗歌里听到了短暂生命中自我的永恒："我从德国形而上学家那里学到了这一伟大的奥秘。"（阿兰是热情的康德解释者。）瓦莱里再次回应道："理性要求诗人偏爱韵律而不是理性……正是通过这一快乐之门，观念才找到了入口。"他们两人都同意，只有诗歌可以在有知之前获得限定知识的形式，从而实现哲学的先验性。在《年轻的命运女神》中，形式的起源，无比接近于沉默。

瓦莱里"不能原谅自己没有成为哲学家"（齐奥朗语），而阿兰也许为自己没有成为像他所喜欢的巴尔扎克那样伟大的小说家而自责，两人之间集中的互动本身就构成了一场重要的对话。速记和磁带录音机多少为现代哲学恢复了一些柏拉图所提倡的口头的自发性和对问题的敞开。维特根斯坦有相当一部分学说，是通过听众的笔记、学生或密友对交谈的回忆才得以幸存。剑河河岸由此成了伊利索斯河河岸。[1]即使是庞杂得如同文字处理器的海德格尔，也在与日本拜访者的对话中提出了他关于语言的深思熟虑的观点。[2] 20世纪哲学教学中的反专制、反系统化趋向在某种程度上是在恢复口头表达的古老功能。施特劳斯或科耶夫的研讨课便带来了创新和刺激。其弟子与导师的理论和意图不同且带来了成效。那些宽泛、权威的巨著中已经出现了一些枯燥、自拆台脚的东西，如雅斯贝尔斯论真理和萨特论想象，以及那些像独白一样的论文。瓦莱里在《海滨墓园》中告诉我们"梦就是知识"，而梦总是短暂的。

1　剑河（Cam）是流经剑桥的一条河流，维特根斯坦在剑桥大学教学期间喜欢在剑河边散步。而喜欢在伊利索斯河（Ilissus）边散步的是苏格拉底。

2　参见海德格尔《在通向语言的途中》一书中的一篇名为《从一次关于语言的对话而来：在一位日本人与一位探问者之间》的谈话录。

5

哲学家、科学史和数学史专家、研究西方现代文化起源的社会历史学家，都会阅读笛卡尔。笛卡尔坚持以拉丁语写作，常常让人以为这是他的第一语言。胡塞尔将他的沉思录命名为"笛卡尔式的"，不过这个例子的独特之处体现在别的地方。

绝大多数法国人应该都没有读过笛卡尔那些门槛很高的作品。他们顶多从小就记住了关于自我的单一定义，即"我思"这个很可能是哲学史上最知名的定义。尽管如此，法国的公共和私人意识，法国力图培养和展现的自我形象，以及对卓越理性、逻辑和智识声望的宣称，又完全是"笛卡尔式"的。"法国就是笛卡尔"（la France c'est Descartes）和"我们的父亲笛卡尔"（notre pēre Descartes）这两句陈词滥调，一直被左派和右派、激进派和保守派大肆宣扬。托马斯主义的信徒和持不可知论的实证主义者都将笛卡尔的"方法"和反思据为己有。尽管笛卡尔生前大部分时间都居住在荷兰，在那里写下了他的大部分著作，并且最后死在了瑞典，如今法国的许多街道、广场和学校却都以这个极朴素和内敛的男人来命名。1945年，法共领导人打出了"我是法国人，故我是笛卡尔主义者"的口号。而就在几个月前，维希政府的党羽也这样宣称。没有哪个民族像法国人这样将一位形而上学–代数家视为自己的精神图腾。

勒内·笛卡尔著作的每个方面都有大量的学术评论、阐释和争议。这些研究在笛卡尔生前就开始了，此后也从未间断。笛卡尔自己就征集过反对意见，并将它们放到论文的修订版本中。和艾蒂安·吉尔松对《谈谈方法》的逐行解释相比，可有其他哲学经典领受过更为细致的阅读？有哪个校注本比费迪南·阿尔基耶[1]版的《第一哲学沉思录》做得更用心？不过，笛卡尔的吸引力和辐射范围远在技术的、历史的和富争议的考试之外。他也是许多人文学才华和创造力的不竭源泉，且看我从众多例子中撷取的两个。

1914年的夏天，在其生命的最后几天，夏尔·贝玑（Charles Péguy）还在创作《笛卡尔先生杂记》。这本书没有写完，但从其特点而言并非如此。它确实是向哲学家"勇敢又美丽，高贵且谦逊的骑士风度"（audace aussibelle; et aussi noblement et modestement cavalière）致敬。但这一曲折的争论与高乃依和柏格森有关，旨在说明贝玑的信念：重要的哲学都是深植于民族土地的果实。完成时间稍早的《柏格森笔记》——贝玑的"笔记"数量庞大——则聚焦于《谈谈方法》。其主题是笛卡尔"对无序的谴责"，视逻辑和人类境遇为神指定的"秩序"。他认为，笛卡尔的论述中存在缺陷和不连贯。

不过伟大的哲学"并不是那种毫无缺口的哲学，而是具备堡垒的哲学"。作为一名出色的游行者和骄傲的动员兵，贝

1　费迪南·阿尔基耶（Ferdinand Alquié, 1906—1985），法国哲学家，曾为吉尔·德勒兹的导师。

玑致力于挖掘笛卡尔生活和文章中的军事特性：笛卡尔的哲学是"一种没有恐惧的哲学"，笛卡尔式运动是"前进、倒退、再前进"。《谈谈方法》从开篇就如同军事训练一样，一步步往前推进，及至第四部分出现了"也许是形而上学史上能找到的最惊人的飞跃"（让神为有效的思想提供再保险）。笛卡尔思想的天才之处便在于"深思熟虑的行动"。贝玑继而写道，《谈谈方法》的开篇语实为"思想海洋之巨大震颤、涨潮和惊天巨浪的起点"。

在 1894 年 8 月写给纪德的信中，瓦莱里称《谈谈方法》"无疑有可能成为一部现代小说"。和瓦莱里一样，阿兰也很看重笛卡尔。这位"法兰西第三共和国的教育家"，教师中的教师（西蒙娜·薇依也是其中虔诚的一员），一次又一次地转向笛卡尔。对于一个声称自己的目标为"人类理解之善行（conduct）"（其中的"行"意指所有对道德和政治行为的推论）的人而言，正直地思考即负责任地行为。而阿兰认为，没有人能比笛卡尔"更深入地思考自己"（nul n'a pensé plus près de soi）。论起以抽象的方式来把握世界真实可触、无可辩驳的在场的脉搏（这将是胡塞尔的起点），也没有人做得比笛卡尔更好。与此同时，从本质上讲，《谈谈方法》还是"信仰之诗"。没有文本比它更成熟，不过位于其发现和敬畏源头的"始终是童年的活动"（toujours un mouvement d'enfance）。正是这种"源自童年的活动"，使勒内·笛卡尔惊奇于这个被创造出来的世界那压倒性的却又难以理解的不证自明，也惊奇于数学那向前推进的确定性。《谈谈方法》和《第一哲学沉思集》的作者永远感到惊讶，这与亚里士多德类似，但要谦卑得多。阿兰赞美这种谦卑，他也确信，但凡法国现代的散文和感知力找到其国民性声调，笛卡尔式的传统便近在咫尺。

不过在哲学和科学理论方面，笛卡尔的第一语言其实可以说是拉丁语。《谈谈方法》是一个例外，它是写给普通人的。不过它也经常包含着从西塞罗和塔西佗所使用的拉丁语翻译而来的表达。如果解剖那随和的、看似日常的表达，其神经都是拉丁文的命名和句法（弥尔顿和霍布斯提供了类似的例子）。这种语义转换的困境正是海德格尔所指出的希腊语的情况，希腊哲学术语是不可译的，而错误或近似的翻译导致了长期的曲解。我思故我在（Cogito ergo sum）显然比它对应的法语更简洁、确切。我思，故我是，或存在（ego cogito, ergo sum, sive existo）[1]只能勉强译为 "Done moi, qui pense j'existe"。"esprit"与"ingenium"的距离，正如二者与黑格尔的"Geist"一样遥远。[2] "esprit"包含记忆力和想象力的意思，但"raison"（理性）这个词没有。"formes"（形式）和

---

1 按王太庆的看法，"我思故我在"应译为"我想，所以我是"，因为系词"是"（sum）不等同于"存在"（existo），"存在"是"是"的一种，"是"是"存在"的根本，此处因而有"我是或存在"的说法。（参见《谈谈方法》，王太庆译，商务印书馆，2000年，第27页注释，后文对该书的引用均参考了此译本。）

2 esprit、ingenium、Geist分别为法语、拉丁语和德语，三个词都有精神、思想的意思。

"natures"（性质）都是从亚里士多德的中世纪拉丁译本中借来的概念。笛卡尔决定用法语写作和出版《谈谈方法》，呼应了但丁的《神曲》和伽利略的对话，它们都以通俗语言写就，笛卡尔曾为伽利略的对话作注。"就让那些信任理智的普通人，而非只信古书的学院派，以他们的母语来读我的作品。"笛卡尔的《谈谈方法》使他成为西塞罗和罗马的道德家之后，首位设想以其作品来教育识字的普通民众的哲学家。和伊壁鸠鲁相似，受众也包括女性。[1]

笛卡尔对文学的态度是矛盾的。维吉尔、贺拉斯、奥维德的《岁时记》、西塞罗的演讲、塞涅卡的悲剧，对他而言都不可或缺。他承认自己年轻时"爱上了诗人"（non parvo Poeösos amore incendebar）。1619年11月10日至11日的本体论启示之夜，笛卡尔做了三个发人深省的梦，其中一个梦里，有人给了他一本诗集，内有一首罗马治下的高卢诗人奥索尼乌斯（Ausonius）的诗，其中"在生活中我该走哪条路"（"Quod vitae sectabor iter"）一节将给笛卡尔指明人生的旅途和目的。《谈谈方法》在阐述原子论和混沌概念时，毫无疑问指向了卢克莱修。正如我们所见，苏格拉底在临死前转向了伊索和歌，黑格尔写给荷尔德林的诗技艺高超，海德格尔直到最后还在写诗。而笛卡尔死前不久，在寒冷的斯德哥尔摩，也为克里

1　相传伊壁鸠鲁的学校里有男有女，还有奴隶，以彼此友好的氛围著称。

斯蒂娜女王宫廷里的歌舞表演写过唱词。不过总体而言，笛卡尔还是强调诗歌与哲学的区别，强调推动艺术的灵感与科学那可预计的方法论之间的区别。虚构作品是位于理性真理对立面的塞壬之歌。和弗洛伊德的观点完全一致，他将诗歌创作归为人类的白日梦和童年。诗歌比不上，更不用说超过欧几里得几何或笛卡尔自己发明的代数几何的纯粹之美。

这反而使笛卡尔的文学艺术水平、他仅仅作为一名作家的伟大，更加引人注意。他是一位先于普鲁斯特使用虚拟语气和过去完成时的大师。蒙田敏锐的清晰特性（尤其表现在《为雷蒙·塞蓬德辩护》["Apologie"]一文中）也许影响了笛卡尔，不过后者作品的声音完全是他自己的。当争论变得棘手，他便采取渐慢的策略，将反对和非难的声音收集起来，这使得讨论的主题重回自身，而论证的低音仍在稳步向前。从圣奥古斯丁、卢梭到弗洛伊德，他们都写过智识和精神自传，《谈谈方法》和《第一哲学沉思集》也隶属于这一传统，它们不是斯宾诺莎或康德式论文。笛卡尔审视着自身的自我在沉默的文雅的掩盖下被内化了。

正如普鲁斯特作品的密码是追寻（recherche）。在写于约1647年未完成的对话《追寻真理》（*La Recherche de la vérité*）中，讨论总会诉诸第一人称单数（这在系统哲学中常常是革命性的），在受约束的自我中寻找所有可验证的真理的起源。存在先于认知。反之，上帝存在的无可置疑，以及对他仁慈地保证这个世界可被理解的现象学赌注，这些内容的涌现就并非不证自明（在最强义上使用这个词）了。人类的自由和非如此便不可解释的无限之概念，都是这一确认的回报。

请看下面这段文字，留意其中奇妙的讽刺，抑扬顿挫和实实在在的"坠落"。

> 古代异教学者们写的那些讲风化的文章好比宏伟的宫殿，富丽堂皇，却只是建筑在泥沙上面。他们把美德捧得极高，说得比世上任何东西都可贵；可是他们并不教人认识清楚美德是什么，被他们加上这个美名的往往只是一种冷漠，一种傲慢，一种沮丧，一种弑上。[1]

从几乎是现代表达的冷漠到那个出人意料、令人不安的弑上（针对的很可能是某种斯多葛式不人道），这一坠落过程展现出风格化的笔触。或者再看看这段启发了胡塞尔的论述：

> 仔细研究我是什么，发现我可以设想我没有形体，可以设想没有我所在的世界，也没有我立身的地点，却不能因此设想我不是。恰恰相反，正是根据我想怀疑其他事物的真实性这一点，可以十分明显、十分确定地推

1　王太庆译。根据作者附录中给出的英译，文字略有改动。

出我是。

"设想"（feindre，fingere）一词用来反驳自身。令人震惊的总体性怀疑、对人的身体和它不再栖息其中的世界的抛弃——一个近乎疯狂的超现实主义思想实验，全都掩藏在笛卡尔优雅的语法之下（我所在的，où je fusse）。重新诉诸假定和设想使语气迅速得到缓和。"明显"与"确定"两种表述的细微区别也值得注意。

笛卡尔很看重睡眠和梦，因为它们使推理和想象之间的根本性区分变得复杂："在睡着的时候，我们的想象虽然有时跟醒时一样生动鲜明，甚至更加鲜明，我们的推理却绝没有醒时那么明确，那么完备……"在这里面，"鲜明"一词以其内含的速度直接引向完备，后者是一个复杂的词，融合了清晰和迅速两层意思。这些巧妙措辞出自一个"从未想到有著书立说之必要"的人，他的拖延和匿名写作有着亨利·亚当斯的《教育》的痕迹。

巴洛克风格以幻觉为乐：视觉、风景或精神上的幻觉，田园牧歌或者阴森恐怖的视觉错觉（trompe-l'oeil）。高乃依的名剧便叫作《滑稽的幻想》（*L'Illusion comique*）；卡尔德隆写过《人生如梦》；这种种疏忽勾勒出了《驯悍记》，启动了《仲夏夜之梦》；因而也有了那喀索斯的肖像痴迷。

笛卡尔的幻想属于最扣人心弦的那一类。在《第一哲学沉思集》中，他召唤出了"一个妖怪，这个妖怪的狡诈和欺骗手段不亚于他本领的强大"[1]，即一个拥有无上权力的欺诈者，能够使笛卡尔所有严格推断出的知觉都变得虚假，使人们所认为的实在及其理性秩序变成虚假的幻象。笛卡尔保持着语气的平静，但认识论和精神上的紧张感在此显而易见。这个邪恶的妖怪（mauvais génie）像是出自果戈理或爱伦·坡之笔。错误代表着邪恶。宇宙的非理性强有力地威胁着"我思"艰难赢得的特权。"第二个沉思"完成了驱魔。向这个"最强有力的骗子"投降，如古耶[2]所言，便意味着屈服于"一个系统性悲观的神话，即一个嘲笑世界的全能者，他的讽刺能使思想陷入绝望"，屈服于比卡夫卡更为阴郁的诺斯替主义。上帝的完满中不能包含欺骗，即"上帝不是骗子"（Dieu n'est point trompeur）这一公理，便是反驳。在笛卡尔看来，神不愿欺骗或迷惑人类的智慧，尽管他完全有能力这么做。他创造的是可理解的永恒真理，数学定理和证明便是例证（棘手的一点是，上帝可以改变这些真理吗？）。

同时代的批评者已经注意到了笛卡尔论证中的循环，它和安瑟伦[3]著名的上帝存在"证明"中的循环论证相似。在最

---

1 译文据庞景仁译《第一哲学沉思集》。

2 亨利·古耶（Henri Gouhier, 1898—1994），法国哲学家、哲学史学家、文学批评家。

3 安瑟伦（Anselm, 1033—1109），中世纪意大利哲学家、神学家，被尊称为最后一位教父与第一位经院哲学家。

后阶段，笛卡尔对确定性的援引已经是一种道德律令，而非认知论证。在笛卡尔体系中，错误和幻觉被解释为缺陷，而全能者不会受其影响，真理即善（bonté）。在此之前的奥古斯丁和托马斯主义者都持相似看法。这一观点的代价是，上帝的形象处于冰冷的静止状态之中，而邪恶的幻觉论者的威胁也没有完全得到解除。爱伦·坡那"作恶的小鬼"还藏在阴影里。形而上学的传奇剧依然存在，正如它存在于那使哈姆雷特备受折磨的怀疑中（鬼魂究竟是真实的，还是可怕的欺骗）。"第六个沉思"甚至有点祈祷的意味："从上帝不是骗子这件事得出来的必然结果是，我在这上面没有受骗。"[1]笛卡尔的表述总是使用第一人称，关乎"他自己的心灵史"（这是笛卡尔设想出来的称呼）中的自我。他先于黑格尔和谢林，开启了驶向内心茫茫大海的奥德修斯之旅。笛卡尔的文学力量也因此使其理性的戏剧有了脆弱感和一再绷紧的心理焦虑（Angst）。

也许只有对哲学高度敏锐的诗人才会重新抓住这一特性。在组诗《关于雪：笛卡尔在德国》（2003）中，形而上学家笛卡尔和他的梦想点燃了大诗人杜尔斯·格林拜恩的想象力。在这四十二篇诗构成的组诗中，笛卡尔被困在一个小屋

---

1 庞景仁译。

里，琢磨出他对自我的实在地位的论证和逻辑证明。背景则是一场曾见于笛卡尔三角学中的没完没了的大雪。刺骨的寒冷包围了著名的暖房[1]，笛卡尔在跳动的火苗旁沉思、打盹、做梦。打家劫舍的士兵，饥饿难耐的野狼，饱受侵害的悲惨村民持续搅扰着哲学家内心的孤独和平静——笛卡尔把这看得和他的哲学追求一样不可或缺。他那桑丘·潘沙般的贴身男仆还跑去和当地的姑娘睡觉，这无疑把世界拉得离他太近了些。不过最可恨的捣蛋鬼还是来自体内，笛卡尔不时感到心神不宁，热病来袭。他的身体既是他所质疑的同一性的保证者，又是冰锋般纯粹思考的天敌，只有在床上躺上几个小时，他的体力才能恢复。雪花飘入了笛卡尔代数和物理学的每个角落，它也有几何形状：

> 他模拟坠落的雪片。
>
> 他以优美的曲线，画出圆圈，
>
> 物理学，以燕子般的迅捷，为它找到公式。
>
> 先生，想一下你会错过什么，如果你耽误了时间。
>
> 为了你，为了你，雪已经飘了一整夜。

"除了精神（Geist），我什么也不是。"《谈谈方法》的作

---

1 《谈谈方法》第二部分开头提到了这个小木屋："我那时在日耳曼……成天独自关在一间暖房内，有充分的闲暇跟自己的思想打交道。"

者就像纸洞里的土拨鼠，只能在写作的实践中证实自我。格林拜恩以敏锐的洞察力，呈现出笛卡尔大雪围困之梦中幽灵般的不确定性和启示的光亮。梦能梦见梦本身吗？哲学家忆起了启发"我思"的那道闪电：

> 我得救了。我成了一个新人。只有此刻
>
> 我才如此确信：是的，勒内——你是，你存在。

在"勒内"处我们听到的是"复活"的奇迹，不过这一灿烂的领悟还是会在暮色中结束。"我是我吗？"抑或这副身体（hoc corpus meum）[1]（圣礼的回声在此不可避免）只是一个幻影，是梦中可笑的影子？而且，就像是在嘲笑这个伟大的思想航海家，战争、不义和苦难正在小屋之外的世界肆虐。这完全是一个德国冬天的童话。不过要论及思想中的诗意"内景"（inscape），只有瓦莱里的泰斯特先生和保罗·布尔热（Paul Bourget）的《门徒》（Le Disciple）中阿德里安·斯克斯特[2]的形象可以与之媲美。

---

1 据《圣经》记载，耶稣被出卖的那一夜拿起饼，掰开分给门徒吃，并对他们讲："这是我的身体。"后演化为基督教的圣餐仪式。

2 阿德里安·斯克斯特（Adrien Sixte）暗合历史上的阿德里安六世（Adrian VI，1459—1523）。后者为荷兰籍日耳曼教皇，试图改革天主教教会以应对宗教改革的挑战，但改革条文大多遭到反对或忽视。

把黑格尔视为作家，近乎对他的冒渎（lèse-majesté）。有哪位伟大的哲学家看上去比他更没风格，更厌恶"激烈的语言"和优雅，正如他在法国启蒙思想家身上发现的"妙语"（geistreiche Sprache）？黑格尔的演讲经常佶屈聱牙，充斥着令人厌烦的新词和施瓦本方言[1]，演讲录成书时朋友们则帮他改进了这些复杂曲折的句法。即便在1822年与黑格尔有过简短的私人接触，年轻的海涅仍然加入了最早嘲讽大师风格沉闷的队伍。不过，问题的症结并不在于黑格尔最后没有做文学、修辞上的美化加工或是没有文雅的开场白，更不是因为他缺少诗歌灵感。

黑格尔评注的数量之多、内容之异，仅次于柏拉图，这便是黑格尔魅力的证明。他在哲学、政治理论、社会思潮方面的影响力，即便仅通过马克思主义的传播，也是世界性的。不过从黑格尔所处的时代到现在，对他的回应——像歌德那样负面的回应也好，像卢卡奇或科耶夫那样正面的回应也好——都要面临可理解性的问题：黑格尔的《精神现象学》或者他的逻辑学可否在任何正常的意义上被理解？他是想要传达他学说中最深奥的思想吗？海德格尔的论文复杂地包含反黑格尔倾向，这使得前面那个问题变得既合法又模糊起来。讨论"有意为之的晦涩"——马拉美和超现实主义者

---

1 施瓦本方言（Swabian）是通行于德国西南部施瓦本地区的语言，它包含了许多与标准德语不同的单词，因而对于标准德语的使用者而言较难理解。

也读黑格尔——是切题的。可理解性是黑格尔理论中故意隐瞒的范畴吗？它是否像德语句法中的动词一样，代表了被悬置的可能性？它是否是读者只能凭直觉理解的开放式承诺？这种可能性激怒了伯特兰·罗素，却给胡塞尔以启迪。更重要的是，"黑格尔情结"是否助长了现代主义特有的费解？《精神现象学》和《哲学全书》的晦涩是否为马拉美、乔伊斯或保罗·策兰作品的晦涩铺好了路？这种晦涩是否和拉康或德里达（黑格尔的注疏者）作品中的一样，是语言偏离了直接或可解释的意义的轴心？我们阅读黑格尔，是否就和尝试阅读《芬尼根守灵夜》或策兰的《雪之部》（Schneepart）一样艰难？然而，黑格尔极其好为人师，他不仅想要扩大其哲学学术的影响力，也想成为公共和政治领域的权威。那么，隐晦和教诲之间是可以调和的吗？

亚历山大·科耶夫的《黑格尔语言和术语笔记》写于1931年，这标志着在苏联意识形态和西方资本主义日益严重的社会危机（黑格尔著名的"历史的终结"）的影响下，黑格尔研究的强烈复兴。科耶夫问道，研究柏拉图或亚里士多德时需要用到术语表，我们是否也需要一部类似的"黑格尔词典"？在没有用语比黑格尔的更为抽象的前提下，我们如何理解他对具体性的坚持？科耶夫发现，如同相对论或测不准原理等反直觉领域的物理学家那样，黑格尔呼吁我们以不同的方式去学习和思考。黑格尔的风格——有时被他所使用的方言强化了——旨在抑制口语中陈旧的机能。黑格尔意图使人清楚地认识哲学和心理学术语的内在历史，这是一个解剖演变的过程，一个理性"苦役"的过程。因此，人类意识的自我建构和精神的实现靠的是语言过程，正如黑格尔特意提到的亚当的命名行为。命名将精神从梦境和神话的无序漂流之中唤醒（对观柏拉图的《克拉底鲁》）。语言的历史和生命同时也是人类精神的历史和生命，或者如黑格尔所言，语言是"精神可见的不可见性"——不过，不管是spirit还是ésprit，这些近乎表达Geist的词汇都对德里达构成了困扰。

然而，命名和可理解的表述虽然证实了自我，并使得意识向理性开放，但也遮蔽和分散了它们。黑格尔有一句引人注目的论断：我们"听见自己的存在"。本体论听觉的持续过程完全仰赖语言。反过来，与他人的交流尽管不完美，却能使被听到的自我回到自身。这种相互运动是一种极为深刻的辩证关系。德语的独特之处在于，主语和谓语能够灵活移动，甚至互换位置，它使循环变得富有成效——这也是海德格尔的法宝。利用知道（bekannt）和识别（erkannt）的联系和区别，黑格尔提醒我们知识不一定为人所认可或知道。所以他需要新的术语，这一需求因为黑格尔著书时的社会、政治和意识形态革命而变得强烈。于是，黑格尔发明了一些开创性术语，或是独特的个人用法，例如著名的、多义的"扬弃"（Aufheben，"否定"［sublate］?），蕴含于"我的"

（mein）之中的"意见"（Meinung）。他还激活了回忆（Er-innerung）、想象（Ein-bildung）、信息（Ver-mittelung）或影响（Ein-fluss）这些词语中潜在的动态，这些名词的"动词—动作"在漫不经心的传播过程中变味或被遗忘。那些在概念上被懒惰地认为是固定和永恒的东西（柏拉图的遗产），借助词语的敞开而变得真实和流动起来。德里达愉快地一头扎进这种黑格尔的旋涡中。在路德宗的德国（黑格尔谈过要成为"哲学上的路德"），最初的活力必须被恢复至当下，但不是以摹古的形式。哲学风格的不稳定、带有反抗性质的创新，反映和展演了身处危机（"历史"）之中无可安放和无所安居的存在状态，这是黑格尔经得住时间考验的洞见。

亚历山大·科耶夫参考了柯瓦雷的重要分析，他的《精神现象学》系列讲座从1933年持续至1939年，教授一种逐行、有时甚至逐字的文本解读。这一系列与智识生活有关的研讨会，在法国内外的影响力之大至今无与伦比。它的影响范围并不仅限于学界要人圈，被科耶夫吸引过去的听众有人类学家、政治科学家、社会学家、历史学家和形而上学家，还包括作家，如布勒东、业余超现实主义者格诺（他编辑出版了科耶夫的讲义）和阿努伊（他的《安提戈涅》几乎就是一个直接的衍生品）。科耶夫对黑格尔哲学的发挥，激发了萨特"既要做斯宾诺莎又要做司汤达"的梦想。讲座激励了雷蒙·阿隆，也是法国现象学界的思想源泉——一如它在梅洛–庞蒂手中的发展。此外，科耶夫与列奥·施特劳斯交换过对黑格尔哲学的看法，这必然为美国新保守主义思想的某些方面打下了基础。这种丰富的刺激作用，及其对文学的影响，都源于科耶夫那些迫切的抽象，其深层结构和潜文本是政治的紧张和即将到来的该受诅咒的灾难岁月。

就像在文学中一样，评注的真诚热烈在哲学中也可以成为"艺术行为"，它们具有自主地位。即使在纸张上，科耶夫的声音也传达出催眠般的威信，尽管他坚称所有对黑格尔的解读都只是一种"可能性"，每一种明确的论点（包括他自己的）都是暂时和不完整的（对观威廉·燕卜荪在《复合词的结构》[*Structure of Complex Words*] 中对莎士比亚的解读）。在科耶夫看来，黑格尔的断言在螺旋式上升的论证中相互否定（即"扬弃"）。正如巴门尼德直觉到的：说，就意味着说其所不是。否定无疑是自由的保障，死亡因而成为一种积极的必要性："为了成为一个人，你必须像一个人那样死去。"马尔罗和萨特对此有详细的阐述：自我废除总是伴随着革新。丁格利[1]的"自我毁灭"坍塌出明亮的意义。因为女人和男人本质上是"不安的"（in-quiétude，Un-ruhe，dis-quiet），所以他们的语言必须和黑格尔的语言一样表达出不稳定性。想想弗吉尼亚·伍尔夫的《到灯塔去》。黑格尔的许多重要见解

1　丁格利（Jean Tinguely，1925—1991），瑞士达达主义画家与雕刻家，以机动艺术创作闻名。他的部分作品被设置为自动由火烧掉，燃烧和坍塌的过程展现在观众面前，成为作品的一部分。

都是模棱两可、"闪烁不定的",它们拒绝直接或标准的理解。动物的沉默仍然残留在我们身上。由于人类的无根性,我们借助言语行为获得了不确定的人性。这与文学和表现主义艺术的关联显而易见。

抽象化、理念化既尝试否认现实世界,也意图占有它。柏拉图-基督教的修辞学、《约翰福音》式逻各斯,使意识与其自身和具体实在相异化(即开创性的"Entfremdung")。这种理念化的间离策略,使得所有浪漫主义风格都成为凌乱的闲聊,而严格意义上的意识应该回到沉默——贝克特距此不远。不过只有语言可以揭示存在,所以对黑格尔而言,文学确实是一种创造(这一点在彼得·斯丛狄[1]的黑格尔诗学研究中表达得很完善)。世界文学起于史诗,生于悲剧,死于喜剧。从荷马到索福克勒斯,从索福克勒斯到阿里斯托芬便演绎了这一模式。而哲学的重要性超过了最伟大的文学。"历史的存在是为了使哲学家获得智慧,写出一部含有绝对知识的书。"马拉美从黑格尔这一夸张的格言中提出了"宇宙书写"的大写之书(le Livre)概念,尼采的《查拉图斯特拉如是说》和庞德的《诗章》中对总体性的陶醉,或许也与此有关。不过,在其完成最终的自我实现时,清晰的概念便消除了其构思中的关键独特性。正如普鲁斯特笔下的叙述者,概念"记住"

---

1 彼得·斯丛狄(Peter Szondi, 1929—1971),德国文学理论家、文献学家。

了事物被抹除的时间和地点。黑格尔最深刻的见解之一是，"毁灭的狂暴"（die Furie des Verschwindens）存在于革命的恐怖及其对历史性的渴望之中。密涅瓦的猫头鹰总是在黄昏起飞，科耶夫将黑格尔的这句格言当作一种"文本意符"来引用。只有伟大的作家才能找到这样的能指构件（figurae）。

从本质上讲，科耶夫的解读几乎带有强烈的政治色彩。他从拿破仑–斯大林主义者的角度来思考《精神现象学》。柏拉图、黑格尔、海德格尔和亚历山大·科耶夫自己一起示范了独裁专制、"成为国家之圣人"（在海德格尔那里则是成为"元首之元首"［Führer's Führer］）的欲望对思想家的诱惑。在历史的顶点，黑格尔向拿破仑致敬，科耶夫则再次化身为斯大林，现身于整体的理性控制和现世化了的乌托邦中，而正是现世化了的乌托邦使得斯大林主义既是历史的顶峰，也是历史的终结。这一思考方法启发了科耶夫对黑格尔《精神现象学》中"主奴"辩证法（柏拉图的洞穴比喻之后最有名的哲学寓言）的阐释。在这一著名的叙述中，分析的严谨呈现出了迷人的活力，以及一种很难界定但多少带点抒情性的张力。斯特林堡的《朱丽小姐》、热内的《女仆》和布莱希特的《潘提拉老爷和他的仆人马蒂》在表演时，如果配以黑格尔的文本朗诵，并将科耶夫的讲座用作节目说明，也许会很有启发性。

在斯大林主义终结的过程中，乔治·卢卡奇写下了《青年黑格尔》。这部1948年出版的专著意义重大。黑格尔的清醒使卢卡奇摆脱了他早期散文的表现主义热情。卢卡奇转而开始思考："在《精神现象学》的思考过程中，哪些语言工具起了作用？"例如三重重复，表现出了潜在的三重架构（即主观性、客观性以及包含它们的绝对精神之间的相互作用）。卢卡奇问，从意识到自我意识再到理性的概念化，语法是如何将这种既发生在自我的直接性里，也发生在与他者的相遇里的转变外化出来的？这个问题一直萦绕在萨特和胡塞尔的心头，莎士比亚《理查二世》的监狱独白对此有令人难忘的呈现：

> 然而我要仔细揣摩
>
> 我要证明，我的头脑是心灵的妻子
>
> 我的心灵是头脑的父亲
>
> 它们产下一代生生不息的思想……
>
> 没有一种思想令人满意：较好的那一类
>
> 与神有关的思想，却夹杂着
>
> 怀疑，总是用言词本身
>
> 来反对言词[1]

1　朱生豪译，参见《莎士比亚全集》（第四卷），中国文史出版社，2013。略有改动。

卢卡奇在黑格尔的论文中感受到了使其阐述变得"艰涩和隐晦"的"不间断的颤音"。不过在黑格尔对希腊城邦的描述中，仍有不少文学亮点。《精神现象学》唯一提及的现代作品是狄德罗的《拉摩的侄儿》，而这是因为黑格尔决意在写作实践中建立自己的辩证风格。

黑格尔是第一位将劳动视为人的卓越（excellence）的西方哲学家。他所说的劳动不是亚当·斯密和重农主义者所宣扬的那种资本积累或商业扩张，而是作为人类构建真实世界之工具的劳动。谢林仰仗《奥德赛》[1]，黑格尔则吸收了《鲁滨孙漂流记》。人类的体力劳动和精神劳动决定了概念的实现。这一洞见转化为黑格尔论述的基石，读者必须靠自己去劳动来读懂它，只有根本意义上的辛劳才能激发理解力。通过全力以赴、高强度的劳动，人类意识中的"不安才会被改造成秩序"。黑格尔作品中的光明–黑暗（Hell-Dunkel）、明暗对比指向一个尚未完成的历史进程，一项与社会条件和意识形态矛盾的不稳定的契约（马克思主义将声称可以解决这个问题）。黑格尔冒险借助最初的困惑和多义的可能性，来刺激人们持续关注他。卢卡奇随后的皇皇巨著，尤其是注定无法写完的《美学》（*Aesthetik*），反映出了黑格尔的这一策略，这种对耐心的赌博。请笛卡尔原谅，思想上的清晰与优雅成为

1　晚期谢林关注哲学与神话之间的互补关系，用《荷马史诗》来解释他的哲学概念。

了不被信任的理想。

伽达默尔让解释成为了他的主旨。在亚里士多德和海德格尔的基础上，伽达默尔进一步提出经验本身就是解释、诠释行为。当我们阅读文本时，我们"阅读"了世界以及我们在世界之中的位置，并试图解释它的含义。伽达默尔的思想在很多地方都与黑格尔有关。黑格尔的语言将我们引向已说和想说之间难以逾越的鸿沟。和荷尔德林、马拉美一样，黑格尔意图使语言从其虚假的机能和静止状态中解脱出来。意向与真实重合的"弥赛亚"时刻，意识成为精神的那一历史之外的时刻，总是那么遥不可及。这不仅仅是维吉尔说的"要付出巨大努力的是，了解自身心中所想"（tantae molis erat se ipsam cognoscere mentum），这句话告诉我们，因为反省必须将它的发现用言语表达出来，所以必有谬误。也存在一种持久的危险：抽象化、清晰的概念化表达会导致实体的流失。在我们的解释性分析中，生命流失殆尽。黑格尔的同代人笑他是个"榆木脑袋"，或是像歌德那样痛斥他那"秘教般的灌木丛"。然而，黑格尔的确在努力解决一个核心悖论：对实体的定义和命名抹杀了实体。只有伟大的文学可以在命名过程中保全存在，这也是为什么除了文学和艺术之外，没有别的认识论可以扮演类似的角色。还有什么表达方式敢于将索福克勒斯的安提戈涅置于福音书中的耶稣形象之上？伽达默尔就此提出了一个令人兴奋的猜想：黑格尔哲学体系的局部坍塌，其风格的部分失败，将把产生于德国哲学的、与感知力有关的任务和方法，转交给现代的重要小说家和诗人。不过，"失败得更好"的冲动在黑格尔身上仍然存在，他的哲学语言"只要还是一种语言，就将在人类言语中持续存在下去"。《精神现象学》是一部19世纪的大师级长篇小说——这难道不是一个完全清醒的判断吗？

和卢卡奇一样，恩斯特·布洛赫也在斯大林主义的社会环境里阅读和教授黑格尔哲学，那里既有专制也有乌托邦氛围。《主体–客体》（1951）一书的语调几乎是灰色的，也越发凸显了当时的社会环境。他写道，黑格尔的许多句子"就像装满烈酒的容器，但那容器没有或只有极少的把手"。如果说黑格尔的句法打破了习惯用法，那只是"因为他有新奇的东西要说，而现有的语法满足不了这种表达需求"。和荷尔德林一样，黑格尔的书中有一种"雅典式哥特风格"。黑格尔那令人厌烦的措辞几乎全都是必不可少的，它们是火山喷发般的努力。如果"想要体验迄今为止最遥远的旅程"，读者必须默默接受这种表达风格。和赫拉克利特或品达一样，黑格尔作品中"意义的闪电"源自黑暗。

只要有可能，阿多诺便屈服于晦涩的魅力。即使在论克尔凯郭尔和胡塞尔的习作里，他也把玩晦涩。他是否隐约瞥见了瓦尔特·本雅明的卡巴拉式赫尔墨斯主义？阿多诺的障眼法使他对海德格尔"行话"的戏仿式抨击显得有些讽刺，不过在《黑格尔研究三则》(*Drei Studien zu Hegel*, 1963)里，他表现出了真正的同情。阿多诺承认黑格尔哲学中某些要素的含义仍不明确，"至今都没有被任何解释学的艺术确立"，而这一看法并非贬义。在第一流哲学家中，黑格尔大概是最突出的例子，人们总是不能明确地判断他在说什么。与他同时代的荷尔德林的情形与此十分相似。"辩证动态和保守断言两种时刻"之间的矛盾仍然没有得到解决，或者说被"延迟"了（在德里达的意义上）。读者的态度应该和面对里尔克《杜伊诺哀歌》这样伟大的诗歌时一样。阿多诺因而认为，黑格尔的一些段落"严格来讲是不需要去理解的"。正如他经常提到的类比：音乐意义丰富，却无需解释。

笛卡尔式代数写作法，无法表达思想的历史性和体现在历史运动中的意识。而黑格尔的否定原则解放了语言。诚如阿多诺所言，黑格尔的作品是维特根斯坦《逻辑哲学论》不相上下的卓越对手。哲学必须努力表达的恰恰是那些我们无法言说的东西。黑格尔在谈到赫拉克利特时说，他的隐晦既不可避免，也必不可少，"即使它令数学显得容易"。

本书贯穿着一组对立：一类思想家（尤其是英美一脉）坚持清晰而直接的表达；另一类（包括普罗提诺、德国观念论者、海德格尔）则视新词、句法的密度和风格化的晦涩为原创性见解的必要条件。之前说得很清楚的话，为何要重复一次？文学的破冰者对这个问题不会感到陌生，兰波、乔伊斯和庞德都极力主张语言应该"推陈出新"。黑格尔写出来的"反文本",意在抵触陈词滥调中的惰性物质。阿多诺说它是一种"思想电影",需要体验而不是理解,而每一次好的阅读无异于"一次实验"。

黑格尔质疑翻译,他认为译文"好比失去了芳香的莱茵白葡萄酒"。在1805年的一封信里,他给自己设定了"教哲学说德语"的任务,以完成由路德发起的德语发展运动(参见T.博达默[T. Bodammer]的《黑格尔论语言》[*Hegels Deutung der Sprache*,1969])。除了德语,没有其他的现代语言有这样的潜力。只有古希腊语的语言资源可以等量齐观。想一想"Urteil"这个词的无穷共振,它既是"判断"也是"开端"。还有哪个民族的语言能像德语这样,让"Dichtung"兼具美学、理论和近乎有形("dicht"所表达的密度)的价值?[1]只有德语可以回到抒情与分析的融合之中,而正是这一融合使得前苏格拉底时期的言辞散发出永久的魅力。

在这一切之中,文学都至关重要。甚至就如荷马和赫西俄德"创造"了希腊的众神,诗歌和戏剧的历史也为人类理智接受宗教和哲学做好了铺垫。《伊利亚特》或阿里斯托芬的成就无人能及,但它们的终结又扫清了通往形而上学的道路。二者互相依存的复杂关系依然存在。如果没有莎士比亚、塞

---

1 Dichtung在德语中有诗歌、文学、密封垫的意思。

万提斯和笛福，我们就不会有《精神现象学》。这种共生的进化虽然常常短暂，却是人类自由的决定性因素。

这一关系是互惠的。我已经提过黑格尔"主奴"（德文的"Knecht"要比英文的"servant"蕴含更多顺服的意味）辩证法中的戏剧性。《精神现象学》第四章第一小节的语境是，为实现真正的自我意识而斗争。这一辩证过程要求被"他者"，被对立的意识承认。矛盾的是，"他者"——这一概念在黑格尔和兰波的"另一个"（l'autre）[1]之后承担了特定的责任——体现了一种本身也是自主的镜像。它的缺席就像影子的消失一样，会剥夺实体的同一性。死亡的逻辑和诗意带来了这种互惠关系：接受死亡、对"他者"施加死亡。雅各与天使的摔跤（高潮出现在命名和赠予身份处）[2]很可能就是黑格尔好争辩的哲学戏剧之基础。

在奴仆的存在的对照下，主人将自身的存在客体化，他将奴仆视为"物"（Ding），但奴仆的承认对他而言不可或缺。主人必须在奴仆的反向知觉中寻找自我，使自我实体化。他的权威来自他做好了牺牲自己生命的准备，来自他的道德准

1　兰波在写给老师的信中说："我是另一个。"法语是"Je est un autre"，相当于英文的"I is someone else"。系动词的非常规改变，意在表明"我"不再是原先那个固定、单一的"我"，而是自由的物体。这一想法在他的诗歌《醉舟》中有生动的表现。

2　据《旧约·创世记》32:22—32记载，雅各与天使摔跤并最终获胜。天使说，"你的名不要再叫雅各，要叫以色列；因为你与神与人较力，都得了胜"。

则是一种（古老的？）英雄主义。主人对自我毁灭的接受决定了他的权威地位及其在本体论–社会方面与奴仆的差异。黑格尔接下来有一步令人惊叹的论证：奴仆在其奴役状态中发现，或者说被迫发现了劳动的动态权力。《堂吉诃德》中，在桑丘·潘沙身上运作（at work）的，可以说是停滞的、单纯的意识。正是经由劳动，奴仆成为其主人的必要之物。而服务本身又产生了自己的主宰形式，这一逆转解放了奴仆的自我意识。这种主宰永远不完整。它因逃避死亡而折损，而接受死亡正是使其主人的权威合法化的英勇冒险；同时它也带来了社会革命的可能性。最终，劳动比骑士的献身精神更强大，更进步。尽管主人依靠"他者"来确认自我，奴仆却在劳作的客观状态中实现了他的意识。

黑格尔作品上演的便是这些戏剧性的含混，这一"殊死之争"，它是斗争的述行，要理解它的含义，也要经过一番搏斗。对决从未停止，雅各的遭遇贯穿了整个历史之夜。不过归根结底，还是奴役状态中劳作的涡轮力为人类社会和心理的进步做了准备并使其成为必然。这一观点——或许在古代斯多葛主义中已经初露端倪——不仅启发了社会主义和马克思主义，也为许多资本主义理论指明了方向。纳粹集中营的口号甚至还对它进行了一次惨无人道的模仿：劳动使人自由（Arbeit macht frei）。

顺着黑格尔寓言的脉络或回声，我们至少能找到四位大师的回应。这些回应增加了阶级斗争的维度和激烈的性对立、性奴役的维度。

斯特林堡《朱丽小姐》（1888）中凶险的双人舞结合了上述二者：紧张的阶级关系和旺盛的性欲，促成了爆炸性的角色转换。这是典型的黑格尔意义上的权力关系逆转。朱丽成了她男仆的荡妇，但是她那专横的受虐倾向[1]使男仆重新获得其卑下的奴性。两人的交合事实上加剧了他们之间的不平等："我可以做你的伯爵夫人，你却当不成我的伯爵。"斯特林堡采用了黑格尔的检验标准。男仆没打算和主人一起死，更别提为她去死了。被牺牲而死的特权专属于她。当伯爵拉门铃喊他的杂役时，男仆让一下子就屈服了。他选择了自我保护，这是奴仆的策略。他叫朱丽去自杀。就像在《精神现象学》里一样，无能意味着幸存，包含着拒绝了主人的未来的力学。

《潘提拉老爷和他的仆人马狄》（*Herr Puntila und sein Knecht Matti*），布莱希特这出戏的标题就点明了它与黑格尔的联系。这部首演于1948年的民间寓言剧模仿了黑格尔辩证法。戏中最关键的"是潘提拉和马狄之间阶级敌意的形成过程"。不过，就像《精神现象学》中所讲的一样，深层的斗争还是身份认同："你是个人吗？在你说你是个司机之前。瞧，我让你陷入了矛盾。""关于人是什么，人们意见不一。"醉

1　原文如此，疑为作者笔误，应为"施虐倾向"。

酒后的主人和清醒时的主人是同一个人吗？只有赤贫者和被剥削者才能对自己的人性充满信心。试看马狄向腌鲱鱼致敬：如果没有这可怜的战时配给，松树林就不会被砍伐，土地不会被播种，机器也不会制造出来。"要是我是个共产主义者，"潘提拉信口开河道，"我肯定要让潘提拉的生活变成地狱。"然而，仆人真正的复仇和使命要来得更深。马狄将抛弃无助的老爷，成为自己的主人：

> 当他们成为自己的主人，
>
> 他们就能很快找到好主人。

马狄对自我主宰的设想，即共产主义，将打破黑格尔剧场的千年循环。

让·热内的《女仆》(*Les Bonnes*)也写于20世纪40年代，剧中的恶毒无人能及。热内为黑格尔的二元性增添了夸张的转折。他有意让同性恋姐妹去扮演他在感化院和监狱里遇到的那些同性恋少年、男妓。"bonne"在法语中既指家庭女佣，也有"仁慈者"（即祭祀仪式时欧墨尼得斯[1]的别称）的

---

1 欧墨尼得斯（Eumenides）是古希腊神话中的复仇三女神。原名为厄里倪厄斯（意为"愤怒"），古人因为害怕，在举行祭祀仪式从不直接提到这些女神的名字，而使用其别名欧墨尼得斯（意为"善良"）。

意思。热内因而提议可以在埃皮达鲁斯[1]上演该剧。这部戏是一支风格化的死亡之舞（与斯特林堡相呼应），其中黑格尔式的主人公通过更换服装来互换身份。《女仆》是关于仇恨的入门读物。热内质问，是什么在维系主奴之间，乃至奴役与征服的共同体之中的憎恨？《精神现象学》是否忽略了羞辱的辩证法——主人控制了他的奴仆，但反过来也受制于他那被服侍的迫切需求？夫人说："你那谦卑的重负压垮了我。"女仆们受虐狂式的、但隐含反抗的忠诚，取悦着也威胁着主人的暴虐的依赖。在黑格尔推断会有一场未战的决斗之处，热内安排了一场勒索戏。奴仆得知主人的隐私，女仆们得知夫人的不轨行为之后，便有了堕落也使人堕落的权力。光亮的、天使般的索朗热和克莱尔狡猾地导演了一场戏中戏，一段关于魔鬼的镜子的二重唱："我受够了那面可怕的镜子，它把我的样子照出了恶臭味。"女仆们杀气腾腾的歇斯底里，让太太处于短暂的或许虚假的优势。高潮的反转是对黑格尔的否定：太太还是留在了特权阶层的奢华生活之中，践行牺牲仪式的是她的家仆。但是她们说出了主人无法理解的深刻见解：

> 我恨仆人。我恨这些微不足道、令人作呕的物种。
>
> 仆人不属于人类。他们游动，在房间里，在走廊上，他

1　埃皮达鲁斯（Epidaurus），位于希腊半岛东南端，原为一个繁荣的古希腊城邦，现存露天剧院遗址。

们像一股恶臭尾随我们，渗入我们的身体，钻进我们的

嘴里，腐蚀我们的灵魂。我把你们给吐出来。

这种可怕的自我意识带来的不是劳动和无产阶级未来的救赎之光，而是自杀的代价。如果黑格尔坐在观众席里，他会作何感想？

萨缪尔·贝克特对哲学很上心。他与叔本华神交已久。而在对应黑格尔的主奴双联画的文学形象之中，没有谁比《等待戈多》（1952）中的波卓和幸运儿更立体的了。

幸运儿几乎就是一条落水狗，不过它也会咬人。这部戏的中心问题又是："人是什么？"奴隶主波卓勉强承认了那两个流浪汉身上微弱的人性，不过幸运儿在多大程度上算是个人呢？他身上拴着根狗绳，执行着主人那些虐待狂式的命令。弗拉季米尔问，一个人能以这种方式对待另一个人吗？波卓承认，他的主宰地位与奴隶的卑贱本可能倒转。即便很悲惨，幸运儿还是为折磨他的人提供了维持其地位和身份所急需的保障（核心的黑格尔钟摆）。如果说幸运儿在努力唤醒主人的同情心，那也只是为了保全他自己生命的靠山："所以我让他继续活下去。"波卓将一切权威激进化，逼迫他的奴仆"思考""去想（pense）"。这一命令已经超出了笛卡尔的"我思"。在黑格尔那里，思想是与意识的起源、自由的潜能相呼应的。贝克特写的是 则关于强迫的寓言。

在波卓发出最后通牒的关头，幸运儿忽然开口说话了。言语不仅仅定义了人性，更是奴隶唯一且极其重要的武器。幸运儿滔滔不绝的独白暴露出波卓行话中的贫乏。他的洋洋洒洒戏仿了认识论、神学沉思，以及现代心理学那可疑的深刻。他支离破碎的一长串重复，他的横冲直撞是文学史上无与伦比的语言的强行迂回（détour de force），对《尤利西斯》中莫莉富于音乐感的独白构成了一次狡黠的解构。这一自我否定的修辞技巧暗示出语言在摆脱陈词滥调的限制后，本该有和可能会有的样子。在爆发出这雪崩一般不合语法的"演讲（言语）行为"、对交流作出颠覆性模仿之后，幸运儿再次陷入麻木的沉默。他那段惊人的喋喋不休以"未完成"一词结束，它也定义了这部戏本身。什么也没剩下，除了那顶被踩坏的帽子，它现在戴在弗拉季米尔的头上。贝克特戏剧的终场，似乎不止一次借鉴了黑格尔历史终结的比喻。

黑格尔、荷尔德林与海德格尔同索福克勒斯的三重相遇，是哲学和文学史上的巅峰事件。哲学阅读最高水平的诗，反过来也被它阅读。它们都直觉到了共同的基础——思想的艺术和音乐从那里生发出来，又影响了我们对世界意义（Weltsinn）的认知。

黑格尔对索福克勒斯《安提戈涅》的阐释颇富争议性，我曾在《安提戈涅》（*Antigones*，1984）一书中尝试公正地理解它。黑格尔认为这部戏"在各个方面都是人类艺术史上最完美的"。在后期的演讲中，黑格尔又回到安提戈涅这一戏剧角色身上，称她是"有史以来最高贵的人物形象"。安提戈涅之死是清醒的自我牺牲，超越了各各他的英雄主义，当黑格尔论述这一点时，其赞美之词无以复加。耶稣尚能相信复活与无限的补偿，安提戈涅却自愿坠入万劫不复的黑暗之中，这一深渊更为可怕，因为她的立场有可能是错的，是违背众神意愿的。

《安提戈涅》别具一格之处在于生动地展现了对立的命题，这些相互对抗的命题是人类意识得以进化的基础。该剧辩证地表现出国家理想与个体理想之间的冲突，公民法理想与政治审判理想的冲突，后者反对家庭团结这一原始律令。它以几乎能引起公愤的激烈程度，表达的并非传统的情爱和婚姻，而是刻画了兄妹间的手足情。剧情的暗线还讲述了女人与男人、老人与青年之间本体论的冲突。总之，在索福克勒斯这极其紧凑的剧本里，最重要的对立关系全都出现了。

《精神想象学》叙述过意识如何经由论争变得成熟，这在黑格尔对《安提戈涅》解读的演变过程中得到了标示。黑格尔在重新细读后发现，索福克勒斯的范式比他最初设想的要复杂得多。只有在城邦中，借由独立个体的德性与国家之间的冲突，对立的伦理价值才能得到定义，并更接近绝对精神的合题，也就是更接近 种创造性地融合了家庭的忠诚和公民的忠诚的政体。弗朗茨·罗森茨维格（Franz Rosenzweig）的表述很贴切："屹立在开端的是人类灵魂的分娩式阵痛，终结处则是黑格尔的国家理论。"对黑格尔而言，"神圣的安提戈涅"及其经受的悲剧激情，是对他的精神和历史哲学中决定性原则的诗性确认。二者的"契合"几近完美。

黑格尔解释学对辩证平衡的坚持，产生了极其直接而又颇富争议的影响。毫无疑问，黑格尔的一连串评论和阐释包含了对克瑞翁的申辩。辩护遵循的是完美平衡的总体结构，即黑格尔对悲剧的定义：一种"双方都正确"的对立。如果想要实现合题，如果历史要往前发展，对索福克勒斯的对称式解读十分必要。几乎可以肯定的是，黑格尔对克瑞翁国家意志的申辩——没有国家，独立个体便无法获得自我意识，哪怕是异见分子也一样——与索福克勒斯对虔敬（pietas）的理解背道而驰。剧中的暴君受到了惩罚即是证明。然而，正是黑格尔有力而敏锐的误读——如果可以这么说的话，促使人们留意和重估这一戏剧。黑格尔的批评者甚至也倾向于认为《安提戈涅》展现出的两种宗教–道德立场，单独来讲都不可能是正确的，如果不承认限制和挑战它的另一立场的话。

阿努伊的《安提戈涅》写于克瑞翁的法庭上（也许可以这么说？），也就是说写于纳粹的铁蹄之下，它采取了黑格尔的解释：克瑞翁和安提戈涅的关系处于命中注定的平衡之中。这种机灵的舞台修辞与布景技巧，使得纳粹的审查机构批准了这部戏的演出，而阿努伊也因此被指控通敌。实际的演出打破了微妙的平衡。克瑞翁在辩论中击败了安提戈涅，说她之所以选择造反和死亡，并不是出自虔诚和道德信念，而是青少年的叛逆心理。是克瑞翁这种来自长辈的、居高临下的庸俗态度，是婚姻将带来的日常生活的单调乏味，触发了安提戈涅的自杀举动。索福克勒斯将克瑞翁留在了可怕的孤独中；而在阿努伊的剧里，一个小听差使这个衰老的暴君想起了公共责任。如果生活要继续下去，有些人就必须弄脏他们的手，五点钟他还有一个重要会议。这一感触不仅减轻了克瑞翁的孤独感，也表现出对责任的斯多葛式接受和对黑格尔而言至关重要的政治的强制性。布莱希特的《安提戈涅》（1948）则对这种含蓄的辩护大加讽刺，这是一个反黑格尔的版本，它既是对希腊源头的回归，也回到了荷尔德林对索福克勒斯的变形演绎之中。

克尔凯郭尔对黑格尔解读的回击极具创造性，不管他是直接读过《精神现象学》，还是间接得自谢林和丹麦的黑格尔信徒。克尔凯郭尔在《非此即彼》中塑造了一个自己版本的安提戈涅。他认为悲剧中的罪孽是继承而来的，俄狄浦斯的女儿知道自己是父亲乱伦生下来的孩子。这种知晓既无法忍受，又是神的旨意，她由此成了"一个活死人"。同这既是兄长又是父亲的人血脉相连，他的厄运决定了这位"沉默的新娘"（考狄利娅[1]的身影从未远离）的命运。克尔凯郭尔论述的"焦虑"又有进一步的变化：他的安提戈涅并不确定俄狄浦斯是否对自己的弑父与乱伦行为有清醒的认识，而安提戈涅对这一秘密的洞察使她完全成为存在之家中的陌生人，只有在死亡中才能找到栖息之地。是她迫使克瑞翁伸出笨拙的［杀戮之］手。因为只有她的死亡才能终止家族的堕落之罪，也能使她对海蒙的爱完满结束。

克尔凯郭尔尝试引入无辜的罪这一悖论，这离黑格尔较远，更接近圣奥古斯丁和帕斯卡尔的脉络。用它来概括克尔凯郭尔的人生经历——他与雷吉娜·奥尔森的分手，他对父亲绝望的渎神时刻的直觉[2]——也是贴切的。

如果我们把克尔凯郭尔的设想、荷尔德林对索福克勒斯的哲学–解释学的诠释和海德格尔对《安提戈涅》中合唱颂词的分析——他将其视为西方文明的决定性时刻（我稍后会再回到这个问题上）——放在一起来看，如果我们记住了布莱希特、阿努伊，以及德里达在1974年的《丧钟》（*Glas*）里对《安提戈涅》的论述，便不难发现黑格尔对这部戏的阐释所引

1　考狄利娅（Cordelia）是莎士比亚戏剧《李尔王》中的角色，她因为不愿奉承父亲而选择"沉默地爱"，结果遭到李尔王的流放。

2　雷吉娜·奥尔森（Regine Olsen）是克尔凯郭尔（Kierkegaard，1813—1855）的未婚妻，克氏自觉不可能摆脱忧郁，便决定解除婚约，用雷吉娜的话说是克氏将她"作为牺牲品献给了上帝"；克氏的父亲是一名虔诚的基督徒，深信自己因早年不虔敬的行为而受到神的咒诅，对克氏的管教极为严格。

发的诗歌与哲学"交会"之魅力。

不过在黑格尔的其他观点里，抽象或诊断的论述也被赋予了强烈的"风格性"。我们借此也能接近正在讨论的问题。黑格尔发表于1822年至1831年间的"历史哲学"讲演包含了对亚伯拉罕令人不安的生动描述。黑格尔在他身上找到了犹太人持久的无根感，拒绝以任何社会和政治共同体为家的可疑源头。与此同时，黑格尔也被摩西式一神论的绝对性所吸引。在东方信仰中，连光都是感官的、此世的，而自摩西之后，光就是耶和华，"这纯洁的唯一"。"自然已经被贬为创造物。"——这一表述令人印象深刻。这种极端的一元论引发了绝对的排他性：只有一类人是被选中的。在越来越激烈的语言中，黑格尔将摩西的犹太教与精神的整体性联系起来："我们发现犹太人悲惨的奴役状态与纯粹思想有关。"正如斯宾诺莎所言（黑格尔很少使用引文），摩西律法是惩罚性的。但它防止了犹太民族被任何世俗性吸纳。这种神圣的占有使犹太人成为社群而非国家。古以色列国也因此迅速一分为二。黑格尔的论述戏仿了这一分裂，从一个极端跳向另一个极端。一种有机的二律背反使犹太教变得无力："客观的上帝这个想法无论怎样地富于精神，但是那主观的方面——对上帝的崇拜——在性质上依然是非常有限制和缺乏精神的。"[1]只有希腊

---

1 原文为德文。中译选用了黑造时的译本，参见黑格尔《历史哲学》，上海书店出版社，2006。

人文主义和基督教才能带来主体性和民族国家的繁荣。国族（nation）的概念将消除盲信和仪式化的卑贱。

我们可以引用大量类似的迫切而简洁的段落，它们的帆迎着自我探索论证的强风。除了重要的诗歌、戏剧或小说，我们还能去哪里接近这种直接性，这种"感觉到的思想"的赤诚力量？这个说法既笨拙也不美观，但黑格尔肯定会说，这不是重点。

政治理论孕育并吸收了那些最优秀的作品。我们只需回想马基雅维利、弥尔顿关于弑君的论述，或是叶芝从埃德蒙·伯克那里听来的伟大音乐，便能得出这一结论。

马克思著作的数量、文学体裁的涵盖范围及其声音的多样性，俨然形成了一个庞然大物。他具备典型学究的、考据的、教士的——就这几个词本来的意义而言——感知力。图书室、档案馆、公共阅览室是他的故乡和战场。印刷品是他的氧气。他去世时没有写完的手稿就有一千多页。正是这一点引发了卡尔·马克思犹太习性的争议。他沉浸于文字并由此孕育出一种阐释、注释性评论和语义论争的策略，完全可以类比于拉比的做法和《塔木德》辩经。对权威的、世俗地神圣化的宣言的党派诉求，激烈的教条冲突与争执，贯穿了整个马克思主义–列宁主义的历史与命运，而这一切直接源自马克思分析的、预言式的修辞风格。在有关共产主义的争论中，引用、文本批评和参考资料起到了决定性作用，涉及大量二手和三手文献。共产主义领袖及其异端对手，不论是列宁、斯大林、托洛茨基还是恩维尔·霍查[1]，都感觉有必要写一些理论著作，以证明自己是个"读书人"——列宁论经验批判主义，托洛茨基论文学，斯大林论语言学的作品都不容忽视。

历史上没有哪种人的形象、历史模型、政治–社会纲领在书写量上超过马克思主义。自《妥拉》以来，还没有哪部法典的编纂像马克思主义一样薪火相传，"西奈山的真理"从马克思和恩格斯传到列宁和斯大林。随着马克思主义–列宁主义的退潮（它反映了西方神学的崩溃），一份可追溯至《摩西五经》和前苏格拉底时期的成文权力（auctoritas）遗产，一种对"书"的崇敬（正如"生命之书"这样一个总结性比喻所示）可能已经步入尾声，我称之为"后记"（afterword）[2]。马克思质疑一切制度和权力关系，他无视宗教中那些自欺欺人的幼稚幻想，无情地驳斥对立的意识形态，对社会习俗未经审视的陈词滥调也大加挞伐；但他从未质疑过语言和文字表达的能力——在再现、分析和改变个人与集体的现实方面，在重塑人类境况方面，它们起到了首要作用。尼采对命题地位的颠覆，马拉美对能指与所指的预言式拆解，弗洛伊德对

1　恩维尔·霍查（Enver Hoxha，1908—1985），阿尔巴尼亚政治家，曾任阿尔巴尼亚劳动党第一书记，掌权长达40年之久。

2　这里是双关语，既指"后记"，也有"语言之后"的意思。

公开的涵义与意向的系统性解构，完全不同于马克思古典的逻各斯中心主义。马克思教导说，"思想不会脱离语言而存在"。和他研究过的赫拉克利特一样，马克思认为这一点是不言而喻的：当"思想的闪电"击中了书卷——不管是大部头、概述还是小册子，是说明书还是诗歌，都能照亮男人和女人沉睡的精神，唤醒他们的人性（可见马克思主义政体锚定在读写能力之上）。正是这种对无所不能的言词的信仰，激发了共产主义者创造新语言（奥威尔的"新话"[Newspeak]）的热切实践。在"自由世界"里，没人会对写作的"许可证"感兴趣。白宫里的总统哪会留意，更别提惧怕曼德尔施塔姆的讽刺诗？大英图书馆圆形阅览室里的马克思形象是一种图腾，也是对"太初有言"（in the beginning was the Word）信仰（现在几乎已经被抹除掉了）的赞颂。

马克思的文风多种多样。他早期的抱负是创作后浪漫主义风格的文学作品：他试译过奥维德的《哀歌》（恰好暗示了他日后的流放？[1]），写过幽默小说《斯考尔皮昂和费利克斯》（*Scorpion and Felix*）、奇幻舞台剧《乌兰内姆》（*Oulanem*）以及抒情诗歌和零星的民谣（巅峰之作是1841年发表的《狂歌》[*Wilde Lieder*]）；而他论伊壁鸠鲁和德谟克利特的博士论文差不多是传统学院风格的（我稍后会再作讨论）；雪藏

---

1 奥维德的《哀歌》（*Libri tristium*）完成于流放期间，故有此说。

很久的《黑格尔法哲学批判》则已经展现了马克思论证周密、讽刺简练的技巧，这些优点是他成熟期作品的标志；与恩格斯合著的《神圣家族》（1845），批驳对象是"布鲁诺·鲍威尔及其伙伴"，其连绵不断的讽刺、不屑一顾的挑衅手法使马克思成为继尤维纳利斯和斯威夫特之后首屈一指的发难大师。这种高超技巧在1847年针对蒲鲁东的猛烈抨击之作《哲学的贫困》中也得以凸显；1848年，马克思与恩格斯一同发表了《共产党宣言》（很难确认哪部分是马克思写的），很少有哪份纲领性、鼓动式宣言能比它更富有激情，更令人难忘。其语法结构，其命题序列中的渐速音，其对医生式诊断和先知式确信的综合，使这本小册子成为历史上最有影响力的宣言之一。路德的维滕贝格论纲是马克思武器库中的常备弹药；1850年发表的《法兰西阶级斗争》和两年后发表的《路易·波拿巴的雾月十八日》呈现的则是另一种风格，它们将精确的分析、讽刺、理论掌控和即时的爆发融为一体，可与塔西佗最好的作品相提并论。仅凭这些史诗般的小册子，马克思便足以在思想诗学中保有一席之地。

马克思的政论有大雨倾盆之势，且通常富有创见。光是维也纳《新闻报》，就有他的175篇供稿。对美国内战的评论，显示了他对军事的深入研究。一份从1857年写起的手稿显示，百科全书式笔记占据了马克思的大部分时间，最后成为政治经济学（实质上是哲学人类学）的总结。这部名为《大纲》[1]的手稿一直到1953年才出版，《资本论》（1867—1879）的前两卷便脱胎于它的第一部分。无论过去还是现在，都很少有人读过这部未完成的巨著后面的章节。它有不少内容完全是技术性和统计性的，不过在这份砂砾般铺陈的经济学–社会学清单之中，仍然有着远见者的愤怒和末世论承诺的闪光，这些都是马克思天才的自然流露。这些闪光在《哥达纲领批判》中以浓缩的、宣传的形式出现，也同等重要。此外，马克思还有大量的通信，这些信件以各种风格写就，包括公开信和私人信件，表达声援或批评，有的是法庭辩论式的，有的毫无遮掩。总之，这些丰沛的"言语行为"改变了我们的世界，无论是变好还是变坏。

在马克思的作品中，文学与政治哲学始终交织在一起。他有文学热情，写过文学批评，他在历史剧和小说理论方面贡献良多，对古典和现代作品涉猎很广（名副其实的"书虫"），这些都已经有了权威的研究（参见S. S.柏拉威尔的《马克思和世界文学》[1976]）。马克思不信任任何纲领性质的介入式（engagé）写作，他提出的"巴兰[2]效应"（Baalam effect，即小说家和诗人的实际创作与他们明确的意识形态自

1　全名为《政治经济学批判大纲》（*Grundrisse der Kritik der Politischen Ökonomie*），是马克思于1858年完成的一部长篇手稿。

2　巴兰是圣经中的负面人物，据《民数记》记载，他计诱以色列人，从而自取灭亡。《新约》中多次提到巴兰，用他来代表教会中心口不一的假基督徒、假教师。

相矛盾，互相否定），成了美学理论和美学批评的源泉，例如卢卡奇和萨特。马克思的文学敏锐度可谓包罗万象，他能看出欧仁·苏《巴黎的秘密》中耸人听闻的夸张效果，也能欣赏古希腊悲剧的巅峰之作。在生命的最后时刻，他还在阅读埃斯库罗斯的古希腊文原著。莎士比亚更是不断被引用。令马克思着迷的不仅仅是发生在夏洛克身上和《雅典的泰门》——这是他最喜欢的——里关于金钱的情节剧，莎士比亚剧中的历史动力、罗马题材剧和《麦克白》展现出的对权力关系的高超认知，也令他惊叹。和同时代的德国人一样，马克思也沉浸在歌德的作品中。他认为梅菲斯特透着讽刺性的坦率堪称典范，并对《浮士德》第二部中关于金融的寓言作了一番沉思。他几乎完全认同年轻歌德对普罗米修斯神话的化用。柏拉威尔的研究表明，即使是政论作品如《福格特先生》（1860），也提及了蒲柏、劳伦斯·斯特恩、塞缪尔·巴特勒、狄更斯、但丁、伏尔泰、拉伯雷、雨果和卡尔德隆。马克思主义其实是"对世界的阅读"。

马克思一直被巴尔扎克所吸引，总是对他的作品感到惊奇。早在他之前，巴尔扎克就抓住了剩余价值的概念。马克思认为小说《高布赛克》具有敏锐的心理洞见：资本主义的贪婪是一种提前衰老的形式。最重要的是，《人间喜剧》具有真正的现实主义应有的不偏不倚，以及完全颠覆了巴尔扎克本人保皇和反动立场的远见卓识。葛兰西认为，正是受巴尔扎克的启发，马克思才将宗教定义为"人民的鸦片"。

佩克斯列夫、《匹克威克外传》里的塔普曼、《雾都孤儿》中的社会不公与苦难、马丁·瞿述伟，这些狄更斯笔下的人物和情节，马克思和恩格斯在讽刺对手和表达政治抗议时信手拈来。就像其他优秀作家一样，狄更斯写出了"具体的普遍性"，即通过想象的人物和虚构的情节来体现历史和社会的真相。对马克思而言，狄更斯验证了亚里士多德的悖论：虚构的真理胜过历史的真理。

马克思与海涅的关系短暂而复杂。他们都是非典型的犹太人，再加上海涅对德国唯心主义哲学虽然上心，却只有记者式的热情，这使两人的关系变得愈发复杂。马克思时而对海涅的诗歌成就表示钦佩，时而又流露出居高临下的同情，并对其波希米亚生活方式存有中产阶级的反感（和另一个圣像破坏者弗洛伊德一样，马克思在个人道德方面是一个保守派）。而对海涅来说，他很大程度上已经放弃了年轻时的激进立场，并认为马克思那些无情的论战该受到谴责。尽管如此，马克思还是从海涅那里学到了抒情诗创作方面的洞见。在《资本论》第一卷里，海涅作为马克思的朋友和一个具备非凡勇气的人被读者铭记。马克思深知海涅身上有致命的弱点，就像海德格尔对保罗·策兰的弱点了解得一清二楚一样。

马克思对但丁的引用数不胜数，而且常常是用来挖苦人的。《泰晤士报》有一篇盛气凌人的社论，马克思援引卡恰圭达那响亮的预言作为回应，并写道："幸运的但丁！他也属于被称为'政治流亡者'的可怜人，但是他没有受到敌人的像《泰晤士报》社论这样的攻击！《泰晤士报》则更幸运了！它逃脱了但丁在'地狱'里给它'预留的席位'。"[1]马克思还用《天堂》里的一个段落来解释他的观点："价格形式包含着商品为取得货币而让渡的可能性和这种让渡的必要性。"[2]在《资本论》的茫茫征途中，但丁的诗句送了它一程。

令人印象深刻的是，马克思总是借助文学来阐述那些通常是抽象的专业经济学和政治思想。席勒的《唐·卡洛斯》和《威廉·退尔》也激发了马克思的感知力，当他讨论生产劳动（productive labor）这一核心概念时，来自席勒《钟之歌》的伟大钟声便缓缓响起。在一封写给女儿珍妮的信中，马克思更是顺口提到了歌德的《浮士德》、乔治·艾略特的《费利克斯·霍尔特》和夏洛蒂·勃朗特的《雪莉》。

事实证明，马克思的提纲和声音影响重大。他摈弃了"有着明显设计意图"的意识形态文学（Tendenzliteratur），而这将成为"社会现实主义"文学教条的绊脚石。托洛茨基在《文学与革命》一书中，重申了莎士比亚、歌德、巴尔扎

---

[1] 语出马克思《〈泰晤士报〉和流亡者》（1853年3月18日），见《全集》第一版，第八卷，第628—629页，根据斯坦纳的英译略作调整。

[2] 诗句是："这个货币的成分/和重量如今都很好地通过了检验/但告诉我它是否在你的钱袋里"（朱维基译），引自《神曲·天堂》第二十四首。马克思的观点见《资本论》第一卷，《全集》第四十四卷，第124页。

克在共产主义万神殿里的地位。对卢卡奇和一大批相对次要的批评家而言，古典现实主义（已如荷马般古老）和左拉脉络下的现代自然主义之间具有根本的区别。此外，马克思主义转向的影响范围远远超过了现实中的共产主义。瓦尔特·本雅明对拜物教、大都会和艺术的机械复制的研究，全都源自马克思。奥威尔在论文化和论狄更斯时，其主题的方向也直接得自马克思。埃德蒙·威尔逊这样一位兼收并蓄的读者，自然会大量借鉴马克思；莱昂内尔·特里林考量小说的社会环境时，也会这么做。简·奥斯丁对阶级、财产和收入的观察十分敏锐，人们便称她是一位原始马克思主义小说家。在亨利·詹姆斯的《波英顿的珍藏品》和《金钵记》中，马克思主义的影子也多次出现。萨特文学介入的全部成果则是一次"反马克思主义者的马克思主义"实践。在法兰克福学派许多重要的社会学–美学研究中（尤其是阿多诺的研究），马克思的影响毋庸赘言。西方学者在调和马克思主义和精神分析学方面所作出的努力，甚至催生出了一个名副其实的产业。总之，不管是赞同还是反对，人们的阅读跟随着马克思，就像追随弗洛伊德一样。

众所周知，马克思呼吁哲学不仅要理解世界，更要改变世界。我们隔多久停下来品味一下这句格言里的豪情壮志？马克思确信思想能够改变世界，思想是最大的力量。因此，死亡在马克思主义中的角色微乎其微；而在法西斯主义中，死亡处于极其重要的中心位置。

　　马克思无疑是与哲学、思辨传统紧密结合在一起的。如果要研究他对黑格尔哲学和费尔巴哈哲学（对马克思的影响相对较小）的传承，就必须囊括马克思的全部著作。启蒙思想家伏尔泰、狄德罗和卢梭构成了一个反复出现的潜文本。亚当·斯密、李嘉图和边沁（马克思的讽刺对象）也被马克思一视同仁地当作哲学家来看待，他重新划定了政治经济学理论与形而上学论证的界限，这一立场可以追溯至亚里士多德。而有时，在他对蒲鲁东的驳斥，对施蒂纳[1]令人不安的否认之中，马克思几乎为"哲学"套上了一圈贬损的光环。在其他地方，马克思对待哲学的态度又是一丝不苟的。古代哲学在他的学术训练中随处可见。对青年黑格尔派而言，大师死后的时代似乎可以类比于亚里士多德死后的希腊思想时期。在和19世纪三四十年代的欧洲较为相似的宗教衰退、政治专制主义高涨的氛围下，斯多葛主义、伊壁鸠鲁主义、怀疑论，以及典型的犬儒主义者对人文遗产的解读互相争竞。马克思自问，在亚里士多德和黑格尔这样的哲学大全之后，个体的意识可能是什么。他对古希腊到古罗马的过渡时期很感兴趣。"英雄之死如同日落，不同于青蛙毁于膨胀。"在马克思的博士论文《德谟克利特的自然哲学和伊壁鸠鲁的自然哲学的差

1　施蒂纳（Max Stirner, 1806—1856），德国哲学家，对无政府主义影响较大。马克思和恩格斯在《德意志意识形态》中以较大的篇幅批判了施蒂纳的思想。

别》（流传下来的是一个不完整的版本）中，伊壁鸠鲁和卢克莱修是宗教的颠覆者，这一点至关重要。他对伊壁鸠鲁的偏爱显而易见，在后者身上，马克思感受到了坚定的人文主义信念，以及将人类从对众神的迷信和恐惧中解放出来的努力。德谟克利特的原子决定论则取消了人类的自由。从后续的发展来看，马克思博士论文的反唯物主义倾向引人注目。风格上的华丽也是如此："就像宙斯是在战火纷飞的克里特岛上长大的一样，世界就是在原子的军事演习中形成的。""卢克莱修向我们展现的是'一切人反对一切人的战争'……失去神性的自然和与世隔绝的神。"[1]这些笔记证明马克思充分研究过巴门尼德、恩培多克勒以及普鲁塔克对希腊思想学说的重述。黑格尔的作品中多次出现过苏格拉底与耶稣基督的比较，这一比照在克尔凯郭尔那里也很重要。马克思还继承了人们对普罗米修斯的浪漫化崇拜，认为普罗米修斯是"哲学大事年表中最崇高的圣人和殉道者"。正如我们所看到的，这份年表上所记载的，必须是付诸行动的思想。

马克思的作品包含着各种各样的声音。他是警句大师："批判不是头脑的激情，而是激情的头脑。"他可以做到颇富象征性："如果整个国家都感到了羞耻，那它就会像一只蜷伏下来的狮子，准备向前扑去。"优雅精确也是一种关键的风

1　这两段话出自马克思《关于伊壁鸠鲁哲学的笔记》（四），参见《全集》第一版，第四十卷，第123页。

格："路德战胜了虔信造成的奴役制，因为他用信念造成的奴役制代替了它。""德国的复活日会由高卢雄鸡的高鸣来宣布。"恩斯特·布洛赫和激进乌托邦的全部思想都囊括在马克思的这句话里："我没有任何地位，但我必须成为一切。"当马克思说使"人类愉快地（heiter）同自己的过去诀别"应成为革命的希望与纲领时，他微妙地呼应了路吉阿诺斯的对话录。马克思的许多作品已经进入了对语言的全面收割："所谓激进，就是抓住事物的根本。而人的根本就是人本身。"[1]

当写到悲惨的社会现状时，马克思的文章完全可以与雨果、欧仁·苏或狄更斯笔下那些最催人泪下的片段相提并论。1862年9月27日，马克思在《新闻报》上发表了一篇讲述英国失业者的短文[2]：一位身体衰弱的父亲和他的两个女儿住在一个小屋子里，纺织厂倒闭了。"现在，这个家再也没有任何经济来源了。贫困一步一步地把他们拉进它的深渊。时间一点一点地逼他们走进坟墓。"没过多久，其中一个女儿就饿死在床上，还活着的那个姑娘几乎没有力气向人们讲述死亡的恐怖。而救济院的负责人将"很欣慰地听到别人说他没有任何罪过"。陪审官们会用这样一句判决词来结束这出庄严的喜剧："遵上帝的旨意而死。"（Gestorben in folge der

---

[1] 本段引文均出自马克思《〈黑格尔法哲学批判〉导言》，参见《全集》第三卷。

[2] 即《英国工人的贫困》，参见《全集》第一版，第十五卷，第577页。

Heimsuching von Gott.）马克思对但丁笔下的乌戈利诺[1]的影射，已经为他对《神曲》（神圣的喜剧）的讽刺用法埋下了伏笔。注意这里还有文字游戏，Heimsuchung一词通用的含义是"追寻"或"折磨"，这里则是指神的旨意。

1847年10月，针对卡尔·海因岑（Karl Heinzen）对恩格斯的攻击，马克思予以火山喷发般的反驳，这篇雄文是不可译的。马克思用上了拉伯雷的鞭笞式节奏，那种16世纪的粗暴与野蛮的责骂：

> 平淡无味，废话连篇，大言不惭……攻击别人狂妄粗暴，对别人的粗暴则歇斯底里地易动感情；费力地举起大刀，吓人地一挥，却刀背朝下地砍去；不断宣扬仁义道德，又不断将它们破坏；把激昂之情同庸俗之气滑稽地结合一起；自称关心问题的本质，但又经常忽视问题的本质；用市侩式的书本上的一知半解同人民的智慧对立……轻率自满，大发空言，无边无际；给市侩的内容套上平民的外衣；反对文学的语言，给语言赋予纯粹肉体的性质……既不满于反动，又反对进步……海因岑先生是复活这种粗俗文学的功臣之一，在这方面可以说，

---

1 乌戈利诺（Ugolino，1220—1289），意大利贵族，政治家，在政治斗争中失败后，被对手囚禁至死。在但丁的《神曲》里，他被描述为叛国者，并且在饿死之前吞食了和他关在一起的他的孩子。见《地狱》第三十三首。

他是象征着各国人民的春天即将来临的一只德国燕子。[1]

是不是颇有塞利纳的韵味？几天后，马克思再次发起猛烈攻击，这回他引用了莎士比亚的《爱的徒劳》和《特洛伊罗斯与克瑞西达》——马克思在忒耳西特斯[2]身上找到了不少乐趣。说起这种博闻强识的讽刺艺术，不得不提那篇以法语写就、驳斥蒲鲁东的《哲学的贫困》。他被马克思讥讽为假的普罗米修斯，"一个逻辑上和政治经济学上都软弱无力的奇怪圣人"。[3]颇为引人注目的是第二章的标题："政治经济学的形而上学"。对马克思来说，脱胎于亚当·斯密和李嘉图的政治经济学是一种哲学，是对正义、伦理和理性的系统性分析与展望，与柏拉图的《理想国》和《法律》一样全面。而这篇专业十足的论文竟以乔治·桑历史小说《让·泽斯卡》（*Jean Ziska*）中的一段激烈引文作结——这充分显示出马克思富于想象力的文学才能，以及对哲学与文学的人为界限的拒绝。

《路易·波拿巴的雾月十八日》至今仍是讽刺和愤怒的经典之作。开篇第二句已经广为人知：当黑格尔说伟大的事变和人物都会出现两次时，他忘了加上"第一次是作为悲剧出

---

1 选段出自马克思的《道德化的批评和批评化的道德》，参见《全集》第一版，第四卷，第322页，据作者的英译略作调整。

2 忒耳西特斯（Thersites）是《伊利亚特》中一个以爱吵架而出名的希腊士兵，因嘲笑阿喀琉斯而被其杀死。

3 参见《全集》第一版，第四卷，第134页。

现，第二次则是作为笑剧出现。[1]"在1828年至1851年的社会危机中，马克思看到了一种对1789年法国大革命的可怕而拙劣的模仿。"19世纪的社会革命不能从过去，而只能从未来汲取自己的诗情"，它必须"任凭死人埋葬他们的死人"（在马克思的表达中，对《圣经》的呼应十分常见）。马克思也很擅长讽刺性地使用历史典故：

> 12月2日像晴天霹雳一样震惊了他们。人民在意气消沉的时代总是乐意聆听叫得最响亮的呼喊者们的喊声，以此压抑自己内心的惊愕，这一次他们也许已经了解到：鹅叫声能够拯救卡皮托里的那种时代是已经过去了。

讽刺进一步加深了："一群群酩酊大醉的士兵对那些站在自己的阳台上的资产者（即法律和秩序的狂信者）开枪射击，亵渎他们的家庭圣地，炮击他们的房屋以取乐，而这一切都是为了财产，家庭，宗教和秩序"；众议院的民主党人"相信使耶利哥城的墙壁应声倒塌的号角声的力量"，但他们只发表了一些空洞无力的言论；路易·波拿巴的优点体现在哪儿？"作为一个浪荡儿，一个流氓无产者"——一种对穿着破衣烂衫假装成无产阶级的人的讽刺说法——他可以使用最卑鄙下

1　本篇的译文参见《全集》第一版，第八卷，第121—227页。

流的手段，他那邪恶的平庸正是他成功的关键；接下来是一个巨龙般的句子，在十个从拉丁语派生出来的抽象词中盘旋着飞向怨恨：在喧嚣中，"混乱、融合、修改、延期、宪法、阴谋、联合、逃命、篡权和革命，资产阶级仍然气喘吁吁地喊道，没有终结的恐怖，还不如令人恐怖的终结！"[1] 而这部著作的结尾准确预言了二十年后即1871年的政局："如果皇袍终于落在路易·波拿巴身上，拿破仑的铜像就将从旺多姆圆柱顶上被推下来。"肆意嘲讽的诗学如果存在的话，马克思的这部作品就是最好的例子。

浪漫主义文学和整个19世纪的文学都着迷于史诗的理想与魅力。夏多布里昂沉迷于史诗的形式，翻译了《失乐园》。华兹华斯致力于将史诗内化于他的长诗《序曲》和《漫游》之中。巴尔扎克的《人间喜剧》，左拉的"卢贡-马卡尔家族"系列都有着史诗般的规模。雨果的《历代传说》描述的是一幅史诗般的历史全景图。在创作生涯的最后阶段，雨果写下了欲与但丁和弥尔顿一比高下的神学启示录式史诗。再想一想勃朗宁的长诗《环与书》或哈代的诗剧《列王》。后浪漫主义时期的历史绘画和建筑，马勒和布鲁克纳结构宏大的音乐作品，无不展现出恢弘的全景。如若不然，艺术的感知力要怎样才能回应、媲美拿破仑的传奇和工业革命的突飞猛

1　参见《全集》第一版，第八卷，第205页。

进呢？在《白鲸》、《战争与和平》和瓦格纳的《尼伯龙根的指环》中，史诗的梦想再一次得到淋漓尽致的展现。

马克思的全部作品可以被视为一部思想史诗，一次走出黑暗、向人类正义与幸福的遥远彼岸行进的奥德修斯之旅。即使是在他那些专业的经济-社会学著作中，我们依然能听到潜在的鼓声和迈向明天的步伐（试对比雨果的诗歌《麻葛》[1]或贝多芬交响曲中迅疾的开场音）。愤怒的希望就像震怒的阿摩司[2]的预言一样，将这股涌动的潮流向前推进。而当马克思在1844年手稿中抛出一个用信任交换信任而非金钱交换金钱的世界时，其富于活力的推动力是弥赛亚式的。同荷马的《奥德赛》或维吉尔的《埃涅阿斯纪》一样，马克思的分析与批判叙事也以返还家园为原型。恩斯特·布洛赫令人难忘地总结道，那是一个"照亮了我们的童年，却尚未有人去过的地方：家园"。这次航行竟导致痛苦，它徒劳地试图否定黑格尔所说的历史的悲剧本质，但这些也无法否定这一梦想的伟大。空想社会主义对人类潜在的利他主义和进步精神的赞美，遭到了驳斥，却并未被贬低。托洛茨基宣称，当真正的革命到来时，"人类的平均水平将提高到亚里士多德、歌德和马克思

---

1 《麻葛》（"Les Mages"）一诗出自雨果的诗集《静观集》（*Les Contemplations*）。"麻葛"本义为波斯琐亚斯德教的祭司，雨果在诗中借此比喻引人民前进的进步分子。类似尼采对查拉图斯特拉的借用。

2 阿摩司（Amos）是以色列的先知，据《圣经·阿摩司书》记载，他曾奉上帝之命到北方以色列王国传警告。

的水平"。《共产党宣言》还曾提到莎士比亚：随着旧秩序被推翻，"一切坚固的东西都烟消云散了"。这句引自《暴风雨》的话，包括那些对亚里士多德和歌德的致敬，都不是纯属点缀的华丽辞藻。它们共同讲述了人类精神的一次伟大而悲剧性的征途，讲述了一种哲学，这种哲学试图将自身转化为另一种诗歌的声音，即行动。"太初有行。"（In the beginning was the deed.）

关于尼采的语言天赋，他那和他的哲学一样新颖而精湛的风格化表达，以及这两种独创性的无缝贴合，已经有了大量丰富的研究，我们还有什么可说的呢？对贬低尼采的人来说，他不过是个狂热的诡辩家；对那些遍及世界各地的追随者而言，他却是最令人着迷的思想家。他还有另一个面相也许值得强调。

尼采钟情于前苏格拉底哲学，他本人也是一位将抽象思辨、诗歌和音乐融为一体的哲学家。音乐渗入了尼采的存在，他作过曲。古斯塔夫·马勒等音乐家也给他的文字谱过曲。他也写过诗。他的反伦理学、反形而上学影响了现代性。我们现在相信，在毕达哥拉斯或巴门尼德的学说里，音乐、通行观念和诗歌之间有着三重互动关系，而这一观点正是蒙尼采所赐。在他对苏格拉底的理性主义，对学园哲学的批判中，这个观点也起到极其重要的作用。对尼采而言，思想之诗、思想之音乐，取的就是字面的意思。

写于1882年的《墨西拿的田园诗》（*Idylls from Messina*）包含七首抒情诗，且并非没有受到海涅的影响。这些诗歌敲响了尼采式的钟声：失眠者的辗转反侧，窗边迷人的鸟，地中海夜空中的星星。诗中浮现出一个重要的论争："理性？——真是一桩赔本买卖"，完全不如"歌曲、俏皮话和民谣表演"。尼采嘲笑了自己的诗歌爱好："你是诗人？你脑子抽风啦？"可是那只用啄木声激发了尼采诗情的啄木鸟，拒绝被否认："是的，我的先生，您是诗人！"三年后，这只鸟的话将被证明是完全正确的。

《夜游者之歌》是《查拉图斯特拉如是说》的高潮和结局。很显然，这首诗应该被唱出来：

> 人啊！你要注意听！
> 深深的午夜在说什么？
> "我睡过，我睡过，
> 我从深深的梦中觉醒：——
> 世界很深，
> 比白昼想象的更深，
> 世界的痛苦很深——
> 快乐的欲求比心中的伤痛更深：
> 痛苦说：消逝吧！

可是一切快乐的欲求都渴求永恒——

——渴求深深、深深的永恒！"[1]

这十一行诗浸润了深度与午夜的黑暗，以及睡与醒之间的明暗相交。哲学或诗歌的深度，本身就是黑暗的一种存在方式。世界并不是通过白昼——而尼采也曾是黎明与正午的祭司——展露它的深度的：痛苦（Weh）的深度，欲望（对"Lust"一词的蹩脚翻译，这里指的是斯宾诺莎意义上的"欲求"，即意识和人类灵魂中的求生本能）的深度。相比之下，我们心中的伤痛（Herzeleid）没有这些原始冲动或欲望那么深刻。悲伤、痛苦只需瞬间，欲求却渴望永恒，"深深、深深的永恒"，因为它是超越善恶的生命力。

引用这样一首写于巨大的情感与智性压力下的简短抒情诗，是费力不讨好的。这首诗的结构已经很接近音乐了，那些复杂的标点符号就是乐谱里的符号。在女低音中听见思想是无稽之谈吗？在这里，本体论与诗歌处于统领一切的互动之中。本篇所讨论的东西可以在这份文本中告一段落了。

1　此处使用了钱春绮的译文，在作者英译的基础上略作调整，见《查拉图斯特拉如是说》，生活·读书·新知三联书店，2007年，第396—397页。

6

1890年，威廉·詹姆斯的《心理学原理》和他弟弟亨利·詹姆斯的长篇小说《悲剧的缪斯》同年问世。留意到这一情形后，威廉·詹姆斯便宣称这一年定会成为"美国文学史上值得纪念的一年！！"他坚决主张适合大众、清晰易懂的表达方式，这使他无法欣赏亨利·詹姆斯晚期作品那错综复杂的拜占庭风格。他顶多只承认《鸽翼》和《金钵记》"勉强有所成就，如果不考虑其反常的表达和冗长的话，而我不是唯一对此表示遗憾的人"。尽管如此，这位实用主义的倡导者也会不时展现出风格化的活泼。比如他论述道，直觉领悟的激情"偏爱各种形式的不连贯、突发奇想和支离破碎……甚于抽象的构想方式，后者虽然简化了事物，却也消解了其具体与丰富"。他发现"思维从其边缘处向前涌动，是生命永恒的特征"。亨利·詹姆斯大概会同意这种对半影的暗示，尽管他可能宁愿说"感觉"而非"思维"。不过，尽管哲学家威廉和小说家亨利经常吸收对方的作品，但并非所有东西都是从二者的长期对话中得来的。他们都沉迷于意识的现象学，好奇个体以何种分析或想象的方式，才能深入了解意识的动态。亨利·詹姆斯仰仗福楼拜和屠格涅夫——其实他的兄长也这么做——之处，威廉·詹姆斯在柏格森的作品中发现了其关键的亲缘性。

1927年的诺贝尔文学奖颁发给了亨利·柏格森，这份荣誉看起来实至名归。不过对他的批评者来说，这证明了他擅长的是文学而非哲学。事实上柏格森兼具数学和文学天赋。他早期教授过古典文学和现代文学，研究对象包括索福克勒斯、蒙田、莫里哀和拉辛。1884年，这位年轻的讲师编辑过卢克莱修的选集，这一选择预示了他的未来。依傍古典哲学知识，柏格森的评论对象还延伸至莎士比亚和缪塞。《笑》使他声名鹊起，这是一本才情洋溢的沉思录，萨克雷和马克·吐温在书中均有出场。而他的论述对象不仅包括了塞万提斯和莫里哀，也有林荫大道喜剧[1]的名家。发现罗斯金，对柏格森的重要性不亚于发现普鲁斯特。罗斯金的《现代画家》（1843）阐述了抽象理论与抒情风格的策略性互利关系，这一观点启发了柏格森的审美直觉与创造力的发展模式论。此后，柏格森对心理内倾与象征形式的分析，都将服务于哲学和认识论的目的。

在柏拉图的《会饮》里，创作兼具形而上学与美学、舞台布景与整体体系的意义，柏格森的哲学观点也由此生发而来。他的核心概念是绵延（durée），即感觉到的、实存的时间性的主观与内在的起源——它与对时间的精密测算的、线性的、中立的使用（理性的虚构物）截然不同。意识"随时间的音乐"起舞，柏格森由此领悟出运动（一种内在和持续的精神运动）中的时间的直接性。在对过去、现在和将来的

1　林荫大道喜剧（boulevard comedy）兴起于18世纪下半叶，是一种以消遣、娱乐为主要目的的大众剧目，最初在巴黎林荫大道的戏院上演，区别于此前的严肃喜剧。

直觉整合中，自我本身就处于持续的变化之中。从某种意义上说，柏格森的全部学说就是对蒙田的"波状和多变的人类"，对他那句"我不描绘存在，我描绘瞬间"的详尽阐述。（在蒙田的《随笔集》里，哲学天赋和语言天赋可以区分开来吗？）在柏格森看来，让我们能够记录这些有见地的重要过程的内省暗示，事实上是理性的。它们可以在认知层面得到阐明。早在1903年，这种"逻辑印象主义"和笛卡尔式柏拉图主义，就确立了柏格森的独创性，以及他的学说对同代人的吸引力。而柏格森的直觉主义揭示了"实在的波状运动"（即蒙田的波状）。与思想和隐喻的历史中其他既令人困惑也不容忽视的对称与和弦类似，他的"波理论"呼应了当时蓬勃发展的原子物理学、相对论和光学。"波"既用来表述电磁学和热力学的模型，也用来刻画德彪西和弗吉尼亚·伍尔夫的作品。柏格森站在各种感知力线条的交汇处，而这些感知力可以说是彼此唱和的。

在柏格森看来，绵延的这种活跃的流动性和涌动的复合，是审美的前提条件。文学提供了对节奏和编排内在化经验的特许通道。诺瓦利斯便将诗歌定义为"绝对的实在"。但语法就算再灵活，再富于变化，它真的能够将其线性排列转化为直接性的流动吗？柏格森之后，乔伊斯、福克纳和赫尔曼·布洛赫[1]将设法解决这一认识论难题。现代小说的先驱人物整体上离哲学很近。存在的脉动总是被表面的、常规的、有序统计的现实掩盖或扭曲，只有诗歌和艺术（以及即将到来的电影）才能使这个连续体被感知到。这一观点将会体现在海德格尔对梵高《农鞋》的解读和里尔克的诗中。柏格森认为，这种感知化在次要的艺术中只是产出幻想，而在重要的文学艺术里，它比科学更能传达出重要的关于人的真理。只有伟大的文学艺术才有权"从其具体性来研究灵魂"，而这里的"具体性"几乎吊诡地体现为一个关于明暗变化和细微差别的无限序列。旋律则是这一序列最忠实的媒介。柏格森从未隐瞒这一主张很大程度上得益于波德莱尔和魏尔伦作品中那具通感的音乐性。对他而言，维吉尔的忧郁或卢梭对阿尔卑斯山之崇高的"发现"，都展现了此前尚未被探索的人类意识的涌动的能量。这种新思想"从深处汹涌而出"（席勒的这个说法很准确），源自心灵最深处。柏格森的直觉主义一直游走在神秘主义的边缘，不过它总是力求退回或前进到理性的保护之中。因此，柏格森的学说与普罗提诺有一定亲缘关系，他自己对此也有所察觉。

　　词汇与句法固有的稳定性，永远都无法完全弥合表达同意识的流动和漩涡之间的沟壑。在《思想与运动》里，柏格

1　赫尔曼·布洛赫（Hermann Broch，1886—1951），奥地利作家，他把群体心理学和政治理论应用于文学创作，并熟练运用意识流、内心独白等文学技巧，对20世纪现代文学影响颇大。

森描绘了这一斗争：直觉只能借由"语言的符号体系"才能表达，因而"当它从源头涌出时，便会受到抑制"。与微积分相似，语言结构试图暂时阻止意识的奔流涌动，这反而使我们察觉到其内在的不可重现的活力。柏格森密切关注语言资源的自发性和局限性，他断定，跟颜色和乐声相比，语言较少表达出意识那多样的光谱与色调。而在语言的限制范围内，诗歌比散文更接近心理价值的源泉。柏格森尝试追溯心理体验中形象与符号结构的生成——这使人想起普罗提诺的"流溢"。这促使他对语言的韵律和调性进行了一番心理研究："文体的音乐性也许是最重要的……在我写下一个具体的段落之前，就已经有了句号与逗号；标点符号先于字词和短语产生。一种内部运动向我暗示，如果不出差错的话（这里有仁慈的危险！），在某个时刻与其完全协调的语词会依次到来。"在柏格森看来，笛卡尔《谈谈方法》中的观点是由基于标点符号的韵律激发出来的，它们应该像诗歌一样被大声朗读。柏格森的"和声学"最有说服力之处莫过于他对笑声与浪尖泡沫的比较：

　　海浪互相激荡，互相冲击，努力求得平衡。一抹轻盈欢快的雪白浪花，镶嵌在变幻不已的浪涛之中。有时，退回大海的波浪会在沙滩上留下一层白沫。在海滨嬉游的孩子把这白沫掬起来，过了一会儿，看到手心里留下的只是几滴水珠，还比将它们送来的海浪更苦更咸，他不免要感到几分惊讶。笑的产生也和这泡沫一样。[1]

除了孩子，只有尼采具备这种敏锐的轻盈感。活跃的"冲力"这一柏格森自己发明的概念，促进了心理学–认识论的发现。

柏格森对文学的影响，尽管是分散的、外在的，尽管常常间接，却无处不在。"柏格森主义"曾是一种关于感受的风气，也是最早渗入传媒的学术主题之一。柏格森施展出来的魅力大部分可能都是徒劳的表演——他的讲座现场挤满了时髦的巴黎人——不过其刺激作用及影响力都是实实在在的。

早在1913年，他的远亲普鲁斯特就被贴上了"柏格森忠实门徒"的标签。这一说法渐渐成为陈词滥调。梅盖（J. N. Megay）在《柏格森与普鲁斯特》（1976）一书中表明，这种观点歪曲了事实。在1890年第一次见面后，他们私底下的接触很少。而1913年之后，他们几乎没有任何往来。在《追寻逝去的时光》中，柏格森仅在1921年增加的一小段里出现过一次。柏格森在1904年5月称赞了普鲁斯特对罗斯金的翻译。而在普鲁斯特方面，他几乎没有读过柏格森在《创造进化论》（1907）之后的任何作品。在1913年的一次采访中，普鲁斯特力图澄清他即将出版的小说与柏格森学说的联系。他

---

1 此处采用了徐继曾的译本（参见柏格森《笑》，北京十月文艺出版社，2005），据作者的英译稍作调整。

强调了柏格森的记忆（mémoire）和他自己关于自愿与非自愿回忆的模型的区别。普鲁斯特对睡眠和梦的看法不同于柏格森，而且和威廉·詹姆斯不一样，普鲁斯特对柏格森在唯灵论和灵魂不灭方面的兴趣表示怀疑。反过来讲，柏格森也不是普鲁斯特的忠实读者，他从不怀疑哲学的地位远在小说之上。柏格森对普鲁斯特的心理敏锐性和文体手段表达了客套的赞赏，因为他发现《追寻逝去的时光》并没有让读者感到"活力的提升"——这才是伟大艺术作品的标志。真正重要的艺术必须"给希望留一道门"，而普鲁斯特并未做到这一点。德高望重的柏格森在晚年表示，普鲁斯特实质上背离了绵延和生命冲力，有一道深渊横亘在他们各自对世界的解读之中。这里有一个尤其有趣的课题仍待研究，即犹太教或半犹太教在蒙田、柏格森和普鲁斯特的作品里究竟起到了什么样的作用。

相比之下，柏格森与夏尔·贝玑及其作品的关系就要亲近得多。这一关系可被归于哲学与诗歌相遇的"闪耀时刻"。贝玑从1900年开始阅读柏格森，经常去听他的讲座，声称柏格森是他"唯一真正的精神导师"。当柏格森未能帮他脱离精神危机时，他便大失所望。1912年，贝玑声称不再联系柏格森，但只是随口说说，那一年的3月2日，他在给柏格森的一封热情洋溢的信中写道，"是你重新激活了这个国家的精神生活之源"，他深知"自己不能与柏格森分开"。1914年，两人和解，柏格森随后还很热心地成了贝玑遗孤的监护人。

夏尔·贝玑以自己食人似的方式吸收了柏格森的思想。他对柏格森优雅的乐观主义进行了一种悲剧性的、近乎唯物主义的变形。他呼应了柏格森认为此刻即潜在的永恒的（普罗提诺式）观点。贝玑那涌动的、重复的、登峰造极的口才似乎抓住了绵延的前进动力。这一思想的浪潮即将冲向未来。这种一致性，这些亲密关系的确认（柏格森对此一直保持着文雅的距离），促使贝玑在《关于柏格森及柏格森哲学的笔记》和他最后的《关于笛卡尔先生与笛卡尔主义哲学的杂记》（一部规模庞大的"笔记"，也出色呼应了高乃依的天才）的注释中表达出热烈的敬意。在我尝试倾听的哲学与文学的对话中，这两篇颇为引人注目。它们传达出一个叛逆的天主教徒对一位著作等身的大师的不安的忠诚。和贝玑一样，柏格森也在戏弄天主教，他违反了官方严苛的教会中的"木乃伊化、官僚主义，以及死亡的在场"。对贝玑来说，"柏格森主义不是地理学，而是地质学"，它为埋藏的恩典之谜带来了前所未有的光芒，而这恩典之谜"本身就是基督教问题中最深奥的那个"（沉浸于柏格森哲学的西蒙娜·薇依对此会表示认同）。不过这一任务并未完成，亨利·柏格森"一劳永逸地使唯物主义、理智主义、决定论和机械论的联系理论变得站不住脚、难以为继"，但是他并没有让这些主义变得不宜生息，让那些想要继续栖居其中的人无法如愿。这些忧郁的预言是贝玑生前最后写下的几句话，写于他那场英勇的、完全可以预见的死亡之前夜。与柏格森的对话在句子中间断掉了。

柏格森在意识流文学的形成过程中发挥的作用要更难评估，尽管人们一般推断是受到了他的影响。爱德华·迪雅尔丹[1]的《月桂树被砍了》（*Les Lauriers sont coupés*）写于1887年，乔伊斯曾指出他的写作技巧就是受此书启发。而瓦莱里在19世纪90年代初，就尝试了内心独白的写法，企图捕捉和提炼时间的流动性。尽管如此，描述流动的内省意识，将回忆作为连续的统一体来描写的小说写作潮流，似乎确实是在回应柏格森那广泛传播的学说。"波粒子"及其在意识的边缘或日冕处的光彩，启发了从普鲁斯特、乔伊斯到弗吉尼亚·伍尔夫、福克纳、赫尔曼·布洛赫等人的叙事实验。《到灯塔去》《喧嚣与骚动》《维吉尔之死》的叙事都属于柏格森意义上的涌动。不过有点讽刺的是，柏格森本人的作品倒是极其清晰。

作为流动性的倡导者，柏格森却几乎没有改变过行文的声调，他的叙事风格一直都很稳重。他从一开始就在使用这种张弛有度、文雅优美的文风。[例如他写道，]我们的注意力与一连串转瞬即逝的细微差别有关，

1　爱德华·迪雅尔丹（Édouard Dujardin，1861—1949），法国作家，西方文学史上第一个有意识地用"内心独白"技巧来创作小说的作家。

[它们] 一个跟着一个，我们便看到一些鲜明的、可以说是稳定的颜色，就像形形色色的珍珠排列在同一串项链上：我们必须假想出一条牢固的、能使这些珍珠串在一起的线。

我们只用了一小部分经历来思考，

却用了我们的全部经历，包括我们的原始灵魂中最美好的部分，去渴望、追求和行动。因此，我们过往的经历以其推力和倾向的形式完整地呈现出来，尽管其中只有极小一部分成为表象。

请留意"灵魂中最美好的部分"中不带勉强的图景，以及"完整"一词中典型的微积分视域。柏格森还以出其不意的一击反驳了柏拉图对理念的自负：这意味着物理不过是毁坏后的逻辑。他的步调随后加快了：

所有动物和植物的生命，本质上都像是这样一种努力：它们积累能量，然后借由一些灵活的载体来释放这些能量。这些载体具有可塑性，最终将完成无穷无尽、各种各样的工作。这就是生命冲力在穿过物质的瞬间会做的事情。

这个与电流互文的典范，至今还处于优雅的未被言明的状态。或者试想一下柏格森的晚期作品论述了恩典的主题，以及近乎神秘主义的智性，在他同时代的人里，只有威廉·詹姆斯和T. S.艾略特回应了这些观点。而柏格森始终以近乎平淡无奇的清晰，来歌颂意识朝向自由的推进，这种节日气氛与弗洛伊德形成了鲜明对比：

> 在行动即将完成的瞬间，反抗的发生并不罕见。那是自我从下面上升回表面。那是外壳绽开，屈服于不可抗拒的推力。因此，在自我的深处有东西在起作用，在合理地依次排列的论证下方是沸腾着、生长着的情绪张力，而它毫无疑问不是无意识的，只是我们并不希望去留意它。[1]

"毫无疑问不是无意识的"：这是对精神分析轻描淡写的否定。

引用柏格森是有回报的（休谟的作品也是如此），这一诱惑一直存在，人们无疑会持续阅读柏格森。他给现象学留下了可观的遗产（参见梅洛-庞蒂的作品），他对审美和宗教经验的理解仍然是重要的。不过柏格森作品的生命力依然鲜活吗？或者说他是否和威廉·詹姆斯、桑塔亚那，甚至克罗齐

---

1 以上四段论述出自柏格森的《创造进化论》，原文为法语，译文据作者的英译译出。

一样，屹立于历史和文学意义的交界处？一个潜在的悖论惹人联想：柏格森风格化写作的天赋是如此突出和迷人，以致哲学写作中必要的粗纤维和密度都受到了损害。柏格森仍然位于一流作家之列，不过他的"魅力"（他和瓦莱里一样喜欢这个词）是否破坏了他的理性权威？只要翻开他的作品，读者就能感受到一股扑面而来的愉悦和怀旧气息，那是一种从美好时代（Belle Époque）[1]家用衣橱里散发出来的薰衣草香气。在他那里，理论的挑衅和撕扯不再紧迫。与之相反，在胡塞尔的作品里，困境无处不在，以至于显得有些粗俗。而黑格尔认为真正的形而上学家应该是一个忧心忡忡、无所依靠的人。事实上在柏格森的世界观里（尤其在结尾处）也有黑暗，但他不希望把这种黑暗传递给读者。

乔治·桑塔亚那那不再流行。他尝试给美作出自然主义的解释，将精神视为纯粹的直觉，他解读卢克莱修和斯宾诺莎，以便获得一种哲学式平静和某种伊壁鸠鲁式现实主义，这些并未经受住时间的考验。他那文雅而明晰的风格已经过时。然而，还有哪位哲学家像他这样被两首更为出色的诗歌描写过呢？

华莱士·史蒂文斯是美国最形而上的诗人。他充分理解

1　指自19世纪末至第一次世界大战爆发前的欧洲社会，约与英国维多利亚时代后期及爱德华时代重叠，其间欧洲社会相对和平，科技发展迅速。

柏拉图的"纯诗"，倾心于莱布尼茨的伟大。他给瓦莱里哲学对话录的英译本写过前言，还写过一篇《哲学选集》（"A Collect of Philosophy"），里面提到："如果一位诗人为他的诗歌选定了一个哲学主题，那么这首诗将成为诗中之诗。诗意的翅膀也应该成为意义的冲翼，这似乎是审美上的极致善；因此在将来，或许在其他政治体中，它也许会实现。"史蒂文斯是认识论专家，他极为关注想象与现实之间可能存在的关系。他认同克罗齐"诗歌乃沉思之胜利"的观点，他思考过类比修辞的有效性，也质疑过 A. J. 艾耶尔的逻辑实证主义。对他而言，"现代现实是一种非创造性现实"，叔本华也这样想。

史蒂文斯显然与桑塔亚那关系密切。他们都反思思维，以便记录"实体的流动"和"内部变化的低吟声"。他们都在宗教中看到了一种诗歌形式，一种"最高形式的虚构"——其实质在时间中特殊时刻的感觉个体中被直觉到并现实化。《献给罗马的一位年老哲学家》发表于1952年秋（桑塔亚那也在这个秋天去世），这首诗充分吸收了埃德蒙·威尔逊在1946年4月对桑塔亚那做的采访。史蒂文斯还在1948年的《想象与价值》一文中呼应了两人的对谈："在有些人的生活中，想象的价值与文学艺术作品的价值同等重要。"桑塔亚那可以说是史蒂文斯的另一个"自我"。诗人将罗马视为圣奥古斯丁意义上的人类之城与上帝之城的结合体，它既是"门槛"，如同桑塔亚那隐居的住所一样不起眼，又是彼岸，在"巨大的剧院和有柱的门廊"的光辉之中超越现实。在这里，"飘动的旗帜化作翅膀"，当那位老人在"清醒的深处"打盹时，"天使可能"会在他的枕边低语。在沉默和谦卑中，"最终会迎来纯粹的崇高"，正如在诗歌和形而上学中一样，思想是建筑大师：

> 绝对大厦的绝对崇高，
> 建筑物的检视者亲自操刀。
> 他停在门槛上看见，
> 他所有言词的设计似乎都已从思维中
> 获得形式与框架，并且一一实现。

欧洲的战争结束后，"一大群疯狂收集纪念品的美国大兵和之前是哲学教授的军官""闯入"了桑塔亚那的小屋，其中就有年轻的罗伯特·洛威尔[1]。一个波士顿人拜访另一个波士顿人，"惊奇地发现你还活着"。洛威尔在那间隐修室里，确认了桑塔亚那温和的不可知论，乃至无神论。庄严的阴影笼罩在这

---

1 罗伯特·洛威尔（Robert Lowell，1917—1977），美国自白派诗人，出生于波士顿。生前曾短暂放弃清教主义信仰而皈依天主教。下文中提到的两段诗出自洛威尔的《献给乔治·桑塔亚那》。

位行将就木的伊壁鸠鲁信徒周围：但丁的导师勃鲁内托[1]在地狱中也没有屈服。而《会饮》里的宾客：

> 仿佛你追寻已久的苏格拉底的
>
> 邪灵，杀人的阿尔喀比亚德，
>
> 哲学的邪灵，最终
>
> 化短命的处女为无害的月桂树
>
> 在圣斯德望圆形堂[2]，你死时
>
> 年近九十，
>
> 仍然不信，不认，不受。

这里不是华莱士·史蒂文斯的形而上静穆，而是洛威尔在皈依天主教后既想忏悔，又欲争辩的强烈踌躇心理。诗中的桑塔亚那在他神圣的书斋中，成了圣哲罗姆，用他那"颤抖的放大镜"辛勤耕耘：

> 那里旋转的沙子
>
> 和心碎的狮子都在舔舐你的手心

---

1 勃鲁内托（Ser Brunetto, 1220—1294），意大利哲学家和政治家，对但丁影响较大。他作为"一位伟大的老师"出现在《神曲·地狱》第十五首里。

2 圣斯德望圆形堂（San Stefano Rotondo）是一座位于罗马的天主教圣堂，供奉有基督教的首位殉教者圣斯德望（也译作司提反）。

你的愤怒提炼出黄金一样的黄。

同埃德娜·圣文森特·米莱[1]称颂欧几里得几何学中的"纯粹美"一样，这首诗也赞美了智性的光辉，这在美国文学中并不多见。

哲学家与诗人之间激烈刺骨又亲如手足的争吵，回荡在希腊诗歌上千年来无与伦比的历史中。从梭伦和柏拉图（他们否定了荷马），拜占庭圣贤到现在，争论一直存在。连安妮·卡森[2]这样的局外人也加入了进来，她对西摩尼得斯作过一番颇有灵性的沉思。不过显而易见的是，由于文化和语言的原因，哲学家与诗人的对话仍然完全是希腊式的。因此在20世纪，尼克斯·加索斯[3]再次转向了赫拉克利特（埃德蒙·基利[4]和菲利普·谢拉德[5]的译文十分出色）：

把死者赶出去，赫拉克利特说，但他看见天空发白

1　埃德娜·圣文森特·米莱（Edna St. Vincent Millay, 1892—1950），美国诗人和剧作家。此处提及的诗歌为《唯有欧几里得见过纯粹美》（"Euclid Alone Has Looked on Beauty Bare", 1923）。

2　安妮·卡森（Anne Carson, 1950— ），加拿大诗人、古典学教授。著有《未失者之经济：与保罗·策兰一起阅读凯奥斯岛的西摩尼得斯》（*Economy of the Unlost*）一书。

3　尼克斯·加索斯（Nikos Gatsos, 1911—1992），希腊诗人。

4　埃德蒙·基利（Edmund Keeley, 1928— ），英国小说家、诗人，翻译过大量希腊诗歌。

5　菲利普·谢拉德（Philip Sherrard, 1922—1995），英国作家、翻译家。以翻译希腊现代文学、研究希腊现代文化而知名。

看见两朵小仙客来在泥土里接吻

当狼走出森林，目睹

狗的尸体，并且哭泣，

他也开始在好客的大地上亲吻自己的尸体，

你额头上那些闪闪发光的汗珠对我有什么益处呢？

我知道那道闪电在你的唇上写下了名字

我知道一只雄鹰在你的眼中筑了巢。

尼克斯·加索斯还以一种更轻盈的方式描绘过斯宾诺莎：

在他对第一因的渴求中

他差点饿死

但他像非洲丛林里的鼓手一样，向无限发射信号。

　　形而上学家和诗人的双人舞中存在大量的镜像关系。虚构的或亲身登场的哲学家，以或滑稽或庄严的形象出现在诗歌、戏剧和小说中。自色诺芬尼嘲讽毕达哥拉斯之后，哲学家那些奇怪的追求，他们在普通社群中耽于思索的生活方式带来的远离人群和自命不凡，一直都是评论家关注的焦点。更令人惊讶的是，他们还吸引了像海顿和萨蒂这样的作曲家。前文提过，维特根斯坦《逻辑哲学论》中的一些句子已经被改编成了音乐作品。1722年，一位名为计-巴斯蒂特·斯塔克[1]的作曲家写下了一组叫作《赫拉克利特和德谟克利特》的康塔塔。汉斯·维尔纳·亨策[2]在1962年写下的《对永恒的新的赞美》（*Novae de infinito laudes*）用到了布鲁诺的哲学文本。在视觉艺术方面，表现哲学家的作品也数不胜数。苏格拉底之死常见于18、19世纪的油画作品。哲学谱系催生出拉斐尔的《雅典学院》，后者反过来又引发了对哲学谱系的阐释。从希腊化时期、罗马时期的思想大师半身像——它本身即成一种类型——一直到伦勃朗那迷人的亚里士多德[3]。在乔尔乔内的作品中，哲学自身就是风景化和形象化的，但仍然保留了隐秘性。威廉·布莱克和罗丹将抽象的思辨活动转化为身体的姿势和动作，已经成为一种标志。从中世纪描绘泰勒斯因为注意力集中在天上而失足跌入井中的作品到杜米埃[4]，讽刺画也始终伴随着崇高。但巅峰往往出现在一开始的时候。

阿里斯托芬的《云》有许多地方仍然令人困惑。公元前423年，这场戏的首演明显失败了，但我们对实际情形几乎一无所知。我们只有阿里斯托芬的一面之词，他尖刻地批评了首演的观众，说他们麻木无知。剧中对战争、斯巴达入侵的

---

1 让－巴斯蒂特·斯塔克（Jean-Baptiste Stuck，1680—1755），意大利裔法籍巴洛克风格音乐家，大提琴演奏家。

2 汉斯·维尔纳·亨策（Hans Werner Henze，1926—2012），德国作曲家，马克思主义者。

3 伦勃朗画过一幅名为《亚里士多德与荷马半身像》（1653）的油画。

4 杜米埃（Honoré Daumier，1808—1879），法国画家、讽刺漫画家、雕塑家，曾因讽刺法国国王的漫画而被捕入狱。

影射很生动，但很难评估它们对喜剧的论证造成的压力。最重要的是，阿里斯托芬对苏格拉底的态度很复杂，并不是一味的挖苦和嘲笑。尽管如此，柏拉图还是认为苏格拉底随后的被捕与判刑跟这部戏有很大关系。剧中的确夹杂了一些不祥的威胁和预言：

> 瞧瞧这个疯狂的天才——
>
> 你的疯狂，比你本人还要疯狂，
>
> 这个发疯的城市给你地儿住——
>
> 而你，你却要败坏和毁掉她的青春！

这部戏两次明确地用未来的厄运警告苏格拉底。斯瑞西阿得斯（Strepsidiades）无情地讽刺道，苏格拉底高超的辩论技巧足以使任何指控无效。此外，至少还有三部喜剧嘲讽过苏格拉底。而据普鲁塔克记载，苏格拉底并不在意这些揶揄。阿里斯托芬对苏格拉底的讽刺绝不会比他对欧里庇得斯的描写更失真。我们无法有把握地重构出讽刺性模仿被允许的传统或限度。在《会饮》中，柏拉图所描述的喜剧天才阿里斯托芬和他敬爱的苏格拉底之间的关系明显是友好的。他们都有保持清醒的能力，这决定了《会饮》收场时的戏谑意味。列奥·施特劳斯在《苏格拉底与阿里斯托芬》（1966）——此书难读，但其评述很有思想性——中则走得更远，他从阿里斯托芬"最高明的"喜剧中找到了哲学家和剧作家潜在的共识：当他尝试调和公民的德性、正义感与其本能的感官愉悦时，阿里斯托芬离他的讽刺对象已经很近了。在"一群异常机灵和严厉的观众"（施特劳斯是怎么知道这一点的？）面前上演的《云》，是否是一个并非完全不友好的警告呢？

这部戏剧的主题为二元结构。它的低音部分紧贴雅典的命运。温和节制、虔敬神灵、教育赏罚分明，这个受到威胁的城邦还能恢复这些传统美德吗？它能维持一如苏格拉底所倡导的那些诚实和正义的理念吗？还是说它将屈服于诡辩的谎言，屈服于作伪证的奸诈腐败？是否已经太迟，阿里斯托芬问道，雅典是否已经陷入疯狂？这些重要的讨论有着各种各样的形式。关于智术师的学说与实践，阿里斯托芬所瞄准的不只是苏格拉底及其门徒，也包括阿那克萨戈拉、普罗泰戈拉、狄奥戈拉斯[1]、高尔吉亚、普罗狄科[2]。在剧中，乡村的朴实无华与城市的骄奢淫逸、谄上欺下对比鲜明。与有机的（可以这么说）家庭价值观形成对比的是由哲学的信徒和党羽组成的自由团体、一群没有真正的忠诚或爱欲的机会主义者。以朴素的常识和公民的智慧为名，抽象的理论空谈和虚

---

1 狄奥戈拉斯（Diagoras of Melos），约活动于公元前5世纪后期，古希腊智术师、抒情诗人，作品仅存残篇。

2 普罗狄科（Prodicus of Ceos，约公元前465—前395），古希腊智术师、文法家，在《普罗泰戈拉》中，苏格拉底自称是他的学生。

假的科学研究（斯威夫特深受《云》的启发）遭到嘲笑。在整部戏中，竞争和辩证对决围绕着代际、父子展开。正如威廉·阿罗史密斯[1]在他的译序中所言，"粗俗与崇高之间微妙的张力"，在斐狄庇得斯威胁要痛打他的父亲乃至母亲时达到高潮。与之对应的是，斯瑞西阿得斯试图将那种过时陈旧的、适得其反的权威，强加给他可耻的吵闹的儿子。阿里斯托芬对埃斯库罗斯和欧里庇得斯之间分歧的演绎，对仪式化悲剧和讽刺性情节剧的冲突的演绎，可视为这一普遍对立与危机的另一个侧面。而最核心的则是正常的理智与诡辩的推论、由虔诚推动的正义的理性与言辞欺诈之间的矛盾。阴云盘旋，它们模糊不清，变化无常。

语言本身就是主角。争论的焦点是言语那令人困惑的能力：不管是人还是神的言语，竟都能彼此交流，且使真理或谬误具有说服力。阿里斯托芬呈现出的这种致命的二元分立，有如《使徒书信·雅各书》第三章中对语言的描述。最粗俗的市井闹剧与闯入的诗性光辉和音乐性，在《云》中交替出现。这部剧几乎是不可译的，"打雷和放屁一样"。其语域的摆动变化多端。苏格拉底，在半空中说道：

大地，你看，它

1　威廉·阿罗史密斯（William Arrowsmith, 1924—1992），美国古典学学者。

把思想的精华拉低，变得和它一样粗俗不堪。

恰如水田芥吸水一般。

　　按摩师，假先知，占星家，长发飘飘的花花公子，放浪形骸的吟游诗人，啃老的"新新人类"……如果没有阿里斯托芬对这些人物类型的描绘，还会有拉伯雷、本·琼生和《格列佛游记》第三回中对冬烘先生的嘲笑吗？此外，针对苏格拉底的提问技巧，他的反诘法，还有别人做过更为细致彻底的戏仿吗？尤内斯库[1]可算一例。不过，回到《云》上来，语言那马戏团表演式嬉笑与调戏，在结尾处变得灰暗和残酷起来，火烧苏格拉底的"思想学校"，追杀其弟子则显示出真正的厌恶之情。K. J. 多佛[2]问："《云》的上演会不会对苏格拉底不利，阿里斯多芬在乎吗？"这个问题至今还困扰着我们。同样不得而知的是，在《云》上演期间，作为观众的苏格拉底（正如人们一直以来相信的那样，他显然看过这场戏）会作何感受。我只知道一个类似的例子：罗伯特·奥本海默造访巴黎戏院，看了一场根据事实改编的戏，剧中人物正是他本人，演的是那场给他带来不小伤害的审问式听证会。那么，这类表演究竟会导致何种程度的自我意识的扭曲、自尊心受

1　尤内斯库（Eugene Ionesco, 1909—1994），罗马尼亚裔法国剧作家，荒诞派戏剧的代表人物之一。其代表作《犀牛》中有对苏格拉底的戏谑。

2　K. J. 多佛（K. J. Dover, 1920—2010），英国古典学者，曾任英国国家学术院主席。

挫和受虐狂式羞辱?

汤姆·斯托帕德[1]的戏剧《跳跃者》(*Jumpers*,1972)是《云》的华丽转世。剧中主角的名字取自道德哲学家乔治·摩尔和他的妻子多萝西。而对 A. J.艾耶尔的引用更令剧本增色不少。如果我没有记错的话,斯托帕德主要借鉴了剑桥的神学家和伦理学家唐纳德·麦金农(Donald MacKinnon)那已经成为传奇的别具一格的言行举止。学者的虚荣及其阴谋诡计,爱空谈的思想家在日常生活中表现出的那份唯我独尊式天真,崇高的道德准则与淫荡好色之对比——这些是斯托帕德和阿里斯托芬共同的主题。《跳跃者》在舞台上最令人印象深刻的是费解的瞎胡闹和杂耍表演,而这些大部分都很难在文字中复现。在文字里得以留存的是乔治那个性化独白中的激情洋溢和博闻强识,这种写法要归功于《等待戈多》中幸运儿支离破碎而又滔滔不绝的自白表演。在剧中特定语境的扭转作用下,亚里士多德和阿奎那的逻辑工具、芝诺和康托尔的悖论、笛卡尔和语言哲学的格言,都变得不辨东西、荒诞不经。伯特兰·罗素的摹状词理论既认可又解构了乔治对上帝存在的思考:"然后,再一次地,我有时在想,这个问题是否不应该这样问:'存在上帝吗?'"敏锐的逻辑与日常琐事的交织造就了斯托帕德行文的讽刺之尖锐:

---

[1] 汤姆·斯托帕德(Tom Stoppard, 1937—),英国剧作家,曾凭《莎翁情史》获奥斯卡金像奖最佳原创剧本奖。

想想我左脚的袜子吧。我左脚的袜子存在，但它没必要如此存在……我的袜子为什么要存在呢？因为袜子制造商把它制造出来了，这是其一；其二是因为，在早先的某个时刻，袜子的概念进入了人类的大脑；其三，袜子能让我的脚保暖；其四，袜子可以卖钱……那么又是谁制造了袜子制造商的制造者？如此类推，好极了，下一个！瞧，瞧我移动着我的脚，我的脚移动着我的袜子。（走动）我和我的脚和我的袜子会绕着房间转圈，而这房间会绕着太阳转圈，而这太阳会绕着地球转圈——这可是亚里士多德说的，当然他说错啦……然后有一天！——当我们盯着洞口的火，忽然！在令人欣慰的恐惧的瞬间，我们明白了！——那一个，那唯一的一个，那个自给自足、置身局外、无与伦比的不动者！那个必不可少的存在，宇宙第一因，那个不动的推动者！

即使观众没能从这里发现作者对莱布尼茨存在之谜、柏拉图洞穴隐喻和亚里士多德宇宙论的引用，也该为"令人欣慰的恐惧"的说法而激动。该剧随后插入了一段粗俗的滑稽戏：乔治开始寻找他那"受过特殊训练的乌龟"（出自芝诺否定运动的论证）和同样受过教育的兔子桑普。不协调的现象也是一大亮点，如哲学系和大学体操队毗邻，便是对古希腊教育理想的讽刺性模仿。"神学院院长地位很低，而自从上任院长拉伤脚筋之后，这个职位已经空缺半年了。"讽刺的高潮是，不管是粗俗滑稽的，还是超现实主义的舞台表演，都相信"语言是一种可以应用于无限思想的有限工具"。然而语言要如何回应"半生不熟的、脂肪含量过高的、涂满了番茄酱的培根三明治的善呢"？

说到阿里斯托芬式佳肴，没有什么比泰斯特先生更值得回味了。瓦莱里的《与泰斯特先生共度的夜晚》（*La Soirée avec Monsieur Teste*）写于1894年，最初的草稿是在一间奥古斯特·孔德住过的房间里完成的。瓦莱里将语言定义为"精神的身体"。的确，在传达思考的肌肉组织方面，我还没有读过比《泰斯特先生》更出色的文本。我们对专注力的精神直接性几乎一无所知，它是化学的、神经生理学的、遗传的，还是受到了后天环境的助长或抑制？（据说埃德蒙德·胡塞尔可以在一个深奥难解的问题上不间断地专注思考八个小时。）我已经提过这篇文章开头的那句众所周知的"愚蠢不是我的长项。"泰斯特承认他痛苦地渴望着明确性，而他对清晰（netteté）这一笛卡尔的核心概念有着无穷的欲望。他寻求一个连贯而独立的思想体系，对无限的浪漫主义嗜好在其中没有立足之地。完全智性控制的"邪灵"和绝对理性的"怪物"——我们停下的频率是否足以去理解抽象物中究竟有什么是可怕的？——都附在泰斯特先生的身上。它们是他的夜访者（瓦莱里可是崇拜爱伦·坡的）。泰斯特的雄心是变得独特，列入"无名者的史册"，他相信这一身份远远高于世俗的荣誉。他的缪斯是艰难："天赋是虚的，财富是虚的，神性也是虚的。"在这间不问世事的圣所之中，没有什么书能入泰斯特的法眼。然而正如帕斯卡尔所言，"对某事投入最高的专注"也是一种苦痛。这种弃绝了庸常的纯粹存在，令泰斯特夫人感到害怕：先生的灵魂"以奇特的方式生长，朝着清晰的方向生长的是它的根而不是叶子"。她的丈夫是一位"不信上帝的神秘主义者"（我在那位隐秘知识的大师格尔肖姆·肖勒姆[1]身上也遇到过这种悖论）。泰斯特知道这样做的代价，他在他的日志里同样承认道：

> 我的孤独——多年以来，这只是因为我没有可以在闲暇时碰面的朋友，没有抵达内心深处的朋友；可以亲密地交谈，不加寒暄地对话，用最少计谋的朋友——让我付出了沉重的代价；生活要成其为生活，不能没有异议，没有活生生的反抗，那个牺牲者，那个他者，那另一方的对手，世界的畸零者，我自己的障碍和阴影——另一个亲密的自我——智识上的对手，敌人中最好的朋友，神致命的敌意。

---

1 格尔肖姆·肖勒姆（Gershom Scholem，1897—1982），出生于德国的以色列哲学家和历史学家，卡巴拉现代学术研究的创始人，本雅明的朋友。

瓦莱里在安德烈·纪德的作品准确地找到了这个命定的对应物，这个亲密的"他者"。不过，完美思想之孤独，数学中的悲伤之谜在瓦莱里的寓言中获得了持久的表达。

有三个古老的传说讲述了知识与惩罚之间宿命般的亲密关系，它们引发了无穷无尽的解释，且有着难以计数的变体：伊甸园的智慧树诱发了人类的越轨行为，并导致人类处于永久的流放与悲惨之中；普罗米修斯因从妒忌的神明那里盗走了理论和实践的智慧，而受到永无休止的折磨；由于过度追求智识，浮士德的灵魂堕入地狱。人类精神中决定性的卓越是一种根深蒂固的罪行。那些"讲授永恒"（但丁语）的人将遭到极大的报复。追寻真理的人反而受到追捕，就好像有某种有机的矛盾反对在自然生活中运用思想和感到自在。然而，品尝禁果，盗火并学会用火，像浮士德一样提出终极问题，这些冲动是不可抑制的，不管其代价是影响个人生存，还是遭到社会排斥。

而且，这种渴求，这种知识的欲望（libido sciendi）[1]和"诺斯替主义"比它们欲求的对象强大得多，也比任何局部的意图强烈得多。它们可以是最崇高的形而上学、美学和科学的任务：追寻"太一"，像普罗提诺或当前的核加速理论一样寻求"宇宙之钥"；也可以是对细枝末节的狂热研究，比如给

---

[1] 帕斯卡尔认为世间的欲望分为三种：感官的欲望（libido sentiendi）、知识的欲望（libido sciendi）、统治的欲望（libido dominandi）。见帕斯卡尔《思想录》第7篇第458节至第460节。

一百万种昆虫分类，钻研苏美尔文明或古代中国的烹饪用具。这种失衡，这种极其纯粹的不计利益之中有一个永恒的秘密。确实有许多情况是出于实际或潜在的用处而进行探索的——普罗米修斯之火以及后世的各种技术。然而最关键的，是为探索而探索本身，是新的见解，是理解范围和感知力的扩大，无论这些是多么困难，多么缺乏实际用途。其中的吸引力是未知的，但人是会发问的动物。

这一超越现实世界的致命力量来自何处，仍不被察觉。在不同个人与社会之间，在雅典、耶路撒冷与更为乡村、更热衷沉默咀嚼的广大地区之间，这一推力的强度，其探索性和创造性效率都存在巨大差异。黑格尔将这种"不安"视为哲学、科学和艺术发展的内因，但它不一定具有普遍性。普罗米修斯的悲剧，浮士德的契约，这种人类因知识而堕落的寓言，从本质上讲也许是欧洲式的。不过，在"求知欲"得到承认，在认同无知即反创造性的地方，这一欲望的要求是不可抗拒的。弗洛伊德本人就是这种活力的范例，尽管他忽视了其毁灭性的力量。着迷一个纯粹或实用的智性问题，极度渴望审美形式，沉浸于各学科的一系列革命性想法，这本身就是在体验一种力比多——它能比性欲引发更为激烈的疯狂与罪行。为解答"费马猜想"，目不转睛地耗费八年时间，什么样的性驱动力能比这种专心致志的欲求更持久？为了维护神学的、伦理的、科学的信念，不管它们有多么深奥难懂，女人和男人都甘愿为之冒险。今天，人类对宇宙中"暗物质"的实验研究耗资巨大，而这些研究能取得多大成果完全未知。这种对存在和实体的不懈探索与爱欲相似，但具有更为强大的执行力，个人或集体所投入的成本也更大。对知识的穷追不舍（从某种意义上讲是狂热的）是不容分说的。无私的理智与感官的激情并不比爱容易解释。它与我们对死亡的接受与否认有关，我们可以借助神话道出它，但不能完全理解它：

> 本会长得笔直的枝条被斩断，
>
> 阿波罗的月桂枝也被烧毁，
>
> 它有时长在这位博学家的体内……[1]

但是浮士德的渴求是无法熄灭的，因为"只有精神才是永恒的"（胡塞尔语）。

瓦莱里《我的浮士德》（*Mon Faust*）最初的草稿写于20世纪40年代的黑暗岁月。1945年，在诗人去世前不久，其中一个片段登上了舞台。这部戏的主题几乎是预先设定好的，它提炼了西方遗产中的精神戏剧，体现了逻辑和认识论探索中执迷的唯我论和灵魂的自闭症，与情欲、物质、政治回报

---

[1]　出自英国剧作家马洛（Christopher Marlowe，1564—1593）的戏剧《浮士德博士的悲剧》。

等诱惑之间的冲突。文化史学家通常认定西方人在科学、技术统治论方面表现出的独断，他们对"未经省察的生活不值得过"（可到底为什么如此呢？）的信念，与浮士德有关。而关于浮士德的文献目录几乎无法列举，16世纪晚期浮士德传说的真实起源及其迅猛的传播过程差不多仍不可考。文学方面，从马洛到歌德，从歌德到托马斯·曼、佩索阿、布尔加科夫，都写过以浮士德为主题的杰作。其他艺术类型也不甘示弱：木偶戏（一个可能的源头）、歌剧、芭蕾舞剧、交响乐、漫画都表现过浮士德。此外还有"女性版浮士德戏剧"（Faustinas）[1]。浮士德主题的民间叙事诗歌已经被改编成伟大的音乐作品。还有许多良莠不齐的版画（包括伦勃朗最优秀的作品）和油画。"浮士德式"（Faustian）：西方哪一门语言里没有这个形容词？在这个中枢神经里，诗歌、艺术、音乐、历史理论（参照斯宾格勒的著作）与哲学相遇，与哲学研究的行为相遇。瓦莱里宣称："所有的变体都是合理的。"浮士德与"他者"——无论在我们分裂的意识中，是将其称为魔鬼，还是设想为"大他者"（l'Autre）——比任何场景都更戏剧化地展现了哲学思辨不正当的光彩和自负。即使放到现代世俗社会中，这个寓言仍然魅力不减。核武器在其研究早期有一个绰号就叫作"浮士德"，而最早的商用国际象棋计算机

---

1 指将"浮士德"设定为女性的同人戏剧，如奥地利女作家阿达·克里斯汀（Ada Christen）的戏剧《浮士德汀》（Faustine，1871）。

被命名为"梅菲斯特"。

瓦莱里的版本最具讽刺意味。《我的浮士德》对整个哲学事业提出了尖锐的质疑。即使最崇高的思想，也只是出于习惯，出于转瞬即逝的常规，哲学家写出的那些皇皇巨著终将灰飞烟灭。"围绕在那些水晶般的言词周围的一切都变了，唯独言词本身没有变。单纯的延续使它们在不知不觉间变得乏味、荒谬、幼稚和费解——或者简单而悲伤地成为经典。"浮士德发现自己甚至对深渊也漠不关心。为了否认世俗生活的微不足道，思想和科学付出了大量艰辛的劳作和努力。难道只有对生命无足轻重的状态一无所知，才能够存活下去吗？正是在此刻，"语言变得混乱，哲学开始说话"——一种特殊的讽刺和幻觉。归根结底——书中大师的助手叫作"欲求"（Lust）——对哲学秩序的思考无非是"孤独本身及其回响"。这一结论将我们带回了瓦莱里的《泰斯特先生》以及他对那喀索斯的沉思之中。

这个黯淡的结论可以作为费尔南多·佩索阿的《浮士德》的题词。这是一部规模庞大的著作，从1908年一直到1935年（他如履薄冰的一生结束的日子），佩索阿一再回到这部作品的写作上。尽管具有独特的复调风格，佩索阿的诗剧也是一种独白，讲述对孤独和责任的形而上恐惧。避世是愚蠢的，但是将人的姿态、激情与私人自我的庇护所切割开来的行为同样愚蠢。在那些深受叔本华影响的段落里，佩索阿视睡眠为拯救，一种如此深沉，以至于超越了无意识，超越了梦的自负的睡眠，消除了思想那徒劳的喧嚣声。令人痛苦的、无法解决的矛盾折磨着佩索阿笔下的占星师。他相信这个世界是不真实的，但他依然尝试解释世间的现象（叔本华的"意志"与"表象"）。形而上的虚无主义并不能否认认知的冲动。佩索阿的戏剧独白一再回到噩梦般的恐怖之中：受困于徒然而无法摆脱的反思，浮士德"窒息在自己的灵魂之中"。形而上的探索将他活埋。而佩索阿和瓦莱里都是爱伦·坡的忠实读者。

并非哲学本身，而是文学的语言，或者更准确地说，哲学的语言成为了表达哲学使命与哲学事业中的病理性极端和强迫性自负的文学，正如在克尔凯郭尔或尼采的著作中那样。浮士德主题捕捉到了这一洞见。比黑格尔更进一步，佩索阿将形而上思辨定义为"无限的焦虑"，此外它什么也不是。

浮士德现身处，必有门徒、助手尾随，而他的态度中既有忠心耿耿、阿谀奉承，也有带着嘲弄的背叛——这便是费卢西奥·布索尼[1]伟大的歌剧《浮士德博士》的主题。从毕达哥拉斯的传说以及阿里斯托芬和柏拉图开始，哲学家及其追随者的关系一直刺激着文学的想象力。马洛、歌德和瓦莱里都讽刺过教师与学生之间的交流，盛气凌人的精神导师和他

1　费卢西奥·布索尼（Ferruccio Busoni, 1866—1924），意大利钢琴家、作曲家。

那个多少有点自吹自擂的小跟班之间的交谈。哈西德派讲述拉比与其信徒、"宫廷"之间的爱或渎职行为的故事为数众多。禅宗里的那些故事和寓言也有这类主题，彼此间的相似性令人惊讶。《查拉图斯特拉如是说》则以无情的清醒戏剧化地呈现了那个萨满似的大师与其学徒之间的交流、欢乐和虚情假意。在可怕的孤立无援中，尼采大声疾呼，以求得到回应。维特根斯坦则认为除了精心挑选出来的核心成员之外，应该让其他人与自己保持距离，否则就会受到侵扰。哲学是可以教授的吗？

保罗·布尔热的《门徒》（1889）如今已被人遗忘，但它依然很迷人。阿德里安·斯克斯特（这个名字就取得很高明）在达尔文、赫伯特·斯宾塞和伊波利特·丹纳[1]学说的基础上建立了自己的唯物实证主义：善恶只是化学反应，而上帝则是生理心理学意义上幼稚的投射物。斯克斯特（泰斯特先生将在他的阴影下成长）决定效仿斯宾诺莎和康德的作息，即过一种为抽象思想献身的苦修式生活。他那忠诚的弟子发现自己似乎陷入了一桩谋杀案之中。不过，斯克斯特难道没有教过他，个人、具体的恐惧只该与"浩瀚宇宙的法则"相关吗？这些法则难道不全都是确定无疑的，可以被科学而非伦理学解释清楚？这位大师现在必须面临他自己的信念所带来

1　伊波利特·丹纳（Hippolyte Taine，1828—1893），法国评论家、史学家，实证史学的代表。

的深渊了。布尔热就此提出了一个令人不安的问题：一名教师、一个好为人师者在多大程度上该为弟子的行为负责，又该如何负责，鉴于这些行为可能是不正当的，或者可能建立在对自己的误读的基础上？"去吧，"大师吩咐道，这意味着"必要的谋杀"随之而来。一旦误读（？）了尼采关于"超人"和同情心的堕落内涵的学说，人们便会收到纳粹分发的尼采文集。在其忠实的红色旅信徒所犯下的谋杀罪行中，政治领袖、斯宾诺莎的注疏者安东尼奥·奈格里[1]应该承担什么样的责任？这个问题已有激烈的争论。

作为讲授柏拉图形而上学和萨特存在主义的大学教师，艾丽丝·默多克[2]几乎情不自禁地一再回到上述两难困境之中。这个问题是她的小说《逃离魔法师》《钟》《哲学家的弟子》的核心所在。在这一经典的文学主题（topos）中，默多克又融入了对爱欲和整个性的范围的敏锐，这种敏锐同《会饮》一样古老，它能加快并掩盖哲学智慧从老到少、从男到女的传播。试考虑阿尔喀比亚德与苏格拉底、阿贝拉尔与爱洛依丝、汉娜·阿伦特与海德格尔之间盲目的情欲。阿贝拉尔与

---

1 安东尼奥·奈格里（Antonio Negri, 1933— ），意大利马克思主义社会学家和政治哲学家，以其著作《帝国》和对斯宾诺莎的研究而出名。奈格里于1969年创办了"工人力量组织"，力倡"革命意识"。70年代末，他因与红色旅（Brigate Rosse）有染而被指控多项罪名，最终被捕入狱；红色旅是意大利的极左翼军事组织，组织策划了多起绑架和谋杀案，包括1978年绑架并处决了意大利前总理阿尔多·莫罗。

2 艾丽丝·默多克（Iris Murdoch, 1919—1999），英国作家，布克奖获得者。

爱洛依丝的私奔，令诗人（如蒲柏）、小说家和电影制作者着迷。逻辑处于爱的怀抱之中。

哲学有它自己的殉道史。古代传记（可信度经常受到怀疑）记录了哲学家在内乱中遇害，被嫉妒的暴君处死以及被狂热的信徒谋杀（如希帕提娅）。毕达哥拉斯死后，便有流言说他死于暴行。在正统派和专制者眼中，一个警句，一篇形而上学或宇宙论论文，斯宾诺莎对政治的讨论都能成为洪水猛兽。当一种意识形态在城市里广为流传，它就会成为危险的幽灵（马克思著名的比喻）。传统提醒我们注意，耶路撒冷杀害了它的先知，雅典处死了它的思想家。没有比运用理性更加危险的内心冲动了，不管公开还是隐蔽，理性本身就是对主流规范的持续批判。受《申辩》和《斐多》庇佑，苏格拉底的最后时刻激发了两千年来的文学、绘画，甚至是音乐创作（如萨蒂的交响戏剧）。在西方意识中，苏格拉底之死是另一场决定性、标志性的死亡。它与耶稣受难之间的认识论和象征意义上的相互作用，是黑格尔著作的关键，是他那句谜一样的"这时是夜晚了"的关键。在雅克–路易·大卫的《苏格拉底之死》（这幅画里有一个令人痛惜的错误：柏拉图居然在场）之前，欧洲绘画史上充斥着大量描绘这一场景的令人失望的学院派作品，甚至干脆就是一些媚俗之作。在对这个经典时刻的模仿中，塞涅卡被迫自杀并平静地接受了死亡，他因而也成为西方道德的象征和斯多葛式正直品格的楷模。蒙特威尔第[1]的《波佩亚的加冕》唱词平庸，不过伴随着塞涅卡诀别的那段音乐很迷人：

> 死亡是一种短暂的痛苦，
>
> 一声盘旋于内心的叹息
>
> 它在心底居住多年
>
> 算得上是一位过客，而作为路人
>
> 现在他飞向
>
> 奥林匹斯那真正的极乐之地。

意大利统一运动（Risorgimento）和反教皇解放运动中的诗人们歌颂死于火刑的布鲁诺——一个想象异端之无限的人。他们也很尊敬康帕内拉[2]这位因其先驱性自然主义和乌托邦愿景而备受折磨的哲学家。在离我们更近的时代，为了纪念被捷克秘密警察折磨至死的现象学家、思想史家雅恩·帕托什卡[3]，人们写下了愤怒而沉痛的悼文和诗篇。在专制者的杀戮欲下，有多少哲学学者、持不同政见的知识分子遭到羞辱、监

---

1 蒙特威尔第（Claudio Monteverdi, 1567—1643），意大利作曲家，对歌剧、和声学、交响乐的发展有深远的影响。歌剧《波佩亚的加冕》（*Incoronazione di Poppea*）取材于罗马历史，讲述罗马皇帝尼禄为立新后波佩亚，不惜放逐原来的皇后，并杀害劝阻自己的老臣塞涅卡的故事。

2 康帕内拉（Tommaso Campanella, 1568—1639），意大利哲学家、神学家，著有《太阳城》。因其激进的宗教思想而多次被捕，前后在狱中被关押近三十年之久。

3 雅恩·帕托什卡（Jan Patočka, 1907—1977），捷克哲学家，曾在胡塞尔与海德格尔的指导下研究现象学。1977年因与哈维尔、哈耶克等人联合发表《七七宪章》而被捕入狱。

禁和处决？我们听过俄耳甫斯那永不消失的美妙歌声，也听过关于灵魂不朽的证词，我们还知道维特根斯坦提出的命题，即对于人类经验而言死亡毫无意义；可是，这一切的代价太大了。思考吧，后果请自负。

20世纪奥地利文学与哲学融合之紧密，即使从技术层面讲，也是独一无二的。赫尔曼·布洛赫决心要为美学和政治-社会理论作出重要贡献。在罗伯特·穆齐尔的《没有个性的人》中，尼采和亚历克修斯·迈农[1]、哲学心理学家、认识论专家、概率论专家扮演的角色虽然间接，却很重要。雅克·布弗雷斯（Jacques Bouveresse，他本人就是一名卓越的唯理论者）写道，穆齐尔是一位"真正的哲学家"，他以非凡的严谨和认知敏锐，对"灵魂"和"精神"之间可能存在的区别作出了分析。

在完成关于海德格尔的博士学位论文之后，英格博格·巴赫曼的兴趣转向了维特根斯坦。她早期有两篇迅速成为名作的短篇小说，可代表她对维特根斯坦的感知力的解读。——早在20世纪50年代，《逻辑哲学论》的作者便有了传奇色彩。巴赫曼的短篇小说《三十岁》写了一个无名的主人公，他无法忍受活在人群之中，并感到生命是一种本体论上的冒犯，一种伪造，而死亡才是唯一的拯救。巴赫曼直

---

1 亚历克修斯·迈农（Alexius Meinong，1853—1920），奥地利哲学家。他曾向刚刚博士毕业的穆齐尔提供过一份教职，穆齐尔为了专注于写作而选择拒绝。

觉到了维特根斯坦与克尔凯郭尔之间可能存在的关联：令人难以忍受的并不是有着陈旧、预定好的规则的语言（即那些"语言游戏"），而是思维的常规本身。在巴赫曼的想象中，维特根斯坦经历了一场彻悟，在维也纳的国家图书馆里，主人公变成了伊卡洛斯，飞往凝神沉思的界限。渴望成为创世的知情者和共谋（Mitwisser），巴赫曼笔下的"维特根斯坦"终于发现，如果没有新的语言，就不可能与上帝有真正的交流，也不会有净化过的、道德上可接受的世界秩序。他因而也意识到，他将在阴郁的疯狂之中，在甚至与自己都隔绝开来的认识论和心理学的孤立之中了此残生。这几乎就是卡夫卡了。

"维尔德穆特"[1]则想象了一个"沉醉于真理"的人，他被绝对的真实的要求所占据，尽管他深知这一理想在实践中无法实现。即使是实用和社交层面的小事，我们也无法对其作出完全透明的、可被证实的描述或解释。接下来便是描述相似性的精彩段落："我"与真理的关系，有如"铁匠与火，极地探险家与永冻冰层，病人与夜晚"。他对真理本身的意义和价值丧失了信心。笛卡尔那邪恶的欺骗者最终取胜。不过，那如同遭到诅咒般的对"无人梦到过，也无人想要"的真理的追求，仍将继续。

对巴赫曼而言，托马斯·伯恩哈德阴郁的文学创作堪称

---

1 即短篇小说《一个姓维尔德穆特的人》（"Ein Wildermuth"），主人公是极度渴望真实的法官维尔德穆特，他在审判与自己同姓的罪犯时因身份认同危机而陷入精神崩溃。

楷模。伯恩哈德憎恨纳粹化的奥地利，憎恨马戏团一般的文学–学术圈，憎恨逢场作戏，这种憎恨正是巴赫曼本人渴望的。他对思想、情感和语言准确度的偏执狂般的追求，为我们提供了一块试金石。伯恩哈德写过一个广播剧，讽刺了乘坐横渡大西洋轮船的康德及其配偶。他自己在想象中着迷的也是维特根斯坦，包括他那些才华横溢、有自杀倾向的亲戚。中篇小说《维特根斯坦的侄子》共计164页，只有一个自然段。它提出的问题是：或许路德维希更有哲学天赋，而他那在精神上备受折磨的侄子保罗更疯狂一些，又或者情况正好相反？

出版于1975年的《纠正》（*Korrektur*）是欧洲现代文学史上鲜为人知的杰作。即便专业的哲学评论也无法对这位"犹太晚期或者说后犹太的奥地利数学家–工程师"（我们知道这说的是《逻辑哲学论》的作者）作出更令人信服的解读。因其对正直的需求，对伪善风气的反感，也因为那些混乱的逻辑和愚蠢的情感，主人公罗伊塔莫——这个名字和阿德里安·斯克斯特一样富于暗示性——的思想被推到了疯狂的边缘。这部戏的灵魂人物依然是维特根斯坦这位建筑家、一丝不苟的工艺大师、航空工程师、代数学家。伯恩哈德从维特根斯坦在维也纳、曼彻斯特和剑桥度过的"自毁前程"（anti-career）的人生中汲取了不少素材。他认识到，维特根斯坦的作品及其哲学研究的形式，与其为自己所建构的戏剧形象完全一致。小说的情节——如果斯宾诺莎创作小说的话，大概也会这样写——聚焦于罗伊塔莫建造一幢完美的圆锥体别墅的过程，这栋别墅永远无法建成，因为它的基础构造、几何图形细节、功能性特征不仅要让人可以在里面不受干扰地沉思，还要代表沉思本身。他所设想的圆锥体，得在这个几乎是地狱般的森林（伯恩哈德无疑知道海德格尔的黑森林小屋——这本身就是一个弃绝人类社交的寓言）之中螺旋上升，最终抵达绝对精确的顶点。不过尽管做出了疯狂的努力，这个圆锥体别墅还是会空着。哲学家飞往英格兰的航班不过是推迟的自杀。那座建筑的设计图需要不停修改，任何致力于不出一丝偏差的尝试都相当于不可避免地犯错的校正，这也确证了罗伊塔莫的信念：真理在自然生命中没有自然的归属。所有的文化充其量是标本，是尸体的填充物。思想是一种杀戮的方式，一种有如莎士比亚所言"自戕"的方式：

> 但是我们决不能不间断地思考这些想法，我们不可能把我们想到的一切，把我们听到的、深思的一切给想透；因为如果我们这样做的话，一个自掘坟墓的时刻将会到来，我们会直接死在这个墓穴之中。

伯恩哈德对维特根斯坦文风的微妙戏仿，可以悖论般地成为一种致敬和赞扬，赞扬经常在形而上学和逻辑学中发挥作用的灵魂的肿瘤。

对埃尔弗里德·耶利内克来说，伯恩哈德的哲学寓言中孤僻的完美也是一种典范。她1988年的《云·家园》（*Wolken. Heim*）——其中的"云"是在向阿里斯托芬的《云》眨眼示意吗？——大量引用了黑格尔、费希特和海德格尔。1992年的《托特瑙山》（*Totenauberg*）则戏剧化了海德格尔尝试躲在他朴素的家中不受外界侵扰的经历。汉娜·阿伦特还是找到了他。耶利内克大概是有意这样安排的：海德格尔显得无情，阿伦特的遭遇则令人心酸。她是一个被利用、被抛弃的流浪者，身上压着犹太身份和性别的重负。她对海德格尔的爱的回忆，如今似乎成为额外的不公。最终她提着那个破旧不堪的手提箱（象征着移民）默默离开。伯恩哈德的唯我论、英格博格·巴赫曼的长篇大论及其悲惨死亡[1]、耶利内克自己的广场恐惧症——这些线索全都交织在这部小说里。而处于这些因素之后、同样重要的是，海德格尔和汉娜·阿伦特这两位20世纪举足轻重的思想家的哲学思想。

在这一组经典作品中，位于最高峰的当属《没有个性的人》，尽管它诞生的年代较早。我注意到已经有哲学家将穆齐尔视为同行。穆齐尔受过数学和工程学教育，熟悉实验心理学，还出版过一本论恩斯特·马赫实证主义方法论的专

1　英格博格·巴赫曼死于吸烟引发的火灾，她在被送至医院后因大面积烧伤抢救无效去世。

著。据赫尔曼·布洛赫说，穆齐尔致力成为"世界文学史上最严谨的诗人"。穆齐尔同迈农合作研究过哲学心理学，也曾沉浸于卡尔纳普的逻辑实证主义和维也纳学派。他的反决定论具有讽刺意味，他坚信谓述的、归纳的推理总是只能表达出可能性，而这些都建立在对黑格尔、马克思和斯宾格勒虽是论战性却很细致的研究之上。他借鉴了马克斯·舍勒的人本主义存在主义及其对同情的研究，而这些研究反过来又指向了胡塞尔。穆齐尔讽刺路德维希·克拉格斯[1]过分痴迷于区分"灵魂和精神"，但又汲取了后者的研究成果。我们不太了解穆齐尔对他的近邻维特根斯坦的认识，但《没有个性的人》和《逻辑哲学论》一样深信，如果正确地加以理解，逻辑学与伦理学直接相关。在胡塞尔于20世纪30年代发表著名的危机论[2]之前，早在1912年，穆齐尔就在反思欧洲价值观，以及那种对欧洲科技成就极其不理性的、自负的时代情绪。他也很早就察觉到海德格尔身上初现的极权主义热望，同时试图适应拉特瑙的经济学和自由直觉主义学说。总而言之，我们面对的这位现代小说史上的大家有着受过哲学训练且以哲学为导向的一流感知力。穆齐尔是我们讨论的哲学与文学共生关系这一主题的典型个例。

---

1 路德维希·克拉格斯（Ludwig Klages，1872—1956），德国哲学、心理学家，现代笔相学（笔迹分析）的创始人，曾被提名诺贝尔文学奖。

2 参见胡塞尔《欧洲科学的危机与超越论的现象学》（1936）。

在穆齐尔的这部鸿篇巨著（它有可能写完吗?）里，主人公乌尔里希是一位数学家，他的形象从充满了（既是一般性也是技术性的）哲学的海量草稿、笔记、批评评论中浮现出来。尽管意识到哲学上的企图可能会吞噬掉小说创作，穆齐尔还是认为他的理想是统一的："思考的人总是会分析的，诗人也有分析性思维，因为每一个意象都是不自觉的分析。"恰当的形式可以"结合讽刺之轻与哲学之重"。诗歌创作是最为激烈的智力冒险，它"本质上是关于一个人所不知道的事，关于一个人对它的敬意"。也许自但丁以来，文学所缺乏的是"灵魂方面的思维能力"。

穆齐尔小说中对尼采的间接解读富有启发性。从某种程度上讲，没有哪位哲学家像尼采这样，将格言式和推论式命题体验为舞蹈一样有形的、并交织进肉体生命里的东西。这种深奥的、有时被遮蔽的理想，被小说里的克拉丽瑟及其言论坦率地表达出来，正是她的歇斯底里，生动地表现出尼采那合唱式和舞蹈式方法。《没有个性的人》所取得的成就极为罕见：它是一部高水平的观念喜剧，一部包罗万象而又难以捉摸的思想喜剧。"严格意义上讲，这个世界就是喜剧性的。"因而尼采眼中最高的"科学"是"快乐的"。

而在狄奥蒂玛（她的名字在穆齐尔小说的出场人物中很显眼）的爱欲中，除了戏仿，也有难以定义而又极为精准的真理。小说的开篇和开放式结尾都歌颂了超验的欢乐（还能怎么形容呢？），这种歌颂历史上只在柏拉图的《会饮》中出现过一次。这种融合体现了穆齐尔的思想之诗等同于诗之思想的看法。我发现在形而上学之中，严肃的大笑很是罕见；更稀少的也许是微笑的奥秘（我们能想象康德的微笑吗？）。所以穆齐尔应该会欣赏肖勒姆那首写于1918年、与瓦尔特·本雅明一道为虚构出来的穆里州立大学编造的《哲学系初级读本》：

> 一切超越现代的、苦修的人
>
> 会发现胡塞尔最具同情心。
>
> 尽管四处有传言说
>
> 海德格尔永远无法理解他。

奥地利还产生并经历了一场精神分析的悲剧。弗洛伊德渴望获得诺贝尔医学奖。他拿过歌德文学奖。在他八十岁生日庆祝宴会上，托马斯·曼宣称，没有生理学家或临床心理学家像西格蒙德·弗洛伊德一样，跻身于德国散文大师之列。他的作品风格清晰而柔韧，节奏得当，足以媲美德国文学经典。弗洛伊德的实证主义科学意图与其创造性天分之间的张力（有时生猛），是他创作的源泉。在后期的作品中，他的天分往往占了上风。

精神分析理论及其生理学结论如今还剩下些什么？它

带来了什么样的明确疗法？弗洛伊德对神经官能症患者的分类，在中欧的历史进程中已经渐渐失效了，只有在那个业已消逝的时代，那些基于特定的历史背景而产生的中产阶级（大部分是女性和犹太人）才会出现那样的精神困扰。弗洛伊德的性学模型与学说所依据的父权制、男权制，几乎已经倒退到欧洲价值观的考古学之中。他的还原论，他对梦的历史性和社会性的忽略，他对语言生成性结构的极端无知，已经在更为复杂的生物化学、神经学和社会学知识所构成的意识及其病理的图谱前，败下阵来。我们如今认识到，精神分析方法的核心是一种未经审视的信任：和亚里士多德、笛卡尔或黑格尔一样，弗洛伊德想当然地认为，句法同它所划分和表达出的现实有着有机的关联，言词传达出了世界。只有基于言词意图的稳定性，基于它们的"真值函项"，言词的意义才能通过精神分析的方法被发掘，它们的最高伪装和自觉抑制也才得以揭示。而解构主义的观点是，语言处于随意的运动中，意义本身就是不可验证的约定俗成，在话语和它天真地、意识形态地假定的"外部"存在之间，并无可靠的联系——这其实是最经典的怀疑主义公理——还有"怎么都行"（Anything goes）[1]这种说法，在弗洛伊德看来，会是一种幼稚的噱头，或者说一种疯狂。

1　奥地利哲学家保罗·费耶阿本德（Paul Feyerabend, 1924—1994）提出的一种多元主义方法论，针对的是传统理性主义方法论。

然而，正是在这些观点的激发下，解构主义和后结构主义应运而生。在弗洛伊德的周围，大危机带来的震动初露端倪，因而他的"语言–古典主义"也益发令人惊讶。这种震动内含于马拉美的研究发现之中：言词引发了其所命名之物的缺席，语言在本体论意义上是无效的；它也激发了达达主义的无意义诗学，直接促成了我们当下的虚无主义修辞；我们在维也纳学派试图以元数学的形式使意义合法化的过程中、在卡尔·克劳斯[1]关于"语言之死"的讽刺性反思中、在维特根斯坦将伦理学和美学对象排除在语言之外的尝试中，也感受到了这种危机的震颤；对弗洛伊德而言，逻各斯自《尼各马可伦理学》以来都没有遭遇过任何剧变。不然拉康之前的精神分析学怎么还可能运转得起来？

不过作为补偿，我们拥有了这位作家，这位讲故事的高手，这位可与柏拉图相提并论的神话创作者的丰富作品。弗洛伊德对"朵拉"和狼人两个案例的记述，便是19世纪的小说杰作（"狼人"后来很愤怒，认为自己被弗洛伊德的小说给利用了）。他可以像莫泊桑和契诃夫一样叙述情节，安排人物的戏剧性表演；也有能力像《理想国》和《斐多》一样，根据自己的需要去塑造具有代表性的神话故事，甚至彻底改写它们（对俄狄浦斯神话的重述就是一例），同时又赋予其可理

1　卡尔·克劳斯（Karl Kraus, 1874—1936），奥地利作家、诗人、评论家，受到本雅明和布莱希特等人的推崇。

解的心理分析。因此，他的精神分析论证总是借助各种传奇、英雄传说、童话、鬼故事、戏剧和长短篇小说；俄狄浦斯、哈姆雷特、灰姑娘、睡魔成为他重点分析的对象；对格林兄弟、莎士比亚（弗洛伊德认为他很可能是一位有教养的牛津伯爵[1]）、歌德、乔治·艾略特和古代作家的征引在他的作品中随处可见。弗洛伊德创造神话的能力强大到人们经常发现不了那些神话特定的地方性来源。弗洛伊德的超我、本我和自我"三件套"指的是什么？除了可以与中产阶级城市住房的阁楼、客厅和地下室（每一处都配有丰富的具有象征意义的日用品和刺激物，人们在那上面留下了禁忌的或珍贵的回忆）——对应外，这种区分并没有神经心理学的证据。弗洛伊德承认诗人、戏剧家和小说家，早就预见并表达过划时代的精神分析学说，而这绝不只是客套话。不过作为神话的魔术师、重要逸事的收集者，他的技艺之高超的确可以比肩其他所有重要的文学艺术家。除了他，还有谁曾看出李尔王的女儿们是灰姑娘故事的变体？使其经久不衰的，是作为作家的弗洛伊德。

那么，在这部讲述诗学与哲学之融合的随笔里，有什么理由囊括弗洛伊德呢？

1　有研究者认为莎士比亚作品的实际作者是伊丽莎白女王的朝臣及剧作家第十七代牛津伯爵爱德华·德·维尔（Edward de Vere, 17th Earl of Oxford, 1550—1604），弗洛伊德晚年倾向于认同这种关于莎士比亚身份的"牛津伯爵论"。

如果哲学与世俗道德、"实践理性"相一致，如果它尝试限制死亡的现象学，如果它的核心议题是"人是什么"，那么，弗洛伊德所做的工作显然属于哲学。他的精神分析视野，事实上承继自亚里士多德和康德。

弗洛伊德关心的远远不只精神疗法。几乎和柏拉图学派一样，他讨论过美学、教育学、战争与和平；也对政治学、历史理论、宗教的本质、社会制度的发展颇有兴趣；他的研究范围正是黑格尔意义上的"百科全书般的"。因而有一种"文化"——这个概念一直遭到弗洛伊德质疑——围绕在他的作品前后。此外，和其他重要的哲学体系一样，经典学说催生出各种变体和甚至有害的附属运动。各种变体、异端和批评几乎从一开始就不断涌现。事实上，精神分析的流派和方法同它的信徒一样多，信徒中最知名的阿德勒、荣格和拉康，已经凭借自己的能力建立了成熟而全面的学说体系。反过来讲，不少哲学家也都密切关注着弗洛伊德，尽管是以论争的方式。维特根斯坦认为弗洛伊德的学说很迷人，但他的评价处于摇摆之中。他钦佩弗洛伊德在心理学和社会学观察中表现出的富于暗示的敏锐度，也质疑弗洛伊德在用精神分析学解释病理学和人类学事实时所下的决定论式断言——他坚持认为，人们总是可以对那些事实做出其他的解读，而弗洛伊德理论中所谓的科学性，从根本上讲是可疑的。批判弗洛伊德（受到试图拒绝或修正弗洛伊德的启发），对后结构主义、解构主义、女性主义解释学的发展至关重要。如果没有弗洛伊德，或是对他的反对，就不会有《反俄狄浦斯》(L'anti-Oedipe)，不会有德里达的语言游戏说，当然也不会有那件发生在萨特身上的怪事：他写了一部失败的关于弗洛伊德的电影剧本。[1] 事实上，不管弗洛伊德如何想要把形而上学排除在精神分析之外，他都深知自己继承了——尤其是从叔本华和尼采那里——一种完全来源于哲学的世界观(Weltanschauung)。

弗洛伊德在发表于1919年的《怪怖者》(Das unheimliche)中展示了我在上文提过的那种维多利亚时代对语言的信心。他首先去古典语言和罗曼语中为关键词寻找可能的翻译，进而发现这些词语都无法传达出"家"(Heim)和"隐秘"(heimlich)的决定性作用，而这种作用将成为弗洛伊德假说的基础。这个关键词首选的英译词是"怪异"(uncanny)，但其中"canny"的意思是"精明"——一个与弗洛伊德的阐释对象无关的语义场。不过他的证据的地方性，他将材料简化至词源上的特殊性（参见柏拉图的《克拉底鲁》)，并没有阻

1　1958年，萨特同意和美国导演约翰·休斯顿(John Huston，1906—1987)合作，由他创作一个关于弗洛伊德的电影剧本。萨特先后写了两个版本，休斯顿都嫌太长。在对萨特剧本大量改编和删减之后，电影《弗洛伊德》于1962年公映。萨特要求不署名编剧。

碍他的论证。格林词典[1]是为了代表普遍性而编写的。他提到了谢林，但最关键的证据来自 E. T. A. 霍夫曼那错综复杂的中篇小说《魔鬼的灵药》（"The Devil's Elixir"）。精神分析学最主要的几个主题在其中均有所体现：致盲、阉割、双重人格和强迫性重复。弗洛伊德认为症结就在于我们对死者回归的暗示，这一主题在莎士比亚的《裘利斯·恺撒》《哈姆雷特》《麦克白》中起到了关键作用，也是怪怖体验的核心要素。不过，尽管这类作品很恐怖，但它们并没有引发真实的死亡给我们带来的那些心理压力。弗洛伊德判定，这些情绪都能在婴儿期的丧失创伤中找到根源。他的诊断有时会显得模糊，这很不像他。"孤独""沉寂""黑暗"可以说已经渗入他的论述之中。与海德格尔进行一番对比会带来启发。受惠于克尔凯郭尔，海德格尔在《存在与时间》之中对"怕"（fear）与"畏"（Angst）的区分更为深入：怕的原因可以辨别，而畏是位于存在中心的"虚无"或空洞所造成的。形而上的恐惧与无家可归感，源自缺席和否定性（萨特的虚无［le néant］）的荒谬重量，源自一个近似的而无实质内容的"我不知其为何物"[2]的实体。不过在海德格尔和弗洛伊德对死亡、对无端的恐

1　即《格林兄弟德语词典》（DWB），该词典最先由著名童话搜集者格林兄弟编纂。编纂工作始于1838年，格林兄弟去世后，普鲁士科学院等许多机构开始参与词典的继续编写工作，第一版最终完成于1961年。

2　洛克认为实体是一种我们只知其存在但"不知道其为何物"的超验物，参见洛克《人类理解论》。

惧的关注背后，有着世界大战的天启以及世界大战所触发的死亡状态的改变。从这一点来讲，本体论与人类学密不可分。

由于重病缠身，也基于对"一战"的思考，弗洛伊德在他的元哲学思辨中越来越多地转向死亡主题。《超越快乐原则》(*Beyond the Pleasure Principle*，1920) 里就有他那被死亡萦绕的斯多葛主义，这本书让人想到帕斯卡尔。在我们的精神和日常生活中，追求力比多，快乐原则和冲动的满足是显而易见的。然而，在灾祸受害者的创伤性神经官能症中，还有一种强迫性重复的机制，一种想要重复痛苦的内在冲动。为什么幼童总是不厌其烦地重复自导自演关于丢失和遗弃的游戏呢？弗洛伊德提供了一种富有创见的联想，他以敏锐的准确度和耐心——这一关键要素在卢梭对童年的描绘中也能找到——推断出，这种重现痛苦的强迫性冲动，可能超出了快乐原则的统治范围。

形态学上的离题，导致了一个典型的柏拉图式假设，即所有生命都意图恢复其原初状态。随之而来的是一个重要命题："一切生命的最终目的是死亡……无生命的东西先于有生命的东西而存在。"弗洛伊德平静的声调使这种完全称得上"宏大的"叙述成为可能。只要理解得当，就会发现生命不过是通往死亡之路上的"一个迂回"(ein Umweg)。弗洛伊德愿意向读者分享他那先反躬自问，继而耐心思考，最后获得确信的沉思过程，这使得他的结论具有罕见的说服力。他已经"进入叔本华哲学的领地",还重新引入一个可能过于陈旧的、关于不可避免的必然性的古希腊概念：anangkē，即不容分说的邪灵般的绝对。接下来他援引了阿里斯托芬关于两性之重聚的预言，索福克勒斯也作为证人出现。他还引用诗人吕克特[1]来为自己虽不完备却敢于冒险的假说辩护："跛足前行并非罪孽。"（这是对灵魂人物俄狄浦斯的微妙暗示吗？）于是便有了那句令人惊奇的富有修辞的论断："快乐原则似乎是为死亡冲动服务的。"弗洛伊德的理论并没有得到长时间的认可，更不用说任何临床上的证实。不过，的确没有哪一种哲学人类学比弗洛伊德的理论更能体现出思想的信马由缰，或者无需辩护地称之为冒死的跳跃（salto mortale）。如果就像斯多葛学派和蒙田所说的那样，真正的哲学是对死亡的训练，那么弗洛伊德便是深谙此道的大师。

霍布斯及卢梭的思想均与《关于战争与死亡的时代思考》（*Zeitgemaößes uöber Krieg und Tod*，1915）——其标题巧妙地颠倒了尼采的"不合时宜"[2]——一书的主题密切相关。这一回，弗洛伊德的语调是忧郁的。惨烈的战争表明，启蒙运动

1　吕克特（Friedrich Rückert，1788—1866），德国诗人、翻译家，德国东方学研究的先驱，曾将《古兰经》译成德语。据《超越快乐原则》一书的英译者詹姆斯·斯特雷奇（James Strachey）的注释，文中提到的诗句是吕克特译自阿拉伯诗人巴士拉的哈里里（al-Hariri of Basra，1054—1122）的诗。在弗洛伊德写给弗利斯（Wilhelm Fliess）的信（1895年10月20日）中，也提过这句诗。

2　尼采的著作《不合时宜的沉思》德文为 "Unzeitgemäße Betrachtungen"，其中 "Unzeitgemäße" 与弗洛伊德这本书里的 "Zeitgemaößes" 构成一对反义词。

寄托于文明、约束暴力、区分好战者与非好战者之上的希望，全都落空了。事实证明，设想一种规范性理想的欧洲共同遗产（康德的愿景）是肤浅的。原始的野蛮行径如今吞噬了高雅文化的中心地带。可我们为什么要大惊小怪呢？弗洛伊德断言，所谓的人文主义只是一块横跨在原始鸿沟之上的薄板，一层不堪一击的外壳。世界大战只不过暴露出了人类这一物种非人的本质，与生俱来的贪婪和谋杀的冲动。人之为人无异于狼（Homo homini lupus）[1]。弗洛伊德的语域越来越像是关于死亡的巴洛克式传道：人类的史前史（Urgeschichte），人类的起源"充满了凶杀"。世界史就是"一系列大屠杀"。亡者归来，搅乱我们的心灵。因而即使是亲密的人离世，也会唤醒我们心中防御性的杀戮欲（Mordlust）。战争中的屠杀是扭曲的尝试，即任凭死亡占据它在生物存在中天然的、中心的位置。分析的结果是对约翰·多恩（John Donne）的引用：意欲生，必知死。（Si vis vitam, para mortem.）[2]这篇论文展现了弗洛伊德理性的心理疗法、他对科学的信念同他那日益加深的悲观情绪之间极度紧张的关系。"航行是必需的，生活则

1　拉丁谚语，直译为"人像狼一样对待他人"。霍布斯在《论公民》，弗洛伊德在《文明及其不满》中都引用过这句谚语。

2　直译为"如果你想要活着，就得做好死亡的准备"。

不。"——在他对这句汉萨同盟时期的口号的引用之中，[1]有一种近乎神秘的回声。朝向深渊的旅程便是那无所畏惧的理性之旅。弗洛伊德知道结果会是什么。他读过《神曲·地狱》第二十六首。

弗洛伊德及其运动从文学那里获益良多，这一点从未被否认。反过来，我们也很难想象没有精神分析的影响，西方文学会是什么样子。在《梦的解析》、日常生活的精神病理学系列讲座之后，我们阅读和写作的方式都发生了改变。当代戏剧、诗歌、小说和传媒，常常在不经意间渗入了弗洛伊德的印记。有趣的是，正是对这种根本性转变的抗拒，激发出乔伊斯式或卡内蒂式反弗洛伊德之举。

1936年5月，托马斯·曼发表了一篇颂文[2]，他的评论"更多是关于自己而非弗洛伊德"。弗洛伊德无疑是一位"思想的艺术家"，一位堪称经典的作家。不过弗洛伊德的标志性成就不仅在叔本华和尼采那里有所预示，在曼自己早期的小说和故事如《魔山》或《托尼奥·克律格》（*Tonio Kröger*）之中也有预兆。当然其支配性源头还是来自叔本华对"意志"在生命的构造和保存中的首要地位的肯定。在叔本华那里，在

1　汉萨同盟（Hanseatic League）是欧洲中世纪的商业、政治联盟，最早于12世纪在德意志北部城市之间形成，14世纪晚期达到鼎盛，加盟城市多达160个，15世纪转衰，1669年解体。相传这句格言刻在汉萨同盟重要成员不来梅（Bremen）的一家老店的门口。

2　这篇文章的题目是《弗洛伊德与未来：1936年5月8日在维也纳弗洛伊德八十华诞庆贺会上的讲话》。

易卜生的"生命谎言"（the life-lie）的观点之中，我们可以发现精神分析观点的实质，即潜意识在非理性的、原始的岩浆般母体中发挥着根本的内驱力。在曼富有启发性的表述里，弗洛伊德所做的工作是"殖民"了一个被哲学家先驱和托马斯·曼所发现的，并在很大程度上已被描绘出来的知识领域。这篇颂词有着典型的神经质的矛盾情绪和竞争心理。

相比之下，一度成为托马斯·曼女婿[1]的 W. H. 奥登则以一种完全不同的语调，一种颇具慧眼的慷慨写下了《纪念西格蒙德·弗洛伊德》[2]："这位大夫正是如此：八十岁时他仍希望 / 去思索我们的生活。"他研究过"不安和黑夜"，而它们都没有屈服于他的辛苦研究。在结尾处，他只是"一名杰出的犹太人，死于流亡之中"（对于弗洛伊德的犹太身份，曼选择了回避）。奥登的盖棺定论是：

> 他所做的一切，只是像老人那样
>
> 去回想，又如同孩子一般诚实。

弗洛伊德像但丁一样只身前往"迷失者"之地，他走进"臭气熏天的壕沟，在那里被损害的人 / 过着被遗弃的丑陋生活"。

1　1935 年，为了获得英国护照以逃离纳粹德国，托马斯·曼的长女埃丽卡·曼（Erika Mann）嫁给了 W. H. 奥登。奥登是同性恋者，此举是出于好心。

2　本诗的译文参考了马鸣谦、蔡海燕译本。

随后的诗句十分简洁，而又势不可当：

> 对于我们而言，他如今不再是一个个体
>
> 而是整个舆论的风向
>
> 在他的影响下，我们的生活从此不同

弗洛伊德希望我们获得自由，希望我们去热爱黑暗中的生灵以及所有那些遭到驱逐而又渴望未来的生命。奥登这首诗的结尾尤为出色：

> 一个理性的声音沉默了，在他的坟冢之上，
>
> "冲动"的同族哀悼着这个被深爱的人：
>
> 厄洛斯，城市的缔造者，如此哀伤，
>
> 而反常的阿芙洛狄忒泪流成行。[1]

自苏格拉底之死以来，还有怎样的见识激发出比这更完美的告别词？

---

1 这句中的"反常"是用来形容一种由潜意识引发的脱离日常规范的状态。它和上一句里的"冲动"一样都是弗洛伊德学说里的概念。

7

我已经提过，不管论形式还是论内容，西方哲学作品中的断篇和格言都很重要。格言的历史从赫拉克利特一路延伸至维特根斯坦——尽管在前苏格拉底时期，当然可能有文本亡佚及偶然留存的情况。个人层面的障碍同政治环境一样发挥着作用，比如在帕斯卡尔或尼采那里。但一种根本上的区分也在起作用。有亚里士多德、黑格尔或孔德这样的系统的建造者，封闭场所的建筑师，总体性的瘾君子；也有意义和世界的突袭者（通常是孤独的），他们就像从外围发动闪电式攻击的技术专家——在赫拉克利特和尼采那里，"闪电"是一个方法论密码。我引用过阿多诺的一句反黑格尔的格言：总体性是一个谎言，这句话本身也是对福楼拜的呼应。而阿多诺自己的《最低限度的道德》就是这样一部经典的碎片化作品，它是失调的，在显然无关的话题与命题之间进行很唐突的量子式跃迁。这样两种概念构成了真正的形而上的比照：一方面是假定实在拥有可道出的秩序（这是一种无所不包的"描绘"的可能性，它是经院哲学或康德解读可理解的存在的基础）；另一方面则是察觉到现象那断裂的，很可能是随机的趋向。尤其令人感兴趣的是这样一类思考者：他们的工具或感知力，以及述行资源是匮乏的，而他们却相信和希望努力获取一种总结，成就一本百科全书式巨著。我想到的是诺瓦利斯和柯勒律治。对这种历史与心理的二分法而言，现代性的美学及其支离破碎的语境已经给出了一种特别的宽慰。

早在1869年，年轻的马拉美就抓住显现的启示，尝试打破语言的决定性障碍，将句法从逻辑那陈旧的、线性的专制统治下解放出来。他依靠的不是意象或隐喻的力量——像兰波在《彩图集》中所做的——而是凭借抽象和被透明化了的"缺席"。于是便有了《伊纪杜尔》(*Igitur*)中马赛克式断篇或者说颗粒：

> 然后绝对者（它由这个事实的绝对危险生成）对发出噪声的一切说：那里的确存在一个行为，而公之于众是我的责任：这种愚蠢确实存在。你们让它变得显明是对的（愚蠢的噪声）：不要相信我会将你们推回虚无。

两种概念和理论的行动——修辞学也有其本体论——在发挥作用。现代主义者的策略是将空白空间——不管是印刷上表明的还是从听觉推断出的（像在音乐中一样）——视为一种与虚无完全不同的东西。这些空白可以包含被压抑的东西，经受了可感压力的显然被遗忘的东西；也可以充满未来，充满部署在边缘却能迸发成意义的潜在力量。空无变得肥沃（"le vide frais"），这一悖论因为弦理论的猜想，因为关于"充满能量的真空"的暗物质宇宙学而成为令人着迷的现实；第二个主题则是沉默。未说出口的成为有说服力的，甚至是德尔斐神谕式的。虚伪的、不准确的、政客般堕落的语言，媒体的巨大噪声（喧嚣［vacarme］或海德格尔的"废话"［Gerede］），无限放大的琐事都与沉默的得体，与它在认知和道德上的洁净背道而驰。只因为它不能或不应该被说出来，它的真理便得以揭示。在可疑的言语行为之间，空白空间（马拉美著名的"空白"[1]）是沉默的守护者和使者。这种空白反过来也是无言的诗。尽管是较早的习语，济慈的"寂静的端庄新娘"（unravish'd bride of quietness）[2]仍是一种哲学理想。

勒内·夏尔作品的首要特点便是碎片化的形式以及诗歌与哲学的交融。在20世纪30年代，夏尔就着迷于前苏格拉底哲学。通过尼采（"他的《悲剧的诞生》对我来说至关重要"），赫拉克利特成为夏尔的保护神。1948年，他向赫拉克利特致以欢欣的敬意：

> 每隔一段时间，我的灵魂就被会这位长翅膀的登山者所深深吸引……在所有人中，唯有赫拉克利特拒绝拆分那惊人的问题，在没有减弱其火焰、中断其复杂性、损害其神秘性、扼杀其青春活力的前提下，将其引向了姿态、智性和人的习性……他那太阳般，鹰一样的

1　马拉美的诗歌中经常出现"空白"（les blancs）这一意象，如《礼赞》（"Salut"）一诗的最后一句："满纸空白的惆怅"（le blancsouci de notre toile）（叶汝涟译）。

2　见济慈《希腊古瓮颂》一诗开篇第一句。

眼睛，他独特的感知力使他彻底相信：关于未来的现实，我们唯一可以确信的是悲观主义，以及对秘密的熟练伪装——是那些秘密给我们带来新的清鲜、警觉和睡眠。赫拉克利特是这样一个骄傲、坚定而不安的天才，他跨越了流动的时代，他阐述、断言同时立刻忘却这些时代，这样他就可以在途中、在我们中某个人的呼吸之中超越这些时代……在我们时代忧郁而又炽热的状态中，他停下了脚步。

在如1952年的《致激怒的安详》（*A une sérénité crispée*）这样的格言式组诗中，夏尔向我们展示了他激活语言的能力，而他凭借的是比逻辑的奴役更为古老的形而上学暗示，是德尔斐意义上的"提示"可能性的神谕，在这些可能性凝固成陈词滥调之前。"没有哪只鸟愿意在问题的荆棘中歌唱。""我珍惜那些不能确定自己结局的人，他们就像在四月结果的树。"夏尔与海德格尔的会面（最后一次发生在1969年的夏天）是命中注定也几乎空洞的。他们都听不懂对方的语言。夏尔不能接受"存在"的历史性。尽管存在论者和诗人都鄙视功利主义的技术统治论，但夏尔那伊壁鸠鲁式享乐主义与海德格尔关于此在（Dasein）的观点毫无共同之处。然而，共有的对语言之神秘的理解使无声的对话成为可能。它引发了"一种使思想得见日光的透明，借由原本会对思想加以阻拦的晦涩意象"（布朗肖语）。他们都掌握了"对苏格拉底来说都太过古老的智慧"。

在组诗的结尾，夏尔将诗歌置于哲学之上。哲学犁开了土地，诗歌则将它的种子埋进犁沟。创造力在巴门尼德这样的诗人–思想家或赫拉克利特这样的思想家–诗人身上最为旺盛。在对索福克勒斯和荷尔德林的独特引证中，海德格尔与这一观点保持了一致。夏尔格言式的言辞同时为哲学和文学作了辩护："精密的船上"（即系统性逻辑，经院哲学）"只飘动着流放的旗帜"。在这里，所谓的回归在于，哲学思辨臣服于诗的秘密。"谜一样的清晰"（Clarté énigmatique）。

如果认为对于《逻辑哲学论》或《哲学研究》独特的表达方式，仍可以有很多新颖的、有启发性的论述，那就太愚蠢了。二手文献的确非常多，但也富有争议，通常是自卖自夸，且倾向于矫揉造作。自称维特根斯坦弟子和评注者的人似乎常常易受"蛊惑"——维特根斯坦视之为哲学文本中首要的危险和埋伏。他们对于翻译问题总是一笔带过，维特根斯坦的德语极为特别，英译常常有问题，维特根斯坦本人曾专注于翻译问题，有时甚至会被激怒。当路德维希·维特根斯坦用英语口授、讲课或写作时，他在多大程度上继续以"奥地利德语"来思考，继续采用德语句法？此外，就我所知，许多材料的口授基础从未被仔细阐述过。就像对于苏格拉底一样，我们拥有的通常是一个被转述的声音。这种道出的认识论，这种模仿教诲式交流（可是同谁交流呢？）的独白手段与比如康德或黑格尔的系统化编码与规范化写作完全不同。

维特根斯坦本人就使自信满满的解读变得更加复杂。在很多重要的场合，他都强调过其作品临时、不完整、"失败的"特性。"我能写出来的论述都受到了相当明确的限制，完全不比写诗时受到的限制少。"对于《哲学研究》，他说，"这本书真的只是一个集子"，它不过是在重复那些碎片化的问题和提议，写的时候就对挫败心知肚明。关于《逻辑哲学论》，他有一句很知名的评价："我的作品由两部分组成，在这里写出来的和所有那些我尚未写出来的。确切地说，后者才是最重要的。"还有这句："可是瞧，我写了一个句子，然后又写下了另一个刚好相反的句子。哪一个会成立呢？"[1] 对其后期作品，维特根斯坦下了一个简洁而优雅的定论："我本想写出一本好书的。这一愿望未能实现。"而《哲学研究》充其量只是"一本速写集"。与此形成鲜明对比的是，维特根斯坦也有近于自大狂的宣言（这种宣言在尼采的最后阶段和黑格尔《精神现象学》的高潮中都曾出现过）：《逻辑哲学论》解决了所有有效的哲学问题，已经无以复加了。他还指出，如果可行

1　参见《维特根斯坦谈话录，1949—1951》，鲍斯玛（Bouwsma）著。

的话，他愿意把《哲学研究》献给上帝。除了叔本华，没有其他哲学家真正值得一读。

在维特根斯坦的光环之中，在那从一开始就围绕着他的个性和存在方式而出现的神话之中，隐藏着极其微妙的、"禁止进入的"的要素。这个神话包含了哲学沉思和表现的历史所熟知的一个支脉：极度孤独的魅力，苦修式隐退——维特根斯坦一度隐居于几乎不可靠近的位于挪威肖伦（Skjolden）的僻静地（让人想起易卜生笔下的布朗德[1]）和爱尔兰的乡村。在克尔凯郭尔式遁世者身上，有禁欲（如果这是事实的话）的光环。维特根斯坦以修士的谦恭，做过市场园丁、小学教师和医院护工。第欧根尼和帕斯卡尔会赞同他的这些选择。不过，维特根斯坦身上也有一些独特的举动：对于犹太血统，他明显感到不适，甚至予以回避；他放弃了巨额遗产；他对社交礼仪和流言蜚语抱持毫不留情的冷漠态度；他衣着随便，对物质享受不屑一顾。维特根斯坦的个人魅力毋庸置疑，对其听众而言，他具有催眠术一般的影响力，也能够改变他们的生命。散文家和小说家威廉·加斯[2]曾令人难忘地说道：

---

1 《布朗德》（*Brand*）是易卜生的一部诗剧，主人公布朗德是一名渴望拯救人类灵魂的郊区牧师，他带领教民往高处走以便求得伟大的真理，最后只有他一人攀上了高峰，却死于雪崩的意外。

2 威廉·加斯（William Gass，1924—2017），美国小说家、哲学教授，曾获美国国家图书奖。1949年维特根斯坦访美期间，与康奈尔大学哲学系师生进行了大量座谈，威廉·加斯是学生之一。

他的心思完完全全毫不掩饰地专注于自己的问题，他停下来审视自己刚用过的词句，他对这些词句不断作出无情的评估，他获得了暂时性胜利继续向前，他怀疑，他绝望，他残酷地认识到了失败，他欣喜于某处可能带来的解决方案，他坚持重新开始：就好像身边没有一个人，甚至包括自己。不说空话，没有术语，使用事例，他那抽象的思想便是这样一步步向前推进；那么，如果说他对废话、强调花哨结尾、圆滑、机敏、修饰打磨、所有那些边角已被修整得长短适中的论点、所有那些如同醉汉倚靠吧台一样互相依赖的哲学，如果说他对这一切感到厌烦，又有什么好奇怪的呢？……没有一个词是终结性的，作品永远不会结束，也不会完成，它们只是悲伤地被丢弃——有时他不得不这样做。因此，这种以诗人的方式写出的思想，每一行都是崭新的，而每一个古老的问题都不会比十四行诗更古老，它们是今天被发明出来的，重新被首次攻克……这种纯粹而神圣的投入，深沉而炽热，相比起来萨特的介入显得多么苍白啊。

这节奏让人想起贝克特，或是尼采新造的词"抽象艺术家"（Abstraktions-kuönstler）。这份对极简主义权威的记录，足以媲美那些记述东方圣贤或苏格拉底的文字。尽管维特根斯坦自认为他的处境无异于一个无助的人迷失在熟悉的城市里，凯恩斯还是愿意称他为"我们这个时代的斯宾诺莎"。

不过在极少数与维特根斯坦关系亲密的年轻哲学家之中，有一位将他描绘为"一个令人敬畏甚至可怕的人"。他的训斥和无视能达到暴烈的地步。在突然爆发的近乎歇斯底里的自贬情绪中，维特根斯坦承认自己已经陷入"疯狂"乃至"邪恶"，他用一些下流的情节作出暗示，并将听众留在茫然无措之中。他作出的评判不留余地：里尔克的作品是"有毒的"，会引起消化不良。G. H. 冯·赖特[1]说，"与维特根斯坦的每一次谈话就好像是经历了最后的审判，太可怕了"。一旦失去其理智上的偏爱，那些一度离他最近、最支持他的人就会遭到他公开的无视。伯特兰·罗素就是一例。维特根斯坦曾在"一战"某些地狱般的前线英勇作战（这再次让人想起苏格拉底）。在他的体验中，战斗似乎是令人振奋的事情。这一点的意义可能比他的传记作家和模仿者所意识到的更大。在他那紧张的意识深处，栖居着致命的恐惧（terribilitaé），能够产生燃烧一切的狂怒。

所有这些都提出了一个禁忌话题：路德维希·维特根斯坦在多大程度上是他自身传奇的建造师（他对建筑学有着专业的激情），是围绕其存在的戏剧性光环的设计师？在他的怪癖，他对诅咒的使用，对他人帮助的谢绝之中（相传他

1　G. H. 冯·赖特（G. H. von Wright, 1916—2003），芬兰哲学家，维特根斯坦在剑桥大学的教授职位继任者，也是维特根斯坦的遗嘱执行人之一。

就睡在那张著名的折叠躺椅上），哪些行为是故意甚或表演出来的？当他坦承只有勃拉姆斯第三号弦乐四重奏的第二乐章才能阻止他自杀时，他有怎样的策略或寓意？在此我只是想表明，从某种意义上讲，维特根斯坦是一位极其讲究修辞的"反修辞"艺术大师。他的这种策略确保了必不可少的空间，与斯宾诺莎半透明的隐姓埋名形成鲜明对比。他传奇般的行为之中是否可能有一点维也纳绅士架子（Schmockerei）的意思？在激发天分的敏感性中，易受伤害的（可到底是受什么的伤害？）真诚与戏剧表演，真实与面具可能会变得难解难分。如同夏尔对赫拉克利特的评价一样，斯坦利·卡维尔（Stanley Cavell）将维特根斯坦描述成"带来清晰的晦涩"。反过来讲也许是成立的：这种简明的简单，对雄辩式表达的克制导致了隐晦。维特根斯坦晚年的那张肖像照既是骇人的揭示，也是遮掩。当他为拍照摆姿势时，他是在故作姿态吗？

如果真的存在关联的话，维特根斯坦的这种模糊又是如何同他的论述，同他那重要的"语言游戏"（这本身就是一个富于暗示性的标题）的概念联系起来的？

维特根斯坦的文学爱好都是有案可查的。他声称《卡拉马佐夫兄弟》里的每一个句子他都读过"五十遍"[1]。他一直

1　参见《维特根斯坦谈话录，1949—1951》，鲍斯玛（Bouwsma）著。

带在身边的是托尔斯泰的教义问答入门读物《福音书概要》（*Gospel in Brief*），以及小说《哈吉穆拉特》（*Hadji Murad*）和《两位老人》（*Two Old Men*）。他很喜欢戈特弗里德·凯勒的小说和莫里克[1]的抒情诗。紧随托尔斯泰之后，维特根斯坦有一个古怪的扭转，那就是对莎士比亚的不以为然（我已经在别处详细讨论过这个问题[2]）。托尔斯泰认为，莎士比亚的戏剧缺少公开的道德坐标，缺少他在C. F. 迈耶[3]和路德维希·乌兰特[4]的诗歌中发现的那种明确的道德原则。即使是《李尔王》这一公认的大师之作，他也对其情节之荒谬感到愤怒。维特根斯坦呼应了这种反对，且走得更远，他认为莎士比亚的崇高地位是一种文化上的媚俗所致，是平庸的、未经审视的共识。莎士比亚没有贝多芬那样"伟大的心灵"、真实的人性。他精湛的文字技巧、杰出的语言展示总是缺少成熟的内容。

维特根斯坦所在的维也纳热衷于莎士比亚戏剧的翻译与表演，基于这一点，他那近乎荒谬的指责便显得尤为引人注目。只有那种从根本上不属于英语的感知力，才会持有并表达出这样的观念。就我所知，这一关键问题至今还没有得到关注。当我们阅读英文版的维特根斯坦，当我们倾听他的

1　爱德华·莫里克（Eduard Mörike，1804—1875），德国浪漫主义诗人、小说家。他的很多抒情诗作都被谱曲传唱。

2　参见《斯坦纳回忆录》第三章第43页，李根芳译，浙江大学出版社，2012。

3　C. F. 迈耶（C. F. Meyer，1825—1898），瑞士籍德语诗人、历史小说家。

4　路德维希·乌兰德（Ludwig Uhland，1787—1862），德国浪漫主义诗人、文献学家。

口授和访谈录时，我们事实上是把自己交付给了译文，不管它们有多权威。从某种核心层面上讲，英语对维特根斯坦而言仍是陌生的。他因而总是一再回到音乐的普遍性表达之中。他和华莱士·史蒂文斯一样明白"我们都是语言的产物"。而从根本上讲，这种语言指的是德语，它的理想是诗歌（Dichtung）的理想。维特根斯坦也许确实是"一位具备纯粹的认知能力的诗人"，不过，这种诗放在德国文学晚期浪漫主义和早期现代主义的结构、遗产和风格变动中，都不会格格不入。对于一个在康德之后宣称伦理学等同于美学的人来说，这一点尤为重要。

关于《逻辑哲学论》（最初名为*Logisch-Philosophische Abhandlung*[1]）的诞生和史前史，已经有了详尽的研究。它那曲折的出版经历全都记录在案：在这个被懊恼的维特根斯坦称为"可鄙的世界"里，它先是遭到不同出版商接二连三地退稿，最后虽然得以发表在威廉·奥斯特瓦尔德[2]的《自然哲学年鉴》上，却因其糟糕的校对质量而遭到歪曲[3]。C. K. 奥格登

1　即德语"逻辑哲学论"，1921年出版时采用。后来改为拉丁语标题*Tractatus Logico-Philosophicus*，以示对斯宾诺莎的《神学政治论》（*Tractatus Theologico-Politicus*）的敬意。

2　威廉·奥斯特瓦尔德（Wilhelm Ostwald，1853—1932），德国籍物理化学家，1909年诺贝尔化学奖得主。他也是出色的教材作者和学术组织者，创立过多种期刊，《自然哲学年鉴》（*Annalen der Naturphilosophie*）是其中的一种。

3　奥斯特瓦尔德对《逻辑哲学论》兴趣不大，出于对罗素的尊重才决定出版此书。他在未作校对的前提下直接按打字稿印刷出来，结果导致了不少误印。参见瑞·蒙克《维特根斯坦传》，王宇光译，浙江大学出版社，第205页。

与F. P.拉姆齐一起将它译成英文的过程仍有些模糊。同样不能完全确定的是，最后采用的标题（它和书内的命题编号一样呼应着斯宾诺莎）是否是G. E.摩尔建议的。不管怎样，这是一次灵感突发的意外收获，为该书增加了权威的、不合时宜而又超越时代的陌生感光环。毫无疑问，《逻辑哲学论》受到了利希滕贝格格言的影响。J. P.斯特恩[1]发现"二者的语调有相似性，维特根斯坦和利希滕贝格一样诉诸口语体，诉诸自然科学方面的例证，以及将简短的从句并列，但又用指导思想将它们牢固而有力地结合在一起"；其他人则将《逻辑哲学论》的"切分式散文"（C. D.柏若德[2]语）与尼采《查拉图斯特拉如是说》中格言写作的技巧联系起来。但它与这两则先例的相似性有可能被夸大了。人们总是去寻找那些可能的相似性。有人已经根据《逻辑哲学论》中的短句创作出了诗歌和音乐，而这本书本身就可以类比于维特根斯坦钦佩和改造过的那些极简主义现代建筑作品；保罗·克利[3]的图示逻辑和严谨的结构主义也被拿来与《逻辑哲学论》做比较；而我总是在《逻辑哲学论》中听到某种韦伯恩[4]式急迫的稀薄

---

1 J. P.斯特恩（J. P. Stern, 1920—1991），捷克犹太人，德语文学批评家。

2 C. D.柏若德（C. D. Broad, 1887—1971），英国哲学家，研究领域涉及认识论、科学哲学和伦理学等多个领域。

3 保罗·克利（Paul Klee, 1879—1940），德国籍画家，其画风有独特的超现实主义、立体主义和表现主义风格。

4 安东·冯·韦伯恩（Anton von Webern, 1883—1945），奥地利作曲家，师从勋伯格，创作了大量无调性音乐，作品以简洁、短小著称。

感。但这些不过是简单的参照。就像安斯康姆[1]所描述的那样，这件"伟大的艺术作品"，这种"蒙面"的印象，本质上仍然是自成一家的。不管是在哲学还是在文学中，都没有和它十分相像的作品。从一开始，从被称为《逻辑哲学论初稿》（*Prototractatus*）的铅笔手稿开始，它那富含信息的"内景"——霍普金斯[2]也许会这么说——就是具有决定性意义的。正如在塞尚粗略的素描之中，其魅力事实上已经以一种有形的强度呈现出来。

很难确定哪些修辞手法在《逻辑哲学论》中起了作用，它们可能是神谕性的，指代式的，也可能对自己的断言形成解构。除了德尔斐神谕，还有什么形容适用于这一整套命题？例如那个著名的开头："1. Die Welt ist alles, was der Fall ist"（世界是所有实际的情况）——英译"all that is the case"便忽略了原文"der Fall"[3]一词内在的神学含义。还有什么比命题5.552中的这句话更富格言属性："逻辑先于每一种经验——即某物是如此这般的"？这句也一样："没有特殊的数"[4]（去问黎曼或拉马努金！）。维特根斯坦的论述常常令整个体系变得既清晰又有所遮掩（verkleidet），比如4.112的这句

---

1 G. E. M. 安斯康姆（G. E. M. Anscombe，1919—2001），英国分析哲学家，师从维特根斯坦。

2 霍普金斯（Jim Hopkins，1946— ），英国伦敦国王学院哲学荣誉教授，出版有多本维特根斯坦的专著。

3 德语的"Fall"既有"情况"之意，也有基督教的"人类的堕落"（The fall of man）之意。

4 见《逻辑哲学论》5.553。

论断："哲学不是理论而是活动。"或是5.1361对神谕的否定："我们不能从当前的事情推断将来的事情。"命令式规则有着令人敬畏的深沉："我的语言的界限意味着我的世界的界限。"（5.6，那么聋哑人过的是什么样的生活呢？）"在逻辑中不能存在任何令人惊奇的事情"（6.1251，维特根斯坦读过《爱丽丝漫游仙境》吗？）感受一下这种预言的终局性："伦理学是先验的。（伦理学与美学是同一个东西。）"——其中"先验的"充当了一声模糊的雷鸣。在维特根斯坦的先导莱布尼茨笔下，也没有什么观点能比这样的论断来得更专横："上帝不在世界之内显露自身。"（6.432）"神秘之事不是世界是如何的，而是如下之点：它存在。"（6.44）断言的轨迹在命题7[1]——如果真有神圣的数字的话，7便是一个（《逻辑哲学论》有它自己的数字占卜术）——这一关于沉默的极为著名的终极训诫之中达到顶点。这些命题、命令、定义、禁令如同一些有关十诫的诗歌被刻在石头上，它们是超越上诉审判的。维特根斯坦告诉摩尔和罗素，《逻辑哲学论》中有许多东西是他们永远也理解不了的。他这是什么意思呢？

为了说明《逻辑哲学论》的指代式结构和水下逆流，人们几乎会想要引用它的全部论述。十进制的编号也是一种引人注目的手法，它标示了"能组合成一个整体的加工和抛光

1　即《逻辑哲学论》的最后一个命题：对于不可说的东西，我们必须保持沉默。

过的积木上的巨大数字"（安斯康姆语）。在某些点上（如4.011至4.024论命题，5.01至5.1论真值函项），水流是重复和累积式的。读者（听众）在此体验到一种朝向持续音（pedal point）的格言与论证之脉动。这种效果是如此强大，以至于它能够征用顺序构造内的间隙与沉默——这是维特根斯坦的技巧。6.43中对《安娜·卡列尼娜》的呼应[1]可以说触发了诸命题的巨大拱顶，这些命题论述的是死亡与世界、不可言说之物和接近该书尾声的"神秘的"范畴。极其简短的句子与稍长一些的、微妙的非正式断言和插入语交替出现。这种具有文学、诗歌特质的组合式节奏，使得《逻辑哲学论》更接近布莱克的《地狱的箴言》和兰波的《彩图集》，而非其他任何正式的哲学文本。

第三种主要的自负几乎无需强调。它是一种自我讽刺的斯多葛主义，一种孤僻——查拉图斯特拉也许是这种孤僻的典范。维特根斯坦在序言中声明，只有那些已经持有相同或相似想法的人才能理解这部作品。在书的结尾处，他声称一个真正的读者会超越这些命题，并认识到它们是"无意义的"[2]。此处有一个著名的比喻：在登上高处之后，读者要扔掉

---

1 6.43中有一句"幸福者的世界不同于不幸者的世界"，与《安娜·卡列尼娜》开篇那句"幸福的家庭都是相似的，不幸的家庭各有各的不幸"遥相呼应。

2 见《逻辑哲学论》6.54。

梯子。他告诫菲克尔[1]和其他同代人说，《逻辑哲学论》中有价值的是那没有写出的部分。1925年7月，一名维也纳小组的成员想要一本《逻辑哲学论》，维特根斯坦回复他说，他手上一本也没有。这真是精彩至极的印度绳子戏法[2]。

口授在西方哲学史中扮演的角色几乎从未被考察过，同样被忽略的还有听课笔记或回忆这种二手形式的传播。我们已经在柏拉图的若干对话录中看到，这些形式是如何巧妙地展现出来的。有学者认为，要理解像亚里士多德《诗学》这样的重要文本，我们得把它看成学园讲堂里的学生或听众记下的笔记才行。由于视力下降，尼采不得不口授了很多作品。黑格尔在柏林的许多讲义也都是以间接的形式流传下来的。口授可以保存即时性，保存演讲者声音的个人音区，但它也可能风格化因而掩盖掉那至为关键的犹疑过程、对确定的悬置和（符合书面形式的）简洁。这在柯勒律治那里很重要。如果我们对毕达哥拉斯的学校里或普罗提诺的讨论会上的口授有更多的了解，那该多好。

1933年至1934年间，维特根斯坦在剑桥大学的课堂上口授了所谓"蓝皮书"。而在1934年至1935年的课堂上，他又

1　路德维希·冯·菲克尔（Ludwig von Ficker, 1880—1967），德国作家、出版商。维特根斯坦曾委托他救济诗人特拉克尔。此处的说法即出自维特根斯坦写给菲克尔的信。

2　一种源自印度现已失传的古老魔术。据记载，其表演形式主要是扔出绳子，绳子即竖立不动，表演者攀升而上，消失在绳子的顶端。

向两个学生口授了"褐皮书"。他认为"蓝皮书"不过是一系列笔记，而"褐皮书"则有可能是一部未完成之作（即后来的《哲学研究》）的初稿。使事情变得更加复杂的是，维特根斯坦考虑写作一个德语版本。当他用经常令他感到吃力的英语口授时，他其实是在内心把德语翻译成英语。他那反讽的、自我贬低的口吻再一次出现了。他告诉罗素他口授那些笔记"给我的学生，这样他们就能带点东西回家了，即使这些东西不在他们的脑子里，至少也在他们手上"。有趣的是，维特根斯坦还在口授中反思了双语或跨语言论证的过程：

> 假定我有这样一个习惯，即在每次大声说出一个德语句子时，又在心里对自己说出一个英语句子。如果你根据某种理由把那个没有说出的句子称为那个已说出的句子的意义，那么与说话过程相伴的表意过程就是它本身可以被翻译为外在符号的过程。或者，在我们大声说出任何一个句子之前，我们以旁白的形式对自己说出它的意义（不论这意义是什么）……对此，舞台上的"旁白"是一个典型的例子。[1]

然而，正是通过维特根斯坦口授中多层次语义方法的间

1　涂纪亮译，有改动。

接性，我们才得以洞察他那最富影响力的通行观念：

　　如果我们对某个人生气，因为他得了感冒却还在冷天里外出，那我们有时会说："反正我感觉不到你的感冒。"这可能是指："当你患感冒时，受罪的不是我。"这是一个经验教给我们的命题。因为，我们可以想象一下，比如说，两个身体以无线的方式连接到一起，这使得当一个人把他的头暴露在冷风中时，另一个人能感觉到疼痛。在这种情况下，人们也许会争论说，这种疼痛是我的，因为它是在我的头上被感觉到的；但是，假定我和某人拥有某个共同的身体部位，比方说一只手。假设通过手术，我和A的胳膊中的神经与腱跟这只共有的手连接到一起。现在，想象一下这只手被黄蜂叮了一下。我们两个人都喊叫起来，脸都变了形，对这种疼痛作出了相同的描述，等等。那么此时我们应当说，我们有着相同的疼痛还是不同的疼痛？……当然，如果我们把"我感到他的牙痛"这样的句子排除于我们的语言之外，那么我们自然也把"我患（或感到）我的牙痛"这样的句子给排除出去了。我们的形而上学陈述的另一种形式是："一个人的感觉材料只属于他自己。"这种表达方式甚至更具误导性，因为它看起来仍更像是一个经验命题；说这句话的哲学家很可能认为他在表达一种科学真理。

对一个受苦的对话者说"我感觉不到你的感冒",很有点超现实主义或巴斯特·基顿式闹剧的意味。请留意"形而上学"是如何从这样一个看似寻常的语境中忽然迸发出来的。维特根斯坦的思想实验有意做到平易近人,而哲学意蕴则常常是超验的。对主流认识论的摒弃是在不经意间流露出来的。正如"褐皮书"所言:"有一种普遍存在的思维疾病:我们总是在寻找(并找到)一种被称为心灵状态的东西,而人的所有行为都源自这样一个蓄水池。"最基本的东西和理解起来最费力的东西,在经常被掩盖的模式中交替出现。这样的一句表达便猛烈地敞开了大门:"在很多情况下,我们所说的'理解一个句子'与理解一个音乐主题极其相似,这种相似性远远大于我们倾向于去认定的程度。"

《哲学研究》魅力四射。它催生出各种二手文献:奉承的、辩驳的、技术性的、洛可可式的(比如斯坦利·卡维尔的解读)。这些文献构成了一种相册,来回遍览由维特根斯坦本人提出的景观、对比。各种各样的切入角度都是可行的。这类研究的背后盘旋着斯宾格勒的提示:宏大的系统或史诗已经失效,我们至多只能寄希望于富有观察力的描绘或快照。但是表面不等同于肤浅。我们所拥有的只是"达到某一高度的散文"。而正如托马斯·伯恩哈德所坚称的,《哲学研究》中起作用的智慧"完完全全是诗意的"。那些刚好够不着的诗歌对维特根斯坦的诱惑和压力显而易见,就像音乐给叔本华带来压力一样。

尽管《哲学研究》拒绝任何"私人语言"的概念，但它依然可以被视为一本日记中的日记，它所依据的笔记和私人备忘录使这种印象得到强化。作为对《逻辑哲学论》的呼应，维特根斯坦再次预设了限制条件："不能被写出来的东西是写不出来的。"但规定又被讽刺性让步削弱："我的头脑经常对我的手正在写的东西一无所知。"[1]这里的表达可能与时代背景和感受风气有关。《哲学研究》成书期间，安德烈·布勒东等人正在进行一些"自动"写作的实验，这些实验常常与格特鲁德·斯泰因的重复式叙事相似，它们都属于不保证任何外在时序性的意识模式。维特根斯坦是弗洛伊德和柏格森的同代人。他断言，回家是必须的，即使航行的方向已被误导或弄错。他的最后一次学术活动便将他带到了伊萨卡[2]：纽约州的康奈尔大学。

几乎是非法地——为什么阅读《哲学研究》总是有窃听的感觉？——人们会留意到那些可能意料之外的来源和潜意识的暗示。没有什么明显的理由，命题44引用了歌剧《尼伯龙根的指环》中齐格弗里德最残酷的咏叹调。在命题79展开论述的部分里，对"知道"与"说出"之区别的分析，似乎

1　这句话出自《文化与价值》中1931年的笔记。

2　伊萨卡（Ithaca）既是位于希腊西部的岛屿，荷马史诗的主人公奥德修斯的故乡，也是美国纽约州的城市，即康奈尔大学的所在地。

反映出弗洛伊德对摩西的思考。命题89中，维特根斯坦罕见地使用了一个表述形容词："在什么程度上逻辑是某种崇高的东西"，并再次提及圣奥古斯丁。命题97中的发现是抒情的："思想为光环所环绕"（mit einem Nimbus umgeben）。逻辑代表着先于一切经验的"世界的先天秩序"，它必须如水晶般纯净。但这里的晶体（Kristall）并不是抽象的，它是"某种具体的东西，同时也最坚硬"。力图抓住"语言无可比拟的存在"（海德格尔是不是就走在一条类似的道路上？）时，我们忘记了"经验""世界""语言"这些词本身，既然说到底它们可以被使用，那么它们一定有像"桌子""灯""门"这些词一样平实的用途。不过我们越是仔细地去考察实际的语言，它与水晶般的逻辑的理想之间的冲突就越明显（命题107）。这种冲突有变得令人无法忍受的危险。我们在冰面上滑动，如果想要前行的话，我们必须要有摩擦力。"回到粗糙的地面上吧！"——这很接近胡塞尔。

《哲学研究》的第二部分没有编号，开头说的是动物能不能希望的问题。是不是只有那些能说话的存在才能去希望？言语和神态之间有着怎样的关联？恐惧也可以用"微笑的语气"表达出来。请留意命题514和515中的论述的贴切与美感。

当我说"玫瑰在黑暗中也是红色的"，红色就真的会在你眼前成形（förmlich）。

两幅黑暗中玫瑰的图画。一幅是全黑的，因为玫瑰是看不见的；另一幅把玫瑰的细节都画了出来，由黑色包围着。是不是有一幅画对了，另一幅画错了？难道我们不是也谈论黑暗中的白玫瑰和黑暗中的红玫瑰吗？难道我们不是也说它们在黑暗中是无法区分开来的吗？

这段话布莱克会侧耳倾听。

《哲学研究》在很多方面都欢迎人们做这样的猜测，即在这些论述的"背后"或字里行间蕴藏着另一个文本。那个文本之中的形式逻辑会照亮日常语言。它虽无法触及，但它沉默的在场具有伦理意涵。它预示了谬误会立即变得可见并且荒谬的情况。斯威夫特那永远都讲真话的马的寓言，便阐释了这种有特权的重言式。就人类这种动物而言，如此完美的真实性可能是，也可能不是为死亡保留的。就像许多经久不衰的诗歌一样，《哲学研究》也萦绕着死亡。在1916年7月的日记里，维特根斯坦想到陀思妥耶夫斯基并写道："一个人可以这样地生活，以至于人生不再成问题吗？一个人可以生活在永恒之中，而非时间之中吗？"[1]借由多种离题的方式，这个问题很可能在《哲学研究》中得到了澄清，如果说没有得到

---

1 参见《战时笔记》。

解决的话。尽管表达方式呈现出碎片化的"陌生感"，但这种澄清确实将《哲学研究》放入了道德和形而上学的确定谱系之中。不过正如我们已经看到的，维特根斯坦感觉他的学说应该用诗歌来表达。

那就让我们来看看两首表达思想的诗吧。

黑格尔大量论述了文学、文学史、诗歌理论和戏剧类型。他一直都对悲剧感兴趣。他那些建设性的、有争议的结论意义深远。克罗齐、卢卡奇和萨特的许多美学思想都来源于黑格尔。但是在黑格尔分析和论证的元素之中，几乎没有任何个人的抒情冲动。他的声音是平淡的（prosaic）——就这个词最好的意义来讲。不过有一个例外，1796年8月，黑格尔给荷尔德林写了一首颂歌。

从黑格尔和荷尔德林在图宾根求学开始，两人关系的方方面面都有着详尽记录和阐释。哲学家与诗人的这次相遇，得到了后来海德格尔与保罗·策兰关系中的某些因素的呼应。人们在20世纪开始发现，荷尔德林的作品——他的诗歌、书信、理论思考，尤其是对恩培多克勒和索福克勒斯的研究——有着不同寻常的哲学煽动力和独创性。荷尔德林对古希腊有着富于青春活力的理解，他有计划地吸取了赫拉克利特的"唯一"，他本能地转向巴门尼德那思想即存在的等式。他的这些观念是在与年轻黑格尔的密切交流之中形成并得到支持的。确实存在一个纲领性理论文本，学者们将其归于荷尔德林或黑格尔这两个狂热者之一。思想成熟后的黑格尔具有不妥协的理性原则，而且他的历史决定论和政治理论表现出了对异教希腊的（部分）偏离，这很可能正反映出黑格尔在未被承认的内心深处，无法接受荷尔德林陷入精神错乱这一事实。在对荷尔德林的亲近与称赏中，黑格尔投入了太多的情感和智识。海德格尔与策兰的交往再次与之形成对照。

厄琉息斯秘仪[1]是西方艺术和诗歌中一再出现的主题。我们对这些秘密仪式所知甚少，只知道它们指向一个过渡仪式，秘仪参与者们由此进入以得墨忒耳为象征的冥界幻象之中。这一死亡的形象可以引发对复活的模仿，即季节轮回（土地在经历冬天的荒芜后重新变得肥沃）所喻示的重生。在黑格尔颂歌[2]的直接语境之中，有一种共同沉浸于诗歌–形而上学启示之神秘的感觉，这种共同的沉浸感也唤起了自由主义者的希望，即卢梭宣称的人类亲如一家的理想。此外还有1796年法国大革命中的狂热与悲剧。

颂歌中对夜晚（即自由和沉思的守护者）的召唤是传统浪漫主义式的。而蒙着面纱的月光、湖泊和山丘这些景色描

---

1 一个古希腊秘密教派的年度入会仪式，起源于雅典西北部的厄琉息斯（Eleusis），一直留存至古罗马。该教派崇拜地母神得墨忒耳及其女儿冥后珀耳塞福涅。秘仪的崇拜内容和仪式过程处于严格的保密之中，引发了后人无数的猜测与想象。

2 即上文提到的黑格尔写给荷尔德林的颂歌，诗中有对得墨忒耳的赞颂以及对厄琉息斯秘仪的暗示。见《黑格尔通信百封》，苗力田编译，中国人民大学出版社，2015年，第15页。

写也和《新爱洛依丝》中的十分相似。他珍爱的友人的身影带来了热切的希望：他们将重聚，纽带将变得牢固。不过这一幻象消失了，私下的亲密关系并不带来保证。接下来，与荷尔德林和谢林一道，黑格尔屈服于，甚至拥抱了普遍和谐的公理，即前苏格拉底时期的"万物即一"（en kai pan）[1]——这是他们在图宾根用来表达狂喜之希望的格言。一个奇怪的阿提卡化的斯宾诺莎就此出现。要是通往厄琉息斯神殿的大门忽然敞开该有多好。沉醉于狂喜——"狂热的沉醉"（Begeisterung trunken）这一说法直接来自席勒——这个追随者现在可以参加神圣的重生仪式了。

接下来便是典型的哀悼，关于本体论丧失——从荷尔德林的时代到尼采、斯宾格勒、海德格尔的时代，这一主题一直激发着德国诗歌与哲学——的哀歌：众神退回到奥林匹斯山，抛弃了渎神的（entweihte）人类的坟墓。纯洁的天使也从这儿离开。祭司的智慧也陷入了沉默。对终极理解的追寻是枉然的，"挖掘语言"（一个有趣的画面）的尝试也是徒劳的。再往下黑格尔的措辞就开始变得模糊不清了，文本之下也许是私人的，"加密过的"影射。不过处于主导地位的主题还是引人入胜的。概念思维不再满足灵魂的需求，也不再包含对无限的暗示。即使用天使的语言来说话，他也会体验到

1　此为意译，也有人按原文译作"一和一切"，见赫拉克利特残篇10和50。

不可避免的语言贫乏。他现在很担忧，不充分的言辞会给原本被直觉感受为包罗万象的神圣性带来贫乏和平庸的堕落。几乎和《逻辑哲学论》的结尾一样，在这里，拯救的必要条件也是沉默。在神秘之夜瞥见和体验到的一切不能有半点泄露，以免市场上的智术师将这神圣的启示制成花哨的玩物。对被选中的人而言，神性留存于他们的行动而非言语之中。在失落的黑暗里，黑格尔依然能够领会女神。她是未被指明之行为（Taten）的精神。尽管其他一切都在消退，但她无言的在场将会长存。在这首颂歌之中，是不是已有某种预先的警告，它在暗示荷尔德林会因为他那过于热烈和生动的抒情狂喜而招致危险？

学者中的学者、接受过数学训练且本性偏爱数学的格尔肖姆·肖勒姆，也写过诗。这些诗有的极为严肃，更多的则带有随性、幽默和日常的味道。诗经常出现在他丰富的通信里。在20世纪的道德和思想史上，他和瓦尔特·本雅明的通信是最为集中、最具启发性的对话之一。他们对卡夫卡的评论成形于20世纪30年代早期的通信中，关于卡夫卡，再也没有比这更精辟的评语了。他们的亲密友谊——肖勒姆对本雅明批判之天分的评价，本雅明对肖勒姆犹太教研究之造诣的认可——可以追溯到"一战"前夕。后来两人的交流呈现出紧张，甚至激烈的基调。本雅明的马克思主义和共产主义思想激怒了肖勒姆，在后者看来，这是对"他这个神职人员的背叛"。本雅明对布莱希特的忠诚也让肖勒姆嗤之以鼻。尽管本雅明一再表示有意移民巴勒斯坦，但在还来得及动身之前，他又不愿意这么做。肖勒姆对此也感到很气愤，因为他已经完全看清了横亘在欧洲犹太人眼前的是什么；而在本雅明方面，他认为肖勒姆没有公正地评估那些难民在末日气氛日益浓厚的欧洲所遭受的心理折磨、物质贫困和非法诱捕。两人的通信终止于1940年2月。本雅明的自杀并不让肖勒姆感到意外，却将他留在了无可挽回的丧失之中。

本雅明买下了保罗·克利的《新天使》，一幅带有透明水彩画风格的油画。它那引起幻觉的力量、寓言的暴力和解读的难度，成了本雅明自己多面向研究的象征。画中那个被历史的黑色风暴吹打的天使，直接启发了本雅明写于1939年至1940年间的最后的杰作《历史形而上学论纲》。在他死后，这一令人着迷、护身符般的画作传到了肖勒姆的手中。他的回忆录《瓦尔特·本雅明和他的天使》（*Walter Benjamin und sein Engel*）便由此生发。

肖勒姆的七首四行诗《天使的问候》（"Gruß vom Angelus"）写于1921年，是作为生日礼物送给本雅明的。这组诗在很多方面都同克利的那幅画一样令人费解。"我是一个天使人（ein Engelsmann）"，这或许是肖勒姆在研究神秘和玄奥的著作时所发现的那些既神圣又邪恶的杂交主体之一。早在1913年12月，年轻的肖勒姆就在日记里写道："我的身上潜藏着一个危险的天使，它总是一脸轻蔑，它鞭策我穿过刻在我生命深处的寂静山谷。谁也猜不到，如果没有这个天使，我的生活会变成什么样子。对我而言，它既是命运和灾厄，也是严厉的主人和刺激。"尽管他有德性，但人是无法引起这位天使的关心或兴趣的。"我站在超自然的庇护之下／不需要任何脸庞"（而事实上克利给它画了一张疯狂的符号化的脸）。天使来自一个和谐、深刻而清晰的世界，只是在我们的世界里，它的融贯性看上去才令人惊叹。城市对被派遣来的天使人（就像《以西结书》或《启示录》里记载的一样？）不予理睬。天使很乐意返回他真正的领地，因为即使他在人类之城待到世界末日，他也没有什么机会。他知道他应该宣布什么，应该传递什么信息"以及许多其他的事情"。"我不是谁的象征／我意味着我是什么"。你转动那个"魔法戒指"是徒劳的："我没有任何意义。"（Ich habe keinen Sinn.）这里，解释变得既艰难又迫切。就像从"燃烧的荆棘"中发声一样，上帝显形后托付给他的使者一句完美的重言式，"不要试图把我象征化或寓言化"："我就是我。"不要用翻译或把某种意义归于我来贬低我。也许就像在音乐中，丰富的意味并不呈现为任何明确或可译的"涵义"。肖勒姆沉浸在神秘主义的悖论里，这一点至关重要，可类比于同期发生的海德格尔的沉思，后者思考的是存有（Seyn）不可通约的自主性以及对表达的抵制。几年后，本雅明"以毫不减弱的钦佩之情"重读了这首诗，

"我把这首诗放在我所知道的最好的那一类诗之中"。

"神秘"是《厄琉息斯》《天使的问候》这两首诗的核心。它们都将复杂的形而上学活动转变为诗歌形式的直接性。在黑格尔致荷尔德林和肖勒姆致本雅明的颂歌之中，思想之诗和诗之思想融合在一起。而两位受赠者的悲惨命运，使得这一融合变得更有说服力了。

贝内代托·克罗齐与黑格尔的对话一度长期存在。黑格尔坚信人类意识的哲学与历史理论必须包含美学，而这一点正是克罗齐威严的长篇大论的核心。它催生出克罗齐对世界名著、意大利作家、地区性（主要是那不勒斯的）文本和文学运动及其时代的评论。这是一个为历史的、地域的、语言的材料作出定义的无所不包的诗学体系。

克罗齐的《阿里奥斯托、莎士比亚和高乃依》（1920）区分了对艺术作品的直觉或审美理解与批判性、历史性判断的智识基础。"为艺术而艺术"的进路总不令人满意。阿里奥斯托认为"骑士精神的世界已经瓦解"，歌德称之为"高见"，我们应该如何定位这一观点？克罗齐对《疯狂的奥兰多》的解读聚焦于阿里奥斯托对诗歌本身的热爱，而这种激情反过来也是色情的。这一关注本质上是反理论的，它的典范是哈耳摩尼亚女神[1]。克罗齐也承认，用任何规范性哲学话语来确认这种不断变化的感受模式是可笑的。魅力不是用来理解的。阿里奥斯托的人文主义与同代人（他们学识渊博，崇尚古典风格）的不同。克罗齐瞄准的是"作为思想之化身的艺术"（黑格尔的口气）。哈耳摩尼亚本身与概念的关系就是辩证的。谢林和叔本华都声称音乐最独特的能力在于体现"宇宙真正的韵律"，而克罗齐则将这一力量归于阿里奥斯托的语言。

尽管语文学的探索、史源研究是可行的，但它们并不能带出整体文化的母体、周边的艺术活动、思想与政治的环境。正是这些将诗人的感觉（sentimenti）组织了起来。阿里奥斯托的政治观念关乎"私人道德"。他那知名的讽刺技巧既颠覆也提升了叙事丰富的个异性。他对八行诗（octave）的使用，使得平衡和"永恒的辩证、韵律与和谐"成为可能。即使在表现奥兰多的狂热时，它们想要缓解的也是其典型性而非个体性。

我们该如何阅读阿里奥斯托（这在克罗齐的时代已经是少数人的业余爱好）？必须留意一种诡计，它的本质常常相同，但总会以新的形式出现。这种魔法"完全相同，但外表千变万化"。卢多维科·阿里奥斯托不是演说家，他让我们参与"对话"（爱聊天的诗人［conversevole poeta］）。而聊天是

1　哈耳摩尼亚（l'Armonia）是希腊神话中代表和谐和协调的女神。

意大利人用来表达强烈情感的方式（对照乔尔乔内的绘画）。

　　是什么吸引克罗齐去关注高乃依那庄重的修辞和政治力量呢？将高乃依和莎士比亚或拉辛相提并论是错误的，尽管这是教科书式做法。高乃依的理想近乎尼采的"权力意志"，即由自省的清醒带来的、可以忍受和克服灾难的意欲之力量（an energia di volere）。继威廉·施莱格尔之后，克罗齐也着迷于高乃依对马基雅维利主义的洞见。高乃依的文风是塔西佗式的，政治立场则接近文艺复兴后期的守法主义者。他的政治悲剧中的严苛人物建基于复杂的人性（complessa umanità），并体现出"北方人的力量"[1]。不过他的喜剧，尤其是与莫里哀合写的《普绪喀》（*Psyché*），表明他是可以选择其他形式来创作的。于是便有一种"混合的"风味，即反复出现的悲喜剧的暗示。而最终取胜靠的还是诗歌及其对生命力（sforzo vitale）的提升程度（克罗齐一定读过柏格森）。克罗齐将"构想"（design）和"画面"（image），结构的逻辑与描绘区分开来。高乃依的戏剧里最能引起共鸣的是那些关于死亡的表达，这些措辞让主人公变得不朽，"以雕像的方式塑造他自己的形象"。和当时几乎所有批评家不同，克罗齐称赞了高乃依晚期的戏剧。他在《皮勒歇利》（*Pulchérie*）里发现了"慷慨激昂之歌"，它是一种体现了高乃依之伟大的"既

1　高乃依是外省人，老家在法国北部城市鲁昂，故有此说。

个性化又有实质内容的真正的抒情风格"。如果说有单调的地方，那是因为一种"严肃的灵感只能有少数几种形式"。

克罗齐的《诗与非诗》(*Poesia e Non Poesia*)则尝试用一般诗学来分析具体的作品。正如康德对判断之可能性的规定，他把诗歌批评定义为"对批评的批评"。他分析道，阿尔菲耶里[1]"疯狂地憎恨专制主义"，而这种猛烈抨击的力量使他对自己戏剧中的暴君和"超人"的铁的意志产生了悖论式认同。这便是他的大师之作《扫罗》(*Saul*)的魅力。和塞涅卡的作品一样，阿尔菲耶里的悲剧原本就是写来供人阅读的。然而——克罗齐在此呼应了叔本华的观点——席勒却不过是一个"凝固的阿尔菲耶里"。席勒真正的优点是艺术地再现了康德的审美教育，并使其富于人性。他最好的诗歌都是教谕式的。

在评论克莱斯特[2]时，克罗齐宣布了他自己的信条：伟大文学的愉悦来自对"激烈的不安情绪"的超越，只有这种能力可以实现"沉思的宁静"——华兹华斯称之为"在平静中回想起来的情感"。歇斯底里和梦游般的暴力损害了克莱斯特杰出的天赋。他的中篇小说"怪异、奇特、可怕"，并非真正的悲剧。他的戏剧《安菲特律翁》(*Amphytrion*)则屈服于粗

---

1 阿尔菲耶里（Vittorio Alfieri, 1749—1803），意大利剧作家和诗人，被誉为意大利悲剧的奠基人。

2 克莱斯特（Heinrich von Kleist, 1777—1811），德国诗人、戏剧家、小说家。曾醉心于康德哲学，后自杀身亡。其作品在19世纪末重新得到批评家的关注与肯定。

俗的色情。克罗齐赞同歌德和黑格尔的苛评，也认为克莱斯特的力量是二流的。他的自杀是明证。

即使远不及卢卡奇对沃尔特·司各特的解读（这些评论本身也受到黑格尔关于非韵文和历史理论的启发），克罗齐对司汤达的评论也富有启发性。不同寻常的是，他不同意圣伯夫[1]的观点，后者是长久以来的范式。克罗齐欣喜于司汤达笔下的意大利那"狂想的风味"，看出了它与卡萨诺瓦的记述的相似性。司汤达的理想兼具"讽刺和堂吉诃德式"特性。通过将自己客观化，司汤达收获了"双重灵魂"。克罗齐敏锐地察觉到一种微妙的厌倦，正是这种精致的无聊（la sottile noia）限制了司汤达的英雄于连和法布利斯[2]的活力。20世纪40年代，克罗齐经常躲进文学里。他有着百科全书式阅读范围。他试图准确描述卡尔德隆戏剧的歌剧品质，及其与梅塔斯塔西奥[3]的剧本的相似点。他记下了两个"唐璜"的区别：蒂尔索·德·莫利纳[4]的唐璜有着"原始、平民主义"特征，莫扎特的唐璜则派头十足。而正是蒂尔索的浪子形象单一，才使随后的唐璜有各种各样变体，也得到了极大丰富和提升。

毫无疑问的是，克罗齐形成了"奥林匹斯般的"保守主义，

1　圣伯夫（Sainte-Beuve，1804—1869），法国文学批评家，将传记方式引入文学批评。

2　这两人分别是小说《红与黑》和《帕尔马修道院》的主人公。

3　梅塔斯塔西奥（Pietro Metastasio，1698—1782），意大利诗人、歌剧作家。

4　蒂尔·莫利纳（Tirso de Molina，1579—1648），西班牙戏剧家、诗人，他是最早将唐璜传说写进文学作品的作家。

并且反感现代性的来源。他谴责魏尔伦的自我放纵，他发现里尔克的地位被夸大了（他说这话时是1943年）：里尔克的诗歌缺少"男子气概"，他的精神活力不过是一种"直觉的力量"。在他对生与死的夸张召唤所引发的逻辑问题面前，里尔克表现出"智识上的无力"。他主张用艺术代替宗教，带来的却是《杜伊诺哀歌》中虚假的"抒情的解决方案"（soluzione lirica）。里尔克自己所过的是那种审美化的忧郁生活，诉诸朦胧和脆弱的哀婉。（有趣的是，在那个备受折磨的年代，克罗齐和海德格尔研究的文本有一些重合。）

　　1949年到1950年，克罗齐的沉思对象是马拉美——现代哲学家总是在这位诗人身上发现可以用来检验他们自己风格工具的石蕊试纸。马拉美的赫尔墨斯主义阻止他参与到人类存在的洪流之中，他的艺术被"一种病态的静止"捕获。克罗齐还比较了《牧神的午后》和彼得罗·本博[1]文艺复兴时期的《牧神》（Fauno）：在本博那坦率的感官性中，道德意识得以保留；而马拉美那个著名版本里展现的却是"病态的绝望"——"病态"一词成为克罗齐对现代主义文学先驱的虚弱唯美主义的简称。牧神特有的性欲在马拉美的笔下遭到了粗暴的限制，他那徒劳的欲望和失落的爱欲在任何一处都没有得到"可怕的卢克莱修式再现"。和里尔克一样，马拉美也是

1　彼得罗·本博（Pietro Bembo，1470—1547），意大利学者、诗人，他主张将薄伽丘和彼特拉克的托斯卡纳语作为意大利文学语言的典范，在意大利语发展史上起到了重要作用。

一个代表着颓废时代的崇拜对象。这隐含着克罗齐对邓南遮[1]不安的拒绝。

克罗齐的《反思理论》一文试图统一这些不同的发现。在同代人和更年轻的读者看来，它所传达的立场是极端保守的："诗歌的神圣"是荷马、但丁、莎士比亚和歌德的神圣；语言学既不是自然科学，也不是适用于诗歌之内在真理和现象学的方法；伪诗"折磨和侮辱了当代人"；浪漫主义蕴含了堕落的胚芽，尽管歌德和黑格尔进行了有益的抵抗；兰波的失败是"确定无疑的"；不同于翁加雷蒂的技艺，在"胡塞尔的不确定性"中不可能有真正的诗歌；在"二战"的"血淋淋的狂欢"之后，批评家（本质上阿诺德式）的任务就是要为文学艺术中的"真诚"伸张正义。克罗齐的哲学解释学建构最终以自我孤立和缺乏远见告终。并没有黑格尔的历史之终结，而只有一个无政府主义的、去人性的后记。

早在1927年，博尔赫斯就引用了克罗齐的观点："句子是不可拆分的……消解句子的语法范畴是加于现实之上的抽象概念"，意义必须以"神秘的一瞥"来领会。1936年，博尔赫斯在《家庭》（*El Hogar*）杂志上发表了一篇克罗齐的传记

1　邓南遮（Gabriele d'Annunzio, 1863—1938），意大利诗人、小说家、戏剧家。邓南遮在20世纪初的意大利政治中占有重要地位，他常被视作墨索里尼的先驱者，其思想和美学影响了意大利法西斯和希特勒，在政治上颇受争议。

短文[1]，当然这篇文章纯粹是博尔赫斯式的：在1883年的地震摧毁了克罗齐的家庭之后，他"决定思考宇宙，对于一个绝望的人而言，这是常用的办法"。他开始探索"哲学那井然有序的迷宫"（我们知道"迷宫"对博尔赫斯意味着什么）。在他三十三岁时（按照卡巴拉主义的说法，这是造物主用泥土做成的第一个人的岁数)，克罗齐在城市里游荡，感觉到所有形而上学问题的解决方案就在眼前。在第一次世界大战期间，克罗齐仍然做到了不偏不倚，他摒弃了"仇恨的有利可图的乐趣"。他和皮兰德娄（Pirandello）一样都属于"当代意大利少数几位重要作家之一"；1948年，博尔赫斯做过一系列关于但丁的讲座，提到《地狱》中乌戈利诺的段落时，他也引用了克罗齐[2]；之后，他指出克罗齐《美学》中论符号和寓言时用的是"水晶般的语言"；在谈到《侦探小说》（1978）[3]时，博尔赫斯认为克罗齐的美学以及他对类型小说的否定是"令人惊叹的"。

尽管与爱伦·坡、刘易斯·卡罗尔有一些关联，但博尔赫斯天分的性质可谓独树一帜。他的想象与世界相切，与时间、空间的传统维度相倾斜。那些因果定律和实在的表象，充满了各种可能性，充满了梦和形而上学猜想（它们本身就是清醒的理智之梦）带来的陌生感及幽灵般的实体。和莱布尼茨一样，博尔赫斯发展出了关于惊奇的艺术。为什么"无"不存在——不过"无"可能存在过吗？巴门尼德问道——这一问题让博尔赫斯充满奇思妙想并刺激着他。他的虚构（ficciones）从某个可能性的宝库之中演绎出情节、阴谋和连贯的幻想过程，这一宝库比僵化的俗套、理性的功利主义算计、实用主义以及它们的非利士式[1]习语更"原初"，也就是说更接近创世的时候。就像优秀的翻译（博尔赫斯作品中通晓多种语言的人所着迷的活动）所发挥的作用一样，他对历史、艺术和整体的文本性的阐发，扩充了那些"已经存在的东西"——这是一个悖论，博尔赫斯却赋予了它令人不安的、不证自明的权威性。

和他所重视的柯勒律治的感知力一样，博尔赫斯的感知力显然也是哲学式的。这种能力体验了抽象思想、形而上学的疑问和概念，并且无需传统的介入，将它们转化为神经末梢——可以说和那些接受诗歌和梦的神经末梢一样——上的直接性。博尔赫斯注意到，舞蹈艺术，假面剧和影子戏不仅存在于柏拉图或尼采作品的重要场景里，也出现在康德或叔本华（博尔赫斯真正的老师）的严厉和对平淡的坚持之中。

1　非利士人（Philistine）是居住在迦南南部海岸的古民族，非利士人与以色列人的冲突见于《圣经》多处。17世纪之后，经马修·阿诺德等人的推广，该词有了庸俗、市侩的意思，用来形容缺乏文化修养并鄙视文化的人。

更为特别和最为罕见的是，博尔赫斯理解并活用了这种表演，活用了哑谜和纯粹逻辑之杂技的诸多元素。正如《爱丽丝漫游仙境》，或他自己热衷讲述的犯罪侦查故事一样，博尔赫斯的虚构常常在拜占庭式深奥博学的伪装下，常常以有意可疑的方式，对包含在纯粹逻辑甚至数理逻辑命题和规则中的智慧、笑声之辩证法进行编码。他那些关于理性的寓言来源于"爱留根纳[1]的四重体系"和中世纪经院哲学之奥秘，也受教于诺斯替异教创始人、伊斯兰教的亚里士多德主义者、犹太塔木德派圣贤、炼金术士和神智学家，还出自由帝制中国的宇宙论者和巴洛克时期的制图员所发明的分类法。在逻辑之中还有比这更稀奇的发明创造吗？这正是柏格森所说的"利用空虚去思考满溢"。博尔赫斯的"巴别塔图书馆"收藏了一切能想到的事物，再也没有比它库存更大、目录更丰富的地方了。

法国学者J.–F.马特（J.-F. Mattei）在博尔赫斯的全部作品中数出了约一百七十位哲学家，其中有一些纯粹是博尔赫斯幻想出来的。这份名单从阿那克萨戈拉和赫拉克利特一直排到了伯特兰·罗素和海德格尔。柏拉图和叔本华（"我会紧紧抓住的那一个"）被提及的次数最多。其次是亚里士多德、休谟、斯宾诺莎（另一个对镜子上瘾的人）。尼采和赫拉克利

1　爱留根纳（Eriugena，800—877），爱尔兰的新柏拉图主义哲学家与诗人，他创建了中世纪第一个完整的哲学体系。在《论自然的区分》一书中，他区分了四种自然。

特也出现得很频繁。普罗提诺因坚信终极之唯一而得到博尔赫斯的祝福。伊斯兰教的阿威罗伊、阿维森纳[1]和他们那可敬的对手迈蒙尼德[2]出现的次数也很多。贝克莱的思想实验以其否定经验主义的优雅姿态，吸引了博尔赫斯的目光。同样令博尔赫斯着迷的还有戴维森和威廉·詹姆斯对自由意志的看法，以及斯威登堡[3]的《天堂之谜》（*Arcania caelestia*，巴尔扎克也对这本书感兴趣）。拉蒙·柳利[4]（13世纪加泰罗尼亚的博学家）和乔治·布尔的"计算机语言"也囊括其中。还有盲人伊本·锡达[5]——他于公元1055年编纂了一部完全博尔赫斯式的工具书，即《权威词典》（*Al Mukham*），这是一部词典中的词典。似乎是由于对荷马的关注，博尔赫斯对维柯的历史理论产生了兴趣。康帕内拉和乌纳穆诺[6]也在他的作品中鞠躬答礼。如果只看博尔赫斯的作品，我们可以重建一部"博尔赫斯式"但绝非已经消失的关于西方、伊斯兰、亚洲和乌有之乡（Erewhon）的哲学实践进程史。

---

1 阿维森纳（Avicenna, 980—1037），即伊本·西那，中世纪波斯哲学家、自然科学家、文学家。"伊本·西那主义"在12世纪成为伊斯兰哲学中占主导地位的思想流派。

2 迈蒙尼德（Maimonides, 1135—1204），中世纪犹太教的神学家、哲学家、自然科学家。

3 斯威登堡（Emanuel Swedenborg, 1688—1772），瑞典神学家、哲学家、自然科学家，八卷本的《天堂之谜》是其晚年神学研究的集大成之作。

4 拉蒙·柳利（Ramon Llull, 约1235—1316），加泰罗尼亚作家、逻辑学家、神学家，也是计算理论的先驱。

5 伊本·锡达（Ibn Sidah, 1007—1066），安达卢西亚的语言学家、文献学家和词典学家。他编订的阿拉伯文词典全名"伟大而全面的权威"。

6 乌纳穆诺（Miguel de Unamuno, 1864—1936），西班牙哲学家、小说家。

写于1951年12月的《济慈的夜莺》[1]完美地展现了博尔赫斯融合诗学、哲学逻辑学和目录学式博学的才能。济慈的歌唱家也出现于奥维德和莎士比亚笔下。诗人的来日无多与鸟儿脆弱而不朽的歌声形成哀婉动人的对比。阐释的难点在《夜莺颂》的倒数第二节：汉普斯特德（Hampstead）花园里夜莺的叫声和圣经故事里路得[2]听到的声音完全相同。博尔赫斯随后列举了五位批评家的观点，他们以不同程度的责备口气指出了此处的逻辑错误。而博尔赫斯认为，将个体的生命与物种的生命相对立是一种谬见。尽管叔本华从未读过济慈的这首颂诗，但他提供了解答的关键。叔本华确认了跨越时间的同一性：在我面前蹦蹦跳跳的那只猫和几个世纪前人们所感知到的那一只，根本没有任何不同。也就是说，个体可以体现物种，济慈的吟游诗人和摩押之夜的歌唱家因而也是同一的。

没有受过这方面训练的济慈凭直觉感知到了"柏拉图式夜莺"，他的这一直觉比叔本华更早。在这一观察下，博尔赫斯重申了对柏拉图主义者和亚里士多德主义者的典型区分：前者认为宇宙中存在秩序与和谐，后者则认为宇宙是虚构的，

1　见博尔赫斯《探讨别集》。

2　路得是大卫王的祖先，她原籍摩押，在公公和前夫死后，跟随她的婆婆回到了犹太人的伯利恒，在伯利恒的田间拾取麦穗时结识了前夫的族人波阿斯，后者以购赎者的身份娶了路得。见《圣经·路得记》。济慈在《夜莺颂》中想象路得在异乡田间思乡时听到夜莺的歌声，不禁落泪。所以下文中作者写到的"摩押之夜"应为"伯利恒之夜"。

很可能是我们的无知导致的错误理解。柯勒律治论述过这一极端的二元分立。博尔赫斯进而发现英国人天生就是亚里士多德主义者，他们读到的是那只特定的"具体的"夜莺，而非其类属的普遍性，因而造成了对济慈的误读。然而正是得益于这一偏见，我们才有了洛克、贝克莱、休谟以及那些关于个体之独立的政治坚持。从盎格鲁-撒克逊谜语到斯温伯恩[1]的《阿塔兰塔》，这只夜莺一直在英国文学中与众不同地歌唱。现在它属于济慈，就像老虎的意象属于布莱克（就像"梦之虎"属于博尔赫斯）。

博尔赫斯的名篇《特隆、乌克巴尔、奥比斯·特蒂乌斯》[2]（1940/47）围绕以下事情展开：幻想中的镜像世界、想象中的语言、多种形式的代数学、休谟对贝克莱的判定（即后者对经验主义的解构无可辩驳，但也不能令人信服）、亚历克修斯·迈农关于不可能之物的理论（曾令穆齐尔着迷）。小说还引述了伊斯兰世界里夜中之夜的说法，那夜将开启通往隐秘世界的大门。和之前的卡巴拉主义者、莱布尼茨和俄国未来主义者一样，博尔赫斯玩起了想象语言的概念游戏。这种语言的基本单位不是动词，而是单音节的形容词。它不承认

---

1 斯温伯恩（Algernon Charles Swinburne，1837—1909），英国诗人、剧作家和文学评论家，参与了第11版《不列颠百科全书》的编写。其代表作《卡吕冬的阿塔兰塔》（Atalanta in Calydon）是一部以希腊古典悲剧为主题的诗剧。

2 见博尔赫斯短篇小说集《小径分岔的花园》。

我们认知中的真值函项，以及词与物之间必要的一致性。这种语言得自瞬间的意志。因而有些特隆语的名诗由"一个冗长的词"构成（我们在《芬尼根守灵夜》里听到了它那遥远的隆隆声吗？）。特隆的形而上学家拒绝接受斯宾诺莎或康德的时空公理体系，他们既不寻求真理，也不寻求相似性，他们追求的是惊奇——亚里士多德和维特根斯坦都会对此表示认同。所有形而上学都只是幻想文学的一个分支。"他们知道体系不过是使宇宙的所有方面从属于其中一个方面——任意一个。"有一个特隆的哲学学派断定所有的时间都已经逝去了，我们的生命是由幽灵般朦胧的记忆组成的。另一个学派则将我们的宇宙比作一种密码编写，其中的符号并不是全都有意义，只有每隔三百夜写出来的符号才是真实的。还有一个学派宣称，当我们在这里睡觉时，我们在另一个地方醒着，因而所有的认知都在两极间摆动。就像在相对论中一样，特隆的几何学断言一个人的身体在移动时改变了他周围的形状。而与海森堡的测不准原理形成呼应的是，特隆的算术家假定计数行为改变了计算出的数量。

特隆的哲学作品同时包含命题和反命题，因为只有矛盾才是完整的（离黑格尔哲学不远了）。博尔赫斯在后记中暗示了反物质的威胁：与"特隆习俗"的接触会瓦解我们自己的世界，"虚幻的过去占据了人们的记忆，取代了另一个我们一无所知的过去——甚至不能确认它是不是假的"。博尔赫斯似乎知道伯特兰·罗素的悖论式假设：我们的宇宙是在上个瞬间被创造出来的，我们的记忆都是虚构的。马拉美声称宇宙指向一部大写之书，博尔赫斯的本体论寓言则反转了这一点，认为我们的宇宙本质上不过是第十一版《大英百科全书》的产物，其中关于"奥比斯·特蒂乌斯"的主要条目在不断消失。不过与此同时，博尔赫斯是一名图书馆馆长，他熟悉那些失落的书。

1947年6月，博尔赫斯发表了《阿威罗伊的探索》，这篇小说借鉴了他刻苦钻研过的欧内斯特·勒南[1]的学识。它的特色是描写了几个中世纪伊斯兰教的圣贤、解经学者和词典编纂家，而其中最重要的是德高望重的阿威罗伊。在这位哲学家那位于科尔多瓦（Cordoba）的阴凉的房子里，他正在撰写一篇关于神眷本质的论辩文章。他的三段论就像他花园里的美好景致一样舒展开来。在书写对亚里士多德的重要评注时，他遇到了一个令他困惑不解的难题。他一直在捍卫"古人和《古兰经》之中"永恒的智慧和不朽的诗歌，但它们反对所有创新的意图，并且对戏剧及其所有类型一无所知。那么他该如何理解和翻译那两个在亚里士多德《诗学》中反复出现的神秘术语呢？既不懂古叙利亚语，也不懂希腊文，阿威罗伊是凭借翻译的翻译（博尔赫斯作品中特有的迂回）来

1　欧内斯特·勒南（Ernest Renan，1823—1892），法国宗教学家、历史学家，以论述早期基督教的历史著作而闻名，对阿威罗伊等中东古代作家亦有深入研究。

工作的。他在阿弗罗狄西亚的亚历山大[1]的注疏中，聂斯脱里派信徒胡南因·伊本·易斯哈格[2]或阿布–巴夏尔·马塔（Abu-Basha Mata）的译本中都没能找到任何线索。他能给"悲剧"和"喜剧"下一个怎样的可理解的定义呢？天亮的时候，他在书房里得到了一个启示："亚里士多德把那些颂词命名为'悲剧'，而将那些讽刺和诅咒的词句取名叫'喜剧'。在《古兰经》和悬诗（mohalacas）[3]里有大量绝妙的悲剧和喜剧。"

这个故事表面上由那些有趣的博识和神圣的嗜书爱好组成，但其核心是认识论问题。言词与其所意指的对象有什么联系？我们有什么证据能够可靠地解释它们的目的性功能——更不用说二者之间任何可证实的对等，尤其是在古代或外国的语言之中？请留意博尔赫斯此处的机智与微妙：阿威罗伊对亚里士多德的两个术语的注解是错误的，但又并不完全如此。古希腊悲剧里有颂歌，阿里斯托芬或米南德的戏剧里也确有诅咒和讽刺。误解也能散发出启迪之光。

或者我们再来看看他的微型作品，如《德莉娅·埃莱

---

1 阿弗罗狄西亚的亚历山大（Alexander of Aphrodisias）是生活在公元2世纪的亚里士多德学派哲学家，也是著名的亚里士多德的评注者。

2 胡南因·伊本－易斯哈格（Hunain ibn-Ishaq, 809—873），阿拉伯聂斯脱里派学者，医生，翻译家。他将大量古希腊作品翻译成阿拉伯语和古叙利亚语。

3 阿拉伯贾希利叶时期一批著名长诗的总称，被认为是该时期阿拉伯文学的精华。通常认为最著名的悬诗共有七首，所以有时也称之为"七首悬诗"。相传在当时一年一度的赛诗会上，公认最佳的作品会被悬挂在克尔白神庙上，因而得名。

娜·圣·马尔科》（1960）[1]。它记述了一次街角的离别，一条由车辆与行人组成的长河。博尔赫斯怎么会知道那条河就是"无人能再次穿越的、悲苦的阿刻戎之河[2]呢？"一次普普通通的分别竟成为永别。柏拉图记述的苏格拉底的最后教谕会有帮助吗？如果他说的是真理，灵魂真是不朽的，那么我们的道别就没有任何特别的庄严可言。"人们发明再见，因为他们不知为何知道自己是不朽的，即使他们看到自己的生命是无常和短暂的。"而博尔赫斯和友人德莉娅的对话将在"这座城市化为平原"之时继续下去。一件极其平凡的小事就这样展开成为不确定的超越的形而上学。

博尔赫斯断定所有哲学命题（不管有多么严密）和每种形式逻辑都是白日梦，它们表明的是清醒理性的系统性幻想。在戈雅的蚀刻画中，理性的沉睡孕育出了恶魔。[3]而对博尔赫斯而言，理性的夜梦和昼梦都能造就类似的东西：芝诺的乌龟、柏拉图的洞穴、笛卡尔的邪恶魔鬼、康德那闪耀着星光的律令。正如哈姆雷特告诉霍拉旭的：哲学问题是"梦见的"。与此同时，所有文学文本，不管是抒情诗、侦探故事、科幻小说还是爱情故事，都或明或暗地包含着形而上学坐标、

---

1 见博尔赫斯诗集《诗人》。

2 阿刻戎河（Acheron）是希腊神话中冥界的五条主要河流之一，意为"悲苦"。在但丁的《神曲》中，它是地狱的边界。

3 西班牙画家戈雅（Goya，1746—1828）的这幅画名为《理性沉睡，心魔生焉》（*El sueño de la razón produce monstruos*），其标题经常被引用。

逻辑公理或认识论的痕迹。人们叙述的可能是与他那受限的、狭隘的现实所不同的、对位的世界。就像在那个关于镜子和不可逃避的两面性的寓言[1]里，"博尔赫斯和我"密不可分一样，哲学和诗歌不可分割地交织在一起。两者都起源于取之不尽、无处不在的言语行为。

萨特年轻时坦承过他的抱负：既要做斯宾诺莎，又要成为司汤达。也许没有人比他更接近这种哲学与文学的共生关系了。常常有人把20世纪归为"萨特的世纪"。再没有谁的作品能像这样使得哲学与文学的二分法无效。这些不可分割的作品类型多种多样：从世界闻名的小说和戏剧，到自传、政治理论和社会理论、游记、意识形态宣言、激情澎湃的报刊文章、艺术批评，再到大量的认识论和本体论论文。萨特一度宣称"写作就是生活"，他吸纳了意识的所有能量，所有私人和公共经验——在一篇一气呵成的散文的标题下，内容可以是专业哲学的，也可以是政治论战的。每一次思想冲动，每一个知觉的现象学都没有被浪费，它们都即刻进入语言。

正是这种迫切的融合使《文字生涯》成为一部杰作。证据在于，对后海德格尔本体论的存在主义实现和叙事虚构（如《恶心》）、党派政治论争（如多卷本《情境集》）和戏剧

1　即《博尔赫斯和我》，见诗集《诗人》。

（如《禁闭》），这些工作都是通过词语相同的、具有决定意义的工具性来操演的。正是因为表达了自我、我们的在世存在和意义的历险，《文字生涯》才是一个整体。从这个角度讲，萨特的天分是古典式的。它直接受惠于一种公理式信念（即圣保罗、伏尔泰、马克思主义的信念）：写作的行为体现并改变了人类的处境（《存在主义是一种人道主义》）。没有什么能够打消萨特对句法作为实践手段的信任。

　　萨特的出版物有如浪潮般浩瀚——正如哈姆雷特对波洛涅斯说的："文字，文字，都是文字"——它们的质量、形式掌控力和说服力明显不同。《恶心》的确是一部经久不衰的简洁之作，随后的长篇小说就力不从心了。《禁闭》是一部关于智识的敏锐的情景剧，巧妙戏仿了19世纪的会客厅笑剧（drawing-room farce）。《苍蝇》是一部巧作，引人入胜，但有点投机取巧。之后的戏剧就大打折扣了，他那些主要的哲学著作（《存在与虚无》、《辩证理性批评》、存在主义伦理学）产生了巨大影响力，其中有些章节和黑格尔的作品一样富于活力，充满抽象的"风景"。但它们正在步入积灰的崇敬之中；在他那些艺术批评里，论威尼斯的丁托列托[1]和贾科梅蒂[2]的文章，至今仍具有心理学和社会学的敏锐，其强度正是萨特那分析的、神经质的卷入之特色；他论述"犹太人问题"

1　丁托列托（Tintoretto，1518—1594），意大利威尼斯画派画家，师从提香。

2　贾科梅蒂（Giacometti，1901—1966），瑞士雕塑家、画家，他的作品受到萨特的追捧。

的名篇的观点几乎可以确定是错误的，但其中催人思考的敦促仍保留了一些价值；此外，他还留下了大量自传材料，其中那些对其内省的紧张状态和全面审视过的弱点的描写，可以媲美蒙田和卢梭的自我描绘。

这个庞大的合奏团还包含了大量对文学和文学作品的反思。《什么是文学?》，萨特问道，并且倡导一种好斗的意识形态上"介入"的写作纲领，而它现在已经过时了。他为让·热内所作的长篇辩护文章（他称热内为"圣人与殉道者"）不仅在语调和篇幅上显得夸张，应该说根本就难以卒读。他全面论述福楼拜的作品《家族的白痴》(*L'Idiot de la famille*) 共有三卷，其中有一些片段包含了后马克思主义和后弗洛伊德主义的阐释，还有一些萨特对自身处境的深刻诠释，不过这部作品也几乎无法阅读。一直有传闻说，萨特是在兴奋剂的刺激下才创作（口述?）出这些作品的，它们是某种表面上有理性意味的"自动写作"的产物。如果存在一种对诗歌免疫的感知力（就像对音乐免疫一样），那它必定属于萨特。正因如此，他的《波德莱尔》是一场灾难。

尽管远远没有萨特那么世界闻名，但莫里斯·梅洛-庞蒂是一位更严谨的哲学家。此外，相比于萨特那常有的愤世嫉俗的意识形态及政治谎言（关于苏联的现实、毛主义和菲德尔·卡斯特罗的专制），梅洛-庞蒂是清白的。正是萨特在朝鲜战争期间表现出的模棱两可，使两人多年的友谊和政治同盟关系破裂。1961年10月，萨特发表了一篇悼文，将他那一全套心理学、理论和叙事的资源都用到了分析这些极其复杂的问题上（关于哲学–政治辩论和私人关系）。这篇范围广泛但紧扣主题的文章再次展现了萨特给精神赋形，使理智的运作变成本能的能力——即那不太可能实现的斯宾诺莎与司汤达之汇合。

"我们是对手，是朋友，不是同类。"冷战将我们分开。我们都曾借鉴胡塞尔和海德格尔。我们在同一时间发现了现象学。战争和敌人的占领拉近了我们的距离。在那几年的黑暗岁月里"有着令人难以忘怀的心灵之透明，那是仇恨的反面。那是我们的友谊最纯粹的时刻"……但是从一开始，梅洛–庞蒂的思考——关于知觉，关于个人独特性在历史的决定因素、危险和非理性中的位置——中就有一种持久的沉默，一种隐私。这种内倾伴随着在私人关系中要求完整的迫切心情。于是便有了梅洛–庞蒂情感上的别扭和疏远，战后他的马克思主义里也就自然有了反教条的、必然超脱的声调。萨特的描绘富有灵气：

> 要让他接受某种学说，他必须先看到一道磷光、一条在海面飘荡的丝巾，它被狂风展开，又重新卷在一起，而恰恰是它与大海的喧闹连续的相互牵连，决定了这一学说的真实性。

梅洛-庞蒂发现马克思主义决定论无视人类经验根本上的偶然性，超级大国的斗争正在取代阶级斗争。"我们当时瞎了眼"，萨特承认道——他的确至少瞎了一只眼。梅洛-庞蒂欢迎的其实是共产主义而非政党，他的远见和卡珊德拉[1]的预言一样阴郁。

萨特接下来的分析，是盎格鲁-撒克逊人所陌生的，但司汤达一定完全能够理解。它描述了一个知识阶层，其中私人和公共的生活浸透了意识形态价值观，浸透了辩证冲突的细微差别和主要是法国的哲学-政治活动。1945年秋天，萨特和梅洛-庞蒂创办了《现代》杂志。而梅洛-庞蒂，一个将"童年的不朽"视为失落的理想的人，这本杂志事实上的编辑，却拒绝在杂志封面上挂名。这种战术性匿名使他可以和名气越来越大的萨特并肩作战，后者的名气可能令他不安。亲密无间的合作一直持续到1952年。当初，作为一个"落伍的无政府主义者"，萨特从梅洛-庞蒂那里认识到了自给自足的局限性。后来他便成了一名有政治倾向的活动家。梅洛-庞蒂将哲学定义为"教谕的自发性"，这激发了萨特从可憎的资产阶级那里找回人道主义的决心。在谴责如今已广为人知的古拉格时，两人的观点仍然一致；不过在拒绝否定马克思主义及其在苏联的实现这一点上，他们存在分歧。

1　卡珊德拉（Cassandra）是希腊神话中特洛伊的公主，阿波罗的祭司。她有预言的能力，但因抗拒阿波罗，阿波罗便使人们不相信她的预言。

到了1950年，梅洛–庞蒂的声调变得越发阴沉。萨特断定这是"一种灵魂的厌倦"。在日益加深的孤独中，梅洛–庞蒂"逃向了内心深处"。随着朝鲜战争到来，他和萨特互相之间的信任和信念变得"无法沟通"。梅洛–庞蒂相信第三次世界大战一触即发，所以宣布放弃政治活动。他将斯大林主义视为一种帝国主义。萨特对此作出了一番格言式描述："在最疯狂的愤怒之中，希望犹存；而在那平静的死一般的（mortuaire）回绝之中，空无一物。"萨特有一句话人所共知："反共产主义者是条狗；我决不会退出；我永远不会。"在他和梅洛–庞蒂之间只剩"悲伤的思维反刍"。决裂不可避免。

母亲的去世加重了梅洛–庞蒂的孤独感。1953年到1956年，他和萨特的私交走向终点。梅洛–庞蒂开始专注于关乎人类身体的现象学，关乎身体对世界的嵌入，以及世界与我们的肉身实在的不可分离性。绘画——尤其是塞尚的——成为他的护身符。他对海德格尔哲学的回归被论人类中心地位的格言赋予了合法性："前所未有的帕斯卡尔。"他和萨特重逢于1956年威尼斯的一次学术会议上，他们对阿尔及利亚战争的看法一致。萨特对这次相遇的总结令人难忘：

> 另一种情感油然而生：那种凄凉的喜爱之情，温柔而肃穆，使得疲惫的友人靠近，他们曾分裂，只能分享彼此的争吵，而这种争吵在一个晴朗的日子里，由于不

再有任何动机而停止了。

留意其中那简洁而奇妙的、堪称经典的转折，它本身就是帕斯卡尔式的。

他们现在是"从友谊中领退休金的人"了。在另一次会议上，萨特身体不适，忧郁的情绪占据了他的心灵。而梅洛–庞蒂几天之后就去世了，将他那有意保持的沉默变成了"永恒的缺席"。萨特总结道，我们两个人都不知道怎么好好地去爱对方，而那段长久的友谊如今"就像一个无限恶化的伤口，留在我心中"。

当梅洛–庞蒂努力"将哲学带入可见的、可命名的、可思考的火圈之中"时，他的兴趣不单单转向绘画。当人们寻求听见赫尔墨斯·特里斯墨吉斯忒斯[1]所说的"光之呼喊"时，哲学就开始说话了。它的话语（parole）背靠着沉默。它的声音发自存在内部，而不是来自一定的高度或距离。哲学、现象学的"诉说就像树的生长，时间的流逝，人的说话"。它从未停止感受到对自身存在状态的不确定。它与文学的、述行的表达密不可分。正是这种表达使思想能够"给我们带来预

---

1 赫尔墨斯·特里斯墨吉斯忒斯（Hermes Trismegistus），意为"非常伟大的赫尔墨斯"。在希腊化的埃及，希腊人发现他们的神祇赫耳墨斯与埃及神祇托特（Thoth，相传为古埃及文字的发明者）具备同样的身份特征，两位神祇就被合二为一地受到崇拜。《赫尔墨斯秘籍》（Hermetica）等著作归名于他。

兆"（此处是《逻辑哲学论》的回声吗？），当我们阅读柏拉图的对话或瓦莱里的《皮媞亚》（*La Pythie*）时，这些"预兆"改变了我们的生命。正是在现代文学的先驱和大师那里，梅洛-庞蒂试图将自己的学说锚定在知觉的同时性和作为行动的意识之上。

1958年到1959年，梅洛-庞蒂在法兰西公学院举行了一系列讲座。文学是其中的关键。马拉美恢复了语言的某种沉默特质，将它从"世界的积极性"中去除；而兰波并没有回避这种积极性。相反，他毫无保留地投入到经验的前逻辑的统一之中。他用清晰的语言唤醒了原始的资源："一串词语，就像一串具有客体本身之颜色和性质的葡萄。"这两种新颖的诗学都为超现实主义所吸收，而这既摧毁又催生出了神圣的文学。对布勒东而言，"言词创造了爱情"，尽管它们源自"阴影之口"。在普鲁斯特、乔伊斯和美国的小说家之后，是小说间接地标明自我、他者和他们的世界，并有意地将三者混合在一起。想想福克纳的《喧哗与骚动》。在普鲁斯特的作品中，也不是所有事情都是虚假的：虚假之中有真实。《尤利西斯》中意识流和内心独白的迷雾，被别的声音打断、穿透，就像"大海的褶皱融汇成一个波浪"。海明威不加注解地提出自己的主张。这些都产生了最高程度的痛楚，并邻接梦中那无政府主义的许可、矛盾的缺席。正如海德格尔所断定，在现代作家那里，"对象被给予了言辞"。"可感知的世界是以象形文字写就的，正是作家的话语抓住并破译了言语—对象（choses-paroles）。"

借由他的哲学家同行、克尔凯郭尔的追随者让·瓦尔[1]的评注，梅洛–庞蒂阅读了克洛岱尔[2]的作品。他在其中发现了时间与空间的融合以及人对时间化空间的嵌入。克洛岱尔的景观是一种空间化和时间化的方式，它能够使人类意识理解存在。只有距离才能允许我们依附于他者。他解释了克洛岱尔的"神秘"："阴影之地，夜间的太阳……是最真实的。"只有影子才是实体，这是一种根本性的反柏拉图主义。梅洛–庞蒂对深渊十分警惕，这使他同克洛岱尔那狂喜的仪式化天主教信仰隔离开来。"一个作家通常都不知道他是怎样并以何种方式改变了世界——和他的同代人的。"

克洛德·西蒙[3]是另一个孤独的实践者。他在文字里思考，如同塞尚在绘画中思考。他的长篇小说实现了"一种可见的永恒"。对西蒙而言，空间是我们的肉体与世界的肌体之间的关系。"只要我们意识到这一点，我们就永远都不会厌倦这个世界的华丽与宏伟。"和梅洛–庞蒂一样，西蒙也歌颂显现——在其知觉的光辉中传达出对死亡之安息的终极回归。

---

1 让·瓦尔（Jean Wahl, 1888—1974），法国哲学家，最早将海德格尔哲学介绍到法国的学者之一，受克尔凯郭尔哲学影响较大。

2 克洛岱尔（Paul Claudel, 1868—1955），法国诗人、剧作家、外交官。

3 克洛德·西蒙（Claude Simon, 1913—2005），法国作家，1905年诺贝尔文学奖得主。

通过这些叙事的发现，梅洛－庞蒂找到了他最终确信的证据：可见之物与文学都是无限的。风格即视觉。在哲学和文学之中，"观念"从隐秘之根旁逸斜出地生长。一旦成功，文学作品就会向我们表明一切都不会和从前一样了。就像形而上学（和里尔克）一样，它要求我们改变我们的生活。艺术教给我们一个最神秘的建议："人类是上帝自己的问题。在这个问题上，我们不是主人。"

在梅洛－庞蒂后期的讲义里，我们读到"音乐，永恒之婚约的艺术"（米肖[1]语）。只有沉浸于真理之诗的人才会引用这样的句子。

1　米肖（Henri Michaux，1899—1984），出生于比利时的法国诗人、画家。

8

———————————————

到了20世纪，我们的主题几乎变得不适当了。区分哲学（当它不是形式逻辑或数学哲学时）与文学经常是毫无意义的。柏格森之后的哲学家同时也是作家。就像萨特一样，哲学家也会创作小说或戏剧。他可能会通过文学的例子来论述他的认识论和理论观点，就像舍斯托夫在谈论莎士比亚、易卜生、陀思妥耶夫斯基或契诃夫时所做的那样。叔本华的哲学在贝克特的作品中至关重要，而后者的戏剧反过来又激发了阿多诺的审美哲学。在所谓的"法国批判理论"之中，哲学思考与诗学已经不可能区分开来了。德里达的作品充满了文学文本与征引，而它们本身就借鉴了黑格尔对索福克勒斯的论述，借鉴了福柯、拉康和德勒兹。哲学家通常旨在实现一种在暗示性叙事和隐喻性力量上与诗人不相上下的风格和声音（如德里达论策兰，拉康论爱伦·坡）。斯坦利·卡夫尔幽默地暗示维特根斯坦青眼莎士比亚，人们如何能将哲学论述与分析从中抽离出来呢？此外，正如我们所见，一流的小说家显然也忙于形而上学、政治哲学，甚至科学哲学。在普鲁斯特那里，这种多样的元素显而易见，而在布洛赫和穆齐尔那里，它们是公开也确实富于开创性的。加缪的作品应该放在哲学与文学这一古典划分的哪一边？艾丽丝·默多克的柏拉图式寓言故事又该放在哪一边？

我们该如何解释这种有时显得过分亲密的结合呢？

哲学对语言的关注，就如同亚里士多德的隐喻理论或

《约翰福音》向逻各斯乞灵一样古老。在莱布尼茨和启蒙时期的作品中，有许多关于人类语言起源的推论。不过，语言在形式和实质上是哲学的核心，世界的界限就是我们语言的界限，进入存在的道路最终都在语言分析之中——这些观点都是现代的。西方哲学中"语言转向"的范围从词语和世界在神学和神秘主义上的同一（比如弗朗茨·罗森茨维格和瓦尔特·本雅明认为语言的诞生导致人类的堕落），一直延伸到蒯因对词和物的论述、维特根斯坦的语言游戏说、奥斯汀的言语行为理论。现在语言的概念对认识论、弗洛伊德和拉康的精神研究、社会人类学来说举足轻重，对构建政治科学和历史阐释来说也是如此。斯特凡·格奥尔格[1]那著名的诗行"词语破碎处，无物可存在"，在所有关于自我和世界的现代建构之中已经获得了公理化的认同。

这场运动、这一多重运动影响了现代性本身，但很难确定它的来源和指数级增长的动力。这可能体现了一种价值观和视野的突变，它与政治和科学中的突变一样重大，也许更甚。"语言"元素对直觉性和系统性思想的渗入，似乎肇始于19世纪晚期的多个节点。它成为了分析哲学和精神分析、达达和超现实主义的实验、形而上学和意识形态表达的特征。只要我们说出"是"这个动词，或者更准确一点，只要我们

1　斯特凡·格奥尔格（Stefan George, 1868—1933），德国诗人、翻译家。这句诗出自格奥尔格的《词语》，海德格尔在《在通向语言的途中》一书中借这句诗阐述了自己的思想。

质疑它的语法地位（这一点并没有困扰笛卡尔），我们就已经"存在"了。本体论即句法。

正是这一语言的普遍性和多样性，反过来提醒我们留意潜在的力量、意识中的结构性转变和对理解力的审判。能指与所指（索绪尔的关键区分）、言语表达与实在、言辞和可交流性之间的契约曾确保了从前苏格拉底哲学家到康德、黑格尔、叔本华的古典智性，而如今这一未经审视的、假定的契约瓦解了。正如我们所见，它消融在马拉美的暗示（即命名是缺席的）、《逻辑哲学论》之沉默的边界、后尼采和后弗洛伊德时期对人类话语中本质性谎言和幻觉的揭示之中。可理解性标识出虚假的信息。被意指的意义是解构的托词和借口。反过来，这一崩塌激发了一场对传播和符号学编码近乎狂热的探索，而不再专注于经典的语言编码。数理逻辑、各种元数学习语、对人类语言在政治–伦理上的净化（参见卡尔·克劳斯和奥威尔），都表明了一种"新话"尝试——不过，这次是在一个实证的、真值函项的语域中进行的。今天，逃离言词及其对意义的传统承诺，已经变得近乎戏剧化了。信息、存储和发布的电子编码，互联网和万维网用语，对个体和特定群体创造和传播他们的新词、圈内黑话和密文的线上许可，都表征着无可挽回地反对锚定在神学–先验意义上的、由普世话语和认知确信组成的通行观念。意义常常成为在运动中具有诸多可能性的麦哲伦云[1]。在区区几秒之间，个人表达成十亿次地发送。信息的雪崩已经超出了合理吸收的范围，但说出的东西也许以往任何时候都少。无法计算、震耳欲聋的音量之中却充满了沉默。听到往往与倾听彻底脱节。"啊语言，啊，我缺少语言！"（勋伯格《摩西与亚伦》）

科技的加速发展及其数学化，已经超过了自然语言的广度和准确度。不仅如伽利略所言，自然现象在用数学说话，而且情况超出了他的预料：数学语言变得极其精细和严苛。它现在只对从业的官僚开放。而结果是，语言与现象、与我们日常语境的普通关系已经变得近乎幼稚了。它们成了摆设：没有活力的隐喻（"日出"），陈旧的虚构，低级的伪造。我们的桌椅同它们原子的、亚原子的复杂运动着的实在毫无关系。我们的口语栖身于预制的陈词滥调。而我们的"时间"和"空间"则是与相对论的算法脱节的、古老的、几近寓言的平庸。从理论和精确科学的角度来看，我们所说的是尼安德特人的胡言乱语。

不过，在科学自身的语义编码中，危机也在加剧。专业化，特定数学工具（例如张量微积分和测度论）的构建和改进发展得如此迅速，以至于科学探索与表达的各个分支间，哪怕是相关领域的有效交流，都变得越来越成问题。核物理

---

1 不规则的矮星系，是银河系的伴星系。

学、量子建模、生物遗传学和分子化学的各个分支都在产生自己的术语和代数规则。理论科学与应用科学分裂得越来越快。分枝长得离主干越来越远了，离那个莱布尼茨所憧憬、牛顿所运用的普遍的数学越来越远。十分有趣的是，如今有迹象表明，在物理学、宇宙物理学（尤其是弦理论）中，某些推测已经无法用适当的，更不用说可验证的数学公式来表达了。这些推测就像最遥远的星系一样，在不可表达的边缘发挥着作用。可以肯定的是，当科学家或工程师在构想和操控这个世界时，我们那日常的词汇，普通的语法已经停止讲述这个世界了。各种拓扑学、超限数和纳秒级校准都不需要翻译。

但并不只是因为科技革命，我们的通用语才降格为地方用语。1914年至1945年间欧洲和俄国野蛮的堕落也是重要的原因。战壕中大屠杀的规模，饥荒和疾病导致的死亡率已经改变了死亡的地位——正如斯大林所言，"死一百万人只是一个统计数字"——这一改变与语言那理性地吸收和解释事实之压力的能力，有机地结合在一起。当索姆河上一天死三万人，当不知几百万人因意识形态而遭屠杀或饿死，无论是想象力，还是作为想象力的生成和有序表达手段的传统语言资源，都无法应对这样的事实。于是便有了达达主义的动物嚎叫和胡言乱语。然而，即使是这种内在的崩溃，在分量上也远远不及人的门槛的降低，以及纳粹集中营和古拉格大规模地狱之中人向兽性的倒退。普里莫·莱维，罗贝尔·安泰尔姆[1]，科雷马死亡世界的记录者瓦尔拉姆·沙拉莫夫[2]已经为我们提供了卓越的见证。但总的来说，不管文献记录还是小说，诗歌（策兰的除外）还是社会历史分析，都未能传达出这种非人道的实质。从某种严格的意义上讲，它是不可表达的。（意大利哲学家阿甘本就说过，对回忆的任何言语表达本身就是谎言）。酷刑、大规模灭绝和虐待的羞辱，从所有可识别的身份中系统地剔除掉人的思想和身体，数百万的女人、男人和孩子萎缩成"行尸走肉"，这一切拒绝可理解的表达，更别说可理解的逻辑了。屠夫们夸口说，这里没有什么"为什么"。唯有沉默才能追求意义的失落之尊严。那些集中营中所谓的"穆斯林人"[3]，便是这样沉默，再也不能言说了。

语言的去人性化，语言退化为意识形态的歇斯底里、谎言和叫嚣，在纳粹德国表现得最为明显，并且已经有了大量研究。同样明显并被研究的还有法西斯主义的屠宰场修辞。然而这一现象远为普遍。企业家的自由主义在表面上取得的胜利，将人类的进步与完善等同于物质积累，大众媒体实质

---

1 罗贝尔·安泰尔姆（Robert Antelme, 1917—1990），法国作家，曾为杜拉斯的丈夫。"二战"期间因参加法国抵抗运动被纳粹投入集中营。战后写有回忆与反思之作《人类》（*L'Espèce humaine*）。

2 瓦尔拉姆·沙拉莫夫（Varlam Shalamov, 1907—1982），俄国作家，三次遭逮捕判刑，在俄国远东地区的苦寒之地科雷马（Kolyma）度过了十五年劳改生涯。著有系列作品"科雷马故事"和"科雷马诗抄"。

3 集中营里的行话，用来形容那些瘦弱不堪，濒临死亡，完全丧失了求生意志的囚徒。

上的无限权力带来了低俗化、词语和句法的谎话连篇以及言谈的"美国化"（尽管该表述本身就可能是一个诽谤的简称），许多语言可能都无法从中恢复。一项关于北美平均每天记录和发送的电话交谈与电子邮件的统计学调查表明，人们对莎士比亚、弥尔顿、乔伊斯等人千百次地依傍的语言宝库的使用已经减少至差不多六十五分之一。所有广告语都不会冒险使用从句。虚拟语气是表达别样的生活可能性的奇妙工具，也有表达希望的功能，却从语言中迅速消失——甚至在它们曾经骄傲的栖息地，法语中也是如此。

当然，新的用语正在产生。当然，大众娱乐的某些模式和技术，如摇滚乐和说唱，可以焕发口头上的活力。但中国见证了，技术统治的消费疯狂所带来的清洗后果是全球性的。难以计数的男人、女人和年轻人的日常对话，媒体那甚嚣尘上的喋喋不休，都是些极简主义的黑话。我所试图表达的一切都包含在策兰对"一种未来以北的语言"[1]的呼吁中。尽管他自己恰恰将语言逼至不可言说的边缘，但他感觉可能为时已晚。语言（Sprache），这逻各斯已经衰退为陈词滥调（Prosa），接着又堕落为废话（Gerede）、胡说。

这三个术语，这个三元衰退说是由马丁·海德格尔提

1　出自策兰后期的一首无题诗。

出的。我们主题的所有成分，哲学和诗、述行风格和哲学论证、诗人和哲学家个人之间实质性和历史性关系，几乎没有哪一部分不在海德格尔的学说中占据完全决定性的地位。位于其存在论，其对"存在"的信仰之核心的，是"作为诗的思"（"dichtende Denken"）和"作为思的诗"（"denkende Dichtung"）。只有这一共生"可以带给我们救赎"。这一诗的天赋（Dichtungsvermoögen），构成了人类最初和最终的条件。它也是那些综合自我与感知到的世界的尝试的源头，而这些尝试激发了从阿那克西曼德到海德格尔本人的哲学事业。诞生于诗的哲学最终将回归"诗的海洋"。海德格尔以其文集中令人惊谔的冗长，用不计其数的段落详述了这一信条：

> 不过，思即诗，但又不仅仅是诗篇或歌曲意义上的诗。存在之思，是诗的独创性方式。首先是在诗中，语言成为语言，即实现其本质。诗讲述着存在之真理的口授，思则是首要的口授行为……作为思之本质的诗，捍卫了存在之真理的主权。

海德格尔由此断定，思与诗的共生关系，它们在道出"存在"方面的生存论融合，界定了语言本身的真正本质（Wesen）。所有合法的认识论探索都"在通往语言的途中"（Unterwegs zur Sprache），这个标题可以代表海德格尔的全部工作。他粗暴地裁定：我们还没有开始懂得如何去思。而这意味着除了极少数至高的标杆，我们还没有开始懂得如何去言说。或者更确切地说，我们已经忘了如何去做，忘了如何去理解存在在言词中曙光般的自我敞开和自我去蔽（aletheia）。这里发挥作用的是作为逻各斯的词语（Wort）和作为废话的词群（Wörter）之间的论辩性区分。

这些都毋庸置疑。他那相关的解释学举动，他对索福克勒斯、格奥尔格、莫里克、里尔克、特拉克尔的评注如此多样，他对诗人中的诗人荷尔德林的接触是如此广泛，以至于相比之下丰富的二手文献都远远不够全面。如我们所见，海德格尔与勒内·夏尔，尤其是与保罗·策兰有着私人和哲学的交集。全集的出版工作仍在进行。而他的文本，尤其是讲座文本，似乎遭到了遗漏和篡改（恰如尼采作品的早期版本的情形）。那些可能有直接相关性的传记资料则仍未被公开。

此外，这里可能还有一个西方哲学史上独一无二的困境。对许多人而言，马丁·海德格尔的著作是费解的"行话"（阿多诺贴上的嘲讽标签）与自命不凡、令人恼火的、重复的故弄玄虚的可怕集合。这一切都是一个政治上有污点的江湖骗子设下的催眠圈套（参见君特·格拉斯[1]的戏仿）。而对其他人而言，海德格尔则同柏拉图、亚里士多德和黑格尔一道，

1　见君特·格拉斯（Günter Grass）《狗年月》（1963）。

屹立于西方哲学之巅。论作品所引发的书籍、文章、学术会议和研讨班数量之多，他可与康德匹敌。现代主义和后现代主义的主流思想，如存在主义和解构主义，都是海德格尔丰富的脚注。没有《存在与时间》，没有海德格尔对思之本性、艺术之起源的论述，便没有萨特、梅洛-庞蒂、伽达默尔，没有列维纳斯、拉康、德勒兹。虽然可能抗拒头脑简单者的阅读，但海德格尔的作品代表着路德之后对德语的重大重估。未来几个世纪都会深思和辩论他迷人的学说。

迄今为止，似乎无法达成一个平衡的观点。

海德格尔卷入纳粹主义的大概情况，很长时间来都为人所知，尽管有人（尤其是法国的海德格尔主义者）出于辩护作出了曲解。他的党员身份一直正式保持到纳粹政权结束，他身为弗莱堡大学校长表态时流露出早期纳粹极权主义倾向，他在1945年经历的精神崩溃，在寻求平反过程中的谎言和半真半假的陈述，还有在对待他的犹太同事和恩人、一度是其师的埃德蒙德·胡塞尔时，表现出的丑陋行径或疏远。同样广为人知的是，海德格尔教授以佩戴卐字党徽为荣。在早期作品重版时，他拒绝收回对国家社会主义之内在伟大和前途的看法。而无法得到令人信服的证明的是，海德格尔的政治观点和政治行为是否直接影响了他的天才之作《存在与时间》，影响了他对柏拉图、亚里士多德、康德、谢林和尼采的极具影响力的重新解读。他的声音和修辞之中专制的狂喜，显然早于纳粹上台。但也不能证明这些影响了他的存在论，影响了他对于人类实存的新奇建构或在世存在（即此在）的设想。

这就是我在《海德格尔》（1978）一书中试图把握的复杂情形。可以说，这也影响了这部随笔，本书从柏拉图和众诗人一直谈到海德格尔的诗化思想（dichtendes Denken）以及他同策兰的交往。不过随着近年来档案的公开，随着海德格尔1933年到1939年期间讲座和研讨班讲义的出版（尽管仍是部分），事情已经发生了变化。这些资料充满了对元首及其净化日耳曼民族的近乎庸俗的着迷。海德格尔那专横的语言特色同（隐含种族主义的）纳粹宣传的民族主义（Völkisch）黑话极为相似。他对中立之智识的蔑视，对寻求客观证据的学术承诺的鄙视，也很刺眼。他跟卡尔·洛维特[1]谈过希特勒的双手有多好看，这一臭名昭著的评论看起来也不再是一时的精神迷乱。

关键的问题依然存在：所有这些卑劣行径是否贬低，乃至推翻或证伪了海德格尔的主要哲学文本？我认为并非如此，海德格尔对前苏格拉底哲学之曙光、对操心（Sorge）和"向死存在"的论述依然有其高度。然而，与此同时，这也使得

1　卡尔·洛维特（Karl Löwith, 1897—1973），犹太裔德国哲学家，曾追随胡塞尔与马丁·海德格尔研究哲学。在《海德格尔——贫困时代的思想家》（1953）一书中，他批判了海德格尔对纳粹的态度。此处作者似乎记忆有误，对话者应为雅斯贝尔斯。

阅读、接受和解释海德格尔对索福克勒斯、荷尔德林的论述，评估他与策兰之间的冲突变得更加困难——这种阻力几乎是生理的。我们的讨论所希望达到的高潮时刻，看起来已经无法抵达了。由于总是没有把握，我的诸问题变得无法回答。我所能做的就是给出一些知道它们现在有多不充分的标记。

对海德格尔来说，阅读就是重写，翻译就是再创作。而哲学论文和诗歌是刺激物，它们邀请读者的占用。解释学行为试图推导出作者最初的意图，旨在使文本中隐藏或不完整的冲动和意义变得显豁，将字里行间或者字行之下的东西带到亮处。它"发掘"作者可能都没有意识到的意义，但与精神分析无涉。海德格尔在用格言表达的核心悖论中，探明语言自身之中潜在的、可能的意义激流——我们并非说话，而是"被说"，"言词拥有人类"（"Das Wort hat den Menschen"）。因此，语言的自主力量，尤其是在形而上学和诗歌之中，总是超出人们的用法，超越总体的理解力。真正的读者的任务是去理解"言词的内部"是如何"变得可以从外部理解的"，同时感知到任何这类理解都是支离破碎的、不牢靠的，是不可避免的扭曲（德里达的"解构"由此而生）。

海德格尔坚称，听觉和聆听这项复杂技艺的创造性角色在任何负责任的（responsible）（"有回应的"［responding］）接受和阐释活动中都是必需。我们必须像音乐家一样，学会倾听未说出口的声音，倾听深埋于思想和诗意概念之下的韵律和低音——在它们硬化成常规的、世俗的言语之前。而这种萎缩正是亚当的语言的堕落，是前苏格拉底哲人与存在的亲密关系的堕落。在荷尔德林这样的诗人那里，这种原初的听力，这种对于语词源头"野性、隐晦、交织"之物的偶有耳闻，依然是可以辨认出来的。读者的眼睛必须要聆听。

结果是，海德格尔的这一系列解读，他对听力的改造，激怒了语文学家、哲学史家和文学学者。他们将其视为武断的错误和褊狭的幻想。海德格尔对这类反应十分警惕，他几乎对此予以嘲笑。在他看来，问题不只在于那些语文学、文本校订声称的真实性和公正性充满了未经审视的意识形态的、历史偶然的假定（洛伦佐·瓦拉[1]的校订也不同于A. E.豪斯曼[2]的），而且语文学在发现其对象的同时，便使得它们变得毫无生气。文字杀死了文字。在荷尔德林翻译的索福克勒斯中，正是这种转化性阅读和失职，使得源自《安提戈涅》的哲学陈述和颂歌，同时呈现出时间和实存的意义。而这确保了它们那充满活力的直接性。对海德格尔来说，思想的历史就是反复重新捕获当代性的历史。误读不可避免，如尼采对柏拉图的误读，或如西塞罗无助地将古希腊哲学的基本术语

1　洛伦佐·瓦拉（Lorenzo Valla，1407—1457），意大利人文学者、文献学家。

2　A. E.豪斯曼（A. E. Housman，1859—1936），英国古典学者、诗人。他编订的尤维纳利斯、卢坎等古罗马诗人的作品至今仍被奉为权威。

翻译成拉丁文，误读几乎无可挽回。随便一个傻瓜都能指出荷尔德林的希腊文错误，但正是那些突变使论证和诗歌令人兴奋，并且保证了本源（Ursprung）和开创性源头的未来，保证了可能的、敞开的意义之馈赠。也是这些突变使赫拉克利特成为尚未到来的思想家——海德格尔以其独特的暴力，将他翻译成了"闪电般的"和"存在之集聚"。

海德格尔对语言的执着，源自一个显赫的谱系。它肇始于莱布尼兹1765年出版的《人类理智新论》和赫尔德1772年关于语言起源的论文。海德格尔的《语言的本质》（1939）就引述了赫尔德对动物交流与人类言语的区分，以及莱布尼茨将语言等同于"可听见的理性"的观点。他还回应了赫尔德将固有的创造性和内在的诗性归因于语言本身的观点。他引用了赫尔德那略带循环的观点，"人完全是借由语言创造出来的，但要发明语言，他必须已经是人"（卢梭便反对这种对称）。洪堡持一种前乔姆斯基的观点，他假定语言及其在心灵上的切口是与生俱来的。洪堡断言，在人类说出的第一个词语里，"所有的言语都回荡其中，并得到安置"。海德格尔参考了雅各布·格林[1]关于词汇和语法表达之起源的论述。在像里尔克和格奥尔格这样的诗人那里，本源变成了复兴

---

[1] 雅各布·格林（Jacob Grimm，1785—1863），德国法学家、作家。他同弟弟威廉·格林一起搜集并编纂了《格林童话》。在语言学方面，他致力于印欧语系的研究，他提出的"格林定律"使得历史音位学成为一门独立学科。

（Anfänglichkeit）。这些史诗吟诵者，依照品达和荷尔德林来创作。他们佐证了海德格尔的信念，即只有诗歌可以带领我们回到柏拉图指出的"灵魂之独白"，回到本真话语那光亮的不可通约性，回到（现已几乎完全消失的）逻辑中的逻各斯那光亮的不可通约性。而在这个历史网络之中，我们可以察觉到一个令人不安的海德格尔的准则，即一流的哲学思想及其向诗歌的突变，只发生于两种语言之内：古希腊语和德语。

这一直觉激发了马丁·海德格尔的语言原教旨主义，有人也会忍不住称之为语言的奥秘。它贯穿于他那神谕般的解释学以及对一种必要性的呼吁：不发明新的语言学理论，而是深入接触存在本身的语言—中心，接触它的本质性基础（Wesensgrund）。正是动词，尤其是运动的动词，阐明了存在非如此不能表达的本性。"去存在"（to be）这一动词，"是"（is）这一断言，决定了人类的命运。海德格尔认为这两个动词的拉丁语误译，导致我们遗忘了存在最初的神秘，以及存在（Being）和存在者（beings）、本质和实存之间所有的差异。这一"失忆"导致了西方哲学中的错误和拟人的幻觉，海德格尔称之为连尼采也无法克服的"本体论神学"（onto-theology）。萨特人道主义的存在主义，认知的、科学的实证主义宣言是其遗憾的尾声。"仍然被遮蔽的是思之诗性。"（Dichtungscharakter des Denken.）

"从未有人像您这样解读。"欣喜若狂的汉娜·阿伦特大声宣布道。海德格尔对诗歌的解读，他的文本阐释，反过来也引发了广泛的评论：或赞美或抨击，或敬畏或嘲笑。海德格尔将他的方法描述为"现象学的"。他发现，在莫里克的抒情诗《咏灯》（"Auf eine Lampe"）中，黑格尔的"感性显现"（sensuous manifestation）概念得以展现。尽管灯本身不需要被点亮，但它揭示了光的意义。海德格尔越深入诗的领域，"诗人就越变成思者"。当特拉克尔祈求客人突然现身于黄昏的暗蓝之中时，他是想要让我们去感受——不管多么不完美——存在本身的脚步。海德格尔便步入了与这位虚弱的诗人的对话之中，追随着他无声的漫游，面对着精神的强烈风暴。特拉克尔悲剧性的沉没（Untergang），他沦落至自杀的忧郁境地，也是一种过渡（Uebergang）：一种向语言真正家园的神圣过渡。（留心特拉克尔，这是海德格尔和维特根斯坦之间稀有，却可能根本的相似性。）

在里尔克《杜伊诺哀歌》的第八首里，海德格尔留意到巴门尼德思想的显现。他通过关键词找到了里尔克的思想架构。里尔克和他充满激情的评注所共有的，是一种感觉，一种对语言"并非内在"的体验，体验到语言在其"他者性"之中是非人，甚至凶险的。海德格尔将这种模糊的超越性安置于里尔克的"风之内部"（Windinneres）[1]，不过即使是这一

1　出自里尔克后期的一首抒情诗《陵墓》（"Mausoleum"）。

汹涌的内在本性也比不上那仍未说出口的东西。

我们现在知道，海德格尔对荷尔德林的着迷始于1929年
（如果不是更早的话）。针对荷尔德林主要的抒情诗和赞美诗，
海德格尔倾力写了几篇专论。对海德格尔而言，这位《就像
在节日……》（"Wie am Feiertag..."）、《面饼和酒》（"Brot
und Wein"）、《帕特默斯》（"Patmos"）和未完成的《恩培多
克勒之死》的作者，不仅仅是所有诗人中最伟大的；还是站
得离人类命运之起源和地平线最近的，也是德语的守护者和
即将到来之德国的神秘侍者。尽管迄今为止我们还只阅读了
一部分，但荷尔德林的存在，确保了1945年大灾难之后这个
民族的天才及其在精神生活中的中心位置得以幸存。他也确
保了从日耳曼尼亚（Germania）到古希腊之间从未中断的独
特连续性。因为荷尔德林，人类"诗意地栖居于大地之上"。
1936年以后，对海德格尔而言，荷尔德林比任何其他哲学家
都更像是一块试金石，用来检验"存在的牧羊人"这一海德
格尔对人的命名，检验一种实质的和隐喻的自负：神从人间
隐退未必是不可挽回的。随着战争和灾难（débacle）的到来，
荷尔德林对海德格尔而言，逐渐成为一种末日与弥赛亚共生
的象征。正是他，代表和实现了诗歌与哲学的融合。而这一
融合的终极权力（die höchste Macht）归属于诗歌。

这些评注性歌颂（咒语？）对荷尔德林那奇异的、技术上
有缺陷但富有创见的索福克勒斯译本也适用，尤其是他翻译

的《安提戈涅》。这个三角关系也许是独特的：黑格尔通过荷尔德林阅读来阅读索福克勒斯，但也借由他自己词汇的、哲学的、政治的方式进入希腊文本。这些在海德格尔学说的不同节点上反复出现，在1935年的《形而上学导论》里也被广泛阐述。不用说，海德格尔论索福克勒斯，论荷尔德林的索福克勒斯，其本身就激发了第三层或表崇敬或持异议的旁注。关于文学与哲学、最高程度的形而上与诗性冲动之交织，我找不到比这更好的例子。海德格尔认为，索福克勒斯的《安提戈涅》中的第一首合唱颂歌《许多奇妙的》（"polla ta deina"）是西方历史和命运（Schicksal）中的决定性时刻。这一预言式夸张法，旨在使我们震惊，以得到最大程度的关注。而且，在世界文学中，几乎没有什么作品能超过这些诗节中的奇迹，超过它们富有魔力的深度。

这个悲剧诗人问道："人是什么？"我们在琐碎的喧嚣中过着现代生活，这使我们对这个问题几乎充耳不闻，海德格尔如是说。"ta deina"，平庸的翻译容易译为"奇妙的"，"没有比人更奇妙的了"。荷尔德林则用了"Ungeheuer"，这个词表示"可怕的"，有着"无法容纳之深度"。海德格尔则更愿意用"不可思议的"（Unheimlich）一词，这也引发了一段既发散信息量又极大的评论。他整理了多义的音调："heimlich"的气氛意为"秘密的"（secret），而"heim"的气氛又指向了"家园"（home）——但在一个更为突出和基本的语义域中意为"家常的"（homely）。合唱所指向的，人的不可思议之无限，以及智识、艺术和制造的技能，只是为了强调我们实存于存在之中的本质性孤独，强调人无论如何都"身处死亡的不可避免之中"。这首颂歌以一个庄严的，几乎仪式性的告诫收尾：谁若犯罪，藐视城邦的神圣与权威（uphípolis），谁最后就会无家可归（apolis），成为不配得到社会信任和友谊的"没有城市的弃儿"。这里，海德格尔选用的"Unheimlich"一词得到了充分的发挥：不法之徒，异见分子陷入了"无城邦的困窘"之中。一旦被城邦抛弃，他就从人的境况中被驱逐出来。无家可归是海德格尔的关键术语。"Ohne Stadt und Stätte"，意为没有城市，也没有地方住。巧妙的是，"地方"一词恰好暗合了索福克勒斯这部戏剧的主题"墓地"（Grabstätte），即不允许用来埋葬波吕尼刻斯的坟地。这一评注发表于1935年，其中意识形态的、民族主义的声调明显是有危险的。它的用语风格属于克瑞翁。

索福克勒斯的表述"居无定所""无家可归""远离温暖的家庭"，放在谁身上，都不会像放在保罗·策兰身上那般贴切到残忍。他是生活的陌生人。他的翻译展现出天才的技艺，这些译作值得人们花上一生去研究。不过对于所精通的六门语言，他都是过客，而非主人。策兰对德语诗歌和散文的贡献，与荷尔德林不相上下。他们的革新精神超过了里尔克。然而，就是住那种语言中，策兰的父母和数百万犹太同胞被屠杀。大屠杀之后德语可耻地幸存，而对德语的魅力与未来，策兰却了解得越来越多，这让他充满了罪恶感，有时则充满了厌恶（他靠教德语勉力维生）。策兰有一位难以忍受的、不时光顾的客人，他遭受了严重发作的精神错乱，并可能尝试从中寻找庇护——这再次可以类比于荷尔德林。几乎所有他信任过的人，他曾予以微妙的亲密的人，都遭到了他的拒绝和强烈的谴责：因为他们不能完全分担他的悲痛，以及他对犹太人受迫害境遇的绝望解读；或者因为，在策兰与荒唐的剽窃指控（"戈尔事件"[1]）的斗争中，他们没有以足够的公开热情予以支持。

有一些出色的女性，比如英格博格·巴赫曼，在策兰的痛苦中停留过又离开。他那些写于耶路撒冷之旅的晚期爱情抒情诗成就非凡。但从某种意义上讲，爱情甚至也只是违禁品，是偷偷越过灰色的痛苦屏障、他不配拥有的易逝恩典。一个有些浅显但的确如此的事实是，自杀的意识已经镌刻在策兰的早期诗歌里，镌刻在他的《死亡赋格》中——这首诗的名气令策兰感到恶心，它受欢迎到被写进了德国学校的教科书，这本身也是终极的讽刺。从一开始，保罗·策兰就只

---

1 "戈尔事件"是指诗人伊万·戈尔（Yvan Goll, 1891—1950）的遗孀克莱尔·戈尔（Claire Goll, 1890—1977）恶意诬告策兰抄袭（事后证明她的手段包括仿照策兰的风格来修改其丈夫的遗作）。当时，大批德国报纸和评论不加批判地接受和传播这种虚假的指控。这一事件对策兰的伤害贯穿了整个50年代，有研究者认为它与策兰的自杀有直接关联。

是暂别死亡。

理解力有限的我花了多年时间研究马丁·海德格尔和保罗·策兰的作品。我拜访过他们的墓地，也去过一些在他们知觉中发挥过作用的地方：从黑森林到提洛岛[1]，从乌尔姆街[2]到耶路撒冷的杏树门[3]。尽管已经有各种各样的二手文献，但其中大多只为自己的观点服务或所知不多。因此，我打算讲点在海德格尔与策兰的相遇（encounter）和不遇（non-encounter）中值得一提的事情，来作为这部随笔的尾声。我希望表明，它们是如何明显地体现诗歌与哲学、思想与其诗学之关系的历史和本质，并将其引领至最高峰，就好像它们最初使前苏格拉底哲学家和柏拉图加快步入了不朽之生命一样。

我注意到，关于海德格尔早期纳粹主义和战后回避表现的文件日益增多，已经到了使人胆怯的程度。而更加难以接近的是策兰周围的禁区。事实渐渐消失于流言之中。关于策兰的精神状态，业余的推测是不得体的。正如德里达在《暗语：为保罗·策兰而作》中所言，"此处有秘密，有回避，永远远离了详尽的解释"。我为自己辩解道，要触及这些主题，

---

1 提洛岛（Delos）是爱琴海上的岛屿。在希腊神话中，它是阿波罗和阿耳忒弥斯的出生地。1962年，海德格尔参加了一次希腊之旅，途经提洛岛。

2 乌尔姆街（Rue d'Ulm）是巴黎高等师范学校的所在地，策兰自1957年起在此教授德语。

3 1969年，即策兰自杀前一年，他去耶路撒冷朝圣。"杏"在希伯来语与"留意、守望"谐音，《耶利米书》中就有这一双关语的使用。在策兰看来，"杏仁"是犹太意识的象征，他的诗里经常出现这一意象。

就要敏锐地意识到，一个人自身的智识资源和有所洞察的感知力是有限的。

策兰第一次读到海德格尔的作品，最有可能是在他与巴赫曼相识之后，后者写了论《存在与时间》的学位论文。马尔巴赫[1]的档案展示了策兰阅读之细密与专注，他在海德格尔主要的出版物上，给一段又一段文字作出了注释、划线和旁注。这些材料有待详细评估。但它们无疑展现出影响诗人策兰的，是海德格尔的语言深度而非哲学深度（一如卢克莱修效仿和重造了伊壁鸠鲁）。海德格尔的新词，他将词语焊接成混杂复合物，他那出其不意的并列（即省略无生气的、有限制的连接词），开始在策兰玄奥的措词中发挥作用。而他作品中对纳粹的过去最微小的同情性暗示，隐藏得最深的对大屠杀的宽容或冷淡的痕迹，都能让策兰发狂。策兰深知海德格尔与希特勒主义的牵连。尽管如此，他还是让自己熟悉他，还是找到了"死亡的传播者，那个来自德国的大师"[2]。我推测，海德格尔对语言限度的施压，他在那强力锻造句法的熔炉之内的革新，为策兰提供了充满活力的刺激物和"互补性"（complementarity）——在量子论中，对立的真理可能都为真。在海德格尔方面，他开始关注策兰后期的一些诗歌和神秘的

1　马尔巴赫（Marbach）是席勒的出生地，市内有德国文学档案馆，馆内保存了启蒙运动以来大量的重要文献。

2　语出策兰《死亡赋格》。

人格。据他的儿子（一个可疑的证人）讲，海德格尔不知道策兰是犹太人。这虽然不可信，但也可以想象。他参加了策兰生前最后一些朗诵会中的一次，并留下了一张迷人的照片：他戴着一顶传统的黑色帽子，看起来竟像一位上了年纪的拉比。他向一位同事透露，策兰病得很重，非常严重。策兰的自杀证明了他的诊断。他是否像不断回到荷尔德林的诗中那样，回到策兰的诗中？他有没有留意到两人命运悲剧的相似性？可能与此相关的档案尚未公布。

我们所有的只是诗，以及试图借以破译它们的常常毫无根据的闲谈。

尽管他的朗读风格单调，而且觉得自己的诗歌引发了不解或嘲笑（许多诗都是前所未有的晦涩），1967年7月24日，策兰还是在弗莱堡大学举办了一场诗歌朗诵会。次日，他动身前往托特瑙山那著名的小木屋，去拜访海德格尔。主人邀请他了吗？还是策兰请求见面？如果是这样的话，又是为什么呢？他认为这次见面会有什么结果呢？这是些关键的问题，但我们没有答案。这首诗写于8月1日。

它讲述了小木屋前的水井，刻在井边石制横梁上的星星。对策兰而言，那些星星已经泛黄，以纪念那些被判要佩戴它们的人所遭受的恐怖。诗里提到一个留言簿："登记过谁的名字/在我之前？"托特瑙山长久以来都是虔敬的朝圣之地。策兰在那上面加上了自己的签名。迈克尔·汉伯格[1]的译文如下：

> 在那本书上
>
> 写下的那行字，怀着
>
> 一份希望，今天，
>
> 希望一位思考着的人的
>
> 接下来的
>
> 言词
>
> 在心头……[2]

"人的"是汉伯格的增译，容易引起误解。德文更紧凑，且忠于海德格尔的用法：

> 一位思者
>
> 掷出
>
> 言词
>
> 到心头[3]

---

1 迈克尔·汉伯格（Michael Hamburger, 1924—2007），英国诗人、批评家、翻译家，将荷尔德林、策兰和W. G.塞巴尔德的作品译成英文。

2 英译文为："the line inscribed/in that book about/a hope, today, /of a thinking man's/coming/word/in the heart..."。

3 德文为："eines Denkenden/kommendes/Wort/im Herzen..."。两段译诗均参考了孟明的译法，为突出二者的区别而有所改动。

"言词"在韵律和诗行上都是孤立的，它本身就是"降临中的思想"，超越了任何个体言说者。它言说着言说者。而第三方，"那个开车送我们的人"会倾听。沿着"穿过高山沼泽地/脚踩出来的肮脏小路"散步——和尼采一样，海德格尔也是一个惊人的行者。这里翻译变得无力：在策兰的小路（Knüppelfpade）里，回响着虐待狂的棒打声。高山（Hochmoor）上的沼泽地（Moor）则呼应了集中营囚徒在泥沼中受鞭打时所唱的苦涩而凄凉的哀歌。这首诗以一句了无生气的记录结束："湿气遍布。"

很显然，这首《托特瑙山》可被解释为一份极度失望的回忆，对被大屠杀的在场侵入的非-交流的回忆。与之对应的是，客人未能从主人那里获得他所希望的、发自内心而又直抵内心的言词和话语。但策兰期望的是什么呢？海德格尔可以说些什么，会说些什么，来减轻他在非人的时代因其角色和疏忽而犯下的罪行，并对此表示悔恨呢？策兰的挑衅行为（"呼喊"）又得到了什么样的许可呢？

在湿漉漉的高地上走了那么久，他们有没有说些什么？评论者里有一派认为，两人分享了沉默，在那种沉默中，他们都是匠人。我们根本不知道，也永远无法知道。而且，就在这首诗发表后不久，策兰告诉他苏黎世的朋友弗朗茨·沃姆（Franz Wurm）及其妻子吉赛尔，事后证明，和海德格尔共度的三天是积极的，令人满意的。没有理由认为这是一句可怕的玩笑话。当策兰主动提供这一报告的时候，他的精神状态如何？我们再次无从知晓。

剩下的是一个图像，或许也是柏拉图意义上深不可测的寓言。至高之哲思与至上之诗，并立于有着无限意味而又无法解释的沉默之中。这是一种既维护又试图超越言语界限的沉默，而这言语的界限，正如小木屋所在地的名字所包含的一样[1]，也是死亡的界限。

1 托特瑙山（Todtnauberg）一词里的"tod"在德语里是"死亡"的意思。巧合的是，其中还包含"Todt"这一纳粹党的组织名（Organisation Todt），策兰的父母就死于这个组织。

9

这部随笔只是点到为止。哲学与文学、诗歌与形而上论文之间的碰撞、共谋、互通与混合持续发生着。除了写作，它们还延伸至音乐，延伸至美术（参见埃格伯特·费尔贝克[1]作于1999年的，令人不安的苏格拉底青铜半身像）。柏拉图式主题层出不穷。我还没有提到费奇诺[2]的《论爱》（*De Amore*，1469），托马斯·奥特韦[3]的《阿尔喀比亚德》（1675），维兰德[4]有影响力的《苏格拉底对话录》（*Gespräche des Sokrates*，1756）或者伏尔泰的《苏格拉底》（1759）——其中表达了对阿里斯托芬的嫌恶，认为后者对苏格拉底的厄运负有部分责任。还有布莱希特的《受伤的苏格拉底》（*Der verwundete Sokrates*，1939），亚历山大·戈尔在他的《影子戏》（1970）中为柏拉图洞穴寓言配的音乐背景，以及让–克洛德·卡里埃[5]的《苏格拉底的最后一天》（*Le Dernier jour de Socrate*，1998）。雪莱1818年翻译的《会饮》也已被搬上舞台。柏拉图的魅力依旧。

有人否认二者间存在任何本质的差异。对蒙田而言，所有的哲学"都只是一首复杂的诗"，其中的"复杂"需要仔细

1　埃格伯特·费尔贝克（Egbert Verbeek，1953— ），德国画家、雕塑家。

2　费奇诺（Marsilio Ficino，1433—1499），意大利哲学家，新柏拉图主义的捍卫者。他将柏拉图的全部作品译成拉丁文，并建立佛罗伦萨学院，尝试恢复柏拉图学园传统。

3　托马斯·奥特韦（Thomas Otway，1652—1685），英国剧作家、诗人。

4　维兰德（Christoph Martin Wieland，1733—1813），德国作家，晚年翻译了大量古希腊、罗马文学作品。

5　让 – 克洛德·卡里埃（Jean–Claude Carrière，1931—2021），法国小说家、编剧、演员。

推敲。二者没有对立，"它们彼此制造困难。它们合在一起便是困难本身：言之成理的困难"（让-吕克·南希语）。有人（例如胡塞尔）则认为，哲学与诗歌之间的亲密属于乱伦，且会互相损害。

我尝试阐明的观点很简单：文学和哲学，就如我们所知道的那样，是语言的产物。这一共同的本体论的、实质性基础不会改变。诗中的思想，思想中的诗都是语法行为，是运动着的语言的行为。它们的方式，它们的约束，便是风格所在。二者都受限于不可言说之物——就这个词最直接的意义而言。诗歌旨在重新发明语言，更新语言；哲学则孜孜于使语言严格明晰起来，清除其暧昧与含混。有时它会像弗雷格一样，完全诉诸形式逻辑和元数学算法，以求超越词汇、句法的局限和固有的衰退。不过人类的话语仍然是全部的母体。这一点在莱奥帕尔迪的《散记》（*Zibaldone*）里得到了极好的阐释。对他而言，没有哲学，就没有生效的诗歌；没有诗歌，哲学也就不值得去获取。二者的生成路径都是一种激昂的语文学。莱奥帕尔迪以其常常细致入微的博学，详究了词汇的单元、语法的条规和实际的应用。上帝，也就是可交流之意义的奇迹，存在于语言的细节之中，就像卡巴拉主义者从单个字母中看到创世的波涌和魔力。字母是用本原之火写就的，从这火中，一切哲学、诗歌以及它们自发之和谐的悖论，炽发而出。

我已经提过，将语言作为界定存在之核心，作为最终在神学意义上将人性给予人类的馈赠，这种概念如今已式微。无论就本体论的地位，还是存在的范围而论，词语都失去了其传统的中心位置。在许多方面，这本小书及其希冀从在统计学上只是极少数的读者那儿获得的兴趣和关注，以及它所展现的词汇和语法，都是老古董了。与它们类似的是譬如中世纪早期或者维多利亚时代图书馆中修道院式关于注意力的艺术。而这些与屏幕上文学文本的简化，与网络博文的反修辞毫不相称。这部随笔的留存有赖于线上途径。公共和学校图书馆无法控制的拥挤、仓储的昂贵，令人们愈发怀疑这种未来。

新技术抢夺了言语的核心。在美国，八到十八岁的孩子每天有十一个小时和电子媒体打交道。交谈是面对面的。虚拟现实发生在赛博空间里。笔记本电脑、苹果音乐播放器、手机、电子邮件和全球万维网与互联网，改变了人的意识。智力靠"硬件连接"，记忆则是可检索的数据。沉默与私密，这是同诗歌与哲学陈述打交道的经典坐标，已经成为意识形态和社会意义上可疑的奢侈品。如克劳瑟[1]所言："你脑袋内外的嗡嗡声已经谋杀了沉默与反思。"这一点可能是致命的，因为沉默的品质与言说的品质存在有机的关联。少了一个，另

1　克劳瑟（Hal Crowther，1945— ），美国记者、散文作家。

一个便无法实现其全部的力量。

这并不意味着优秀的诗歌，具有智识关怀，甚至明确的哲学关怀的诗歌已经绝产。杰弗里·希尔[1]的感知力与神学、政治哲学的价值有深远的和谐关系。安妮·卡森在策兰以北进行着她那冷峻而悲怆的诗歌实验。伊夫·博纳富瓦追随瓦莱里，既是艺术哲学家，也是卓越的诗学思想家。笛卡尔的沉思启发了杜尔斯·格林拜恩的思想诗。专门的哲学地图更难理解了。很自然地，在海德格尔和维特根斯坦、罗素和萨特之后，哲学也许正停下来喘口气。严密的分析盛行于形式逻辑、哲学语义学与对数学和科学之基础的研究中。而对文学和哲学未来的预言几乎肯定是错误的，如果不是愚庸的话。丧钟来得太廉价。

然而，可以料想的是，诸如孔德的实证主义巨著或者雅斯贝尔斯论真理的鸿篇——它们依赖于词汇和语法的"黄金期"——这样包罗万象的系统性哲学建构，"不朽的丰碑"，已经作古了。同样过时的还有诗歌公共的、作为经典的权威，以及诗歌的"立法"（雪莱骄傲的宣称）。逻各斯在此也必须如护身符般位于中心。

最有可能存活下去的是混合类型。音乐、舞蹈、具象和抽象艺术、哑剧与口头表达，将越来越多地互相作用。诗歌

---

1 杰弗里·希尔（Geoffrey Hill, 1932—2016），诗人，牛津大学教授。

已经伴随爵士乐念出；而哲学声明已经题刻在画作中（见安塞尔姆·基弗[1]的作品）。电子信息和实时信息综合在一起。现场演出与电影交错。表演者与观众之间的传统距离已被颠覆。这一现象的根源是双重的：仪式、面具、合唱、编舞远早于我们被政治校正过的读写能力。它们在前技术世界便很繁荣；另外一个来源则是瓦格纳的整体艺术（Gesamtkunstwerk）。这些模式暗示了"后语言或后文本的"哲学的可能性，以及作为集体"即兴表演"的诗歌的可能性。意义可以被舞蹈出来。

与西方历史的根本决裂和短暂性有关。这种短暂性会带来对瞬间和流动的有意接受。人们不再公开承认对不朽的渴望。这种事留给法兰西学术院院士[2]去做。声称比青铜还要长久的诗行会被埋葬在档案馆。而引经据典将成为一种小圈子行为和傲慢。死亡那自我摧毁的、抹平一切的扫荡，不仅会被接受，还会以某种方式融入审美和智性现象中。理智被用来玩游戏：游戏的人（Homo Ludens）[3]。因此，语义学将向那些我已经提及的死亡的地位和个人身份的转变靠拢。显现在

---

1 安塞尔姆·基弗（Anselm Kiefer, 1945—），德国画家、雕塑家，使用多种媒介作画。保罗·策兰的诗歌在他的作品中扮演了重要角色。如呼应策兰《死亡赋格》的稻草帆布油画《玛格丽特》。

2 法兰西学术院（French Academy），法国历史最为悠久的学术权威机构。其院士又名"不朽者"，源自学术院创始人所制印章上的名言"献给不朽"（À l'Immortalité）。

3 是对智人（Homo sapiens）一词的模仿。赫伊津哈的同名著作讨论了游戏在文化和社会中所起的重要作用。

地平线上的前景是：生物化学和神经学的发现将证明，人类心灵的创新、认知过程最终都有物质来源；甚至最伟大的形而上学猜想或者诗学发现，也是分子化学的复合形式。

像我这样逐渐过时、经常恐惧技术的意识，对于如此前景是不会感到自在的。它紧随在20世纪的漫长黑夜中令我们大失所望的"人文学科"而来。但它也许是一次巨大的冒险。而在某处，一位反叛的歌手，一位醉心于孤独的哲学家，会说："不"——一个满载着创造之许诺的音节。

译后记

———————————

　　乔治·斯坦纳的博学令人叹服。在这本论述西方哲学思想与文学风格之间关系的著作里，他旁征博引的才能得以充分发挥。不过，在学科日益细分以及过度崇拜原创性的今天，这种才能很容易遭到低估或忽视。可以想见，固守哲学或文学边界的人可能不会对本书产生直接的兴趣。但正因如此，它打破壁垒的教谕意义也得以凸显。对于普通读者而言，借由本书进入哲学史，也许比直接阅读哲学原著挫败感更小，更有效。同理，参照它重新审视文学史，也很可能会比只读文学名著更富启示性。从这个角度讲，斯坦纳关切的不只是专业的哲学或文学，更是文明的传递。他在一次访谈中也特意强调了"信使"的价值："你能享有的最大福气，莫过于替一位伟大的艺术家送信，或帮助促进讨论那些动人的思想。"

有鉴于此，为更好地促进知识的传播，我自作聪明地加了不少注释。另外，本书中出现的部分书名、术语或命题，如《理想国》、存在主义、"我思故我在"等都有更准确的译法，但为了不增加阅读障碍，我还是选用了通行译法。事实上我认为，所有哲学经典都可以有两种译本：一种适度追求文学效果，尽量采用口语，牺牲一定的准确性，以便吸引更多普通读者；另一种则不过多考虑流畅度，务必紧扣原文，甚至设法还原外语的语法。当然，这是题外话。

在本书翻译过程中，王宇光、张宇璇、祁涛、苏画天、陈潇、张子萌等友人给了我不少哲学或外语知识上的帮助，在此一并谢过。当然，所有错误由我负责，欢迎读者批评指正。

2019年3月